TORSTEN SCHULZ

Öl und Bienen

Roman

Klett-Cotta

MIX
Papier aus verantwortungsvollen Quellen
FSC® C014496
FSC
www.fsc.org

Klett-Cotta
www.klett-cotta.de

Cover: ANZINGER UND RASP Kommunikation GmbH, München
unter Verwendung einer Abbildung von © Plainpicture
Gesetzt von C.H.Beck.Media.Solutions, Nördlingen
Gedruckt und gebunden von GGP Media GmbH, Pößneck
ISBN 978-3-608-98500-9
E-Book: ISBN 978-3-608-11838-4

Für Angelika und
meine Kinder, Stief- und Schwiegerkinder

Wie Edwin Kronokiewitschky mit seiner Wutzner-Geschichte die Zeche bezahlt und Krücke einen Traum erwähnt

»Ein ganzes Stück hinter Nauen, tief in der Havelländischen Heide, wo es außer Sand und Sträuchern kaum etwas zu sehen gibt, befand sich einst, von 1920 bis später, die Siedlung Beutenberge.«

So sagt es, knapp hundert Jahre nach 1920, der selbsternannte Heimatchronist Edwin Kronokiewitschky. Dann macht er eine Pause, in der sein Redebeginn nachklingen kann. Vor allem aber dient ihm die Pause dafür, einen Schluck Bier zu trinken. Und am Kräuterlikör zu nippen: *Wurzelpeter*, seine Stammsorte.

Früher, fügt er hinzu und ruckelt in seinem Rollstuhl hin und her, habe er nicht genippt, sondern ein ordentliches Glas in einem Zug geleert und mit Bier kräftig nachgespült. Dabei habe er am Tresen gestanden, hier in *Schröders Wirtsstube* am Rande von Nauen oder in irgendeiner anderen Kneipe, wie eine Eins habe er gestanden, vom Anfang eines Trinkabends bis zu seinem Ende. Erst seit ein paar Jahren, seit ihm, wie er es ausdrückt, das Blut täglich aufs Neue von den Beinen in den Kopf steigt, kriegt er das nicht mehr hin.

Das mit dem Blut im Kopf kauft ihm jeder ab, der sein dunkelrotes Gesicht sieht. Und da auch die Glatze dunkelrot ist, würde sich vermutlich niemand wundern, wenn der Kopf das viele Blut irgendwann nicht mehr aushalten und platzen würde. Freilich will keiner der Gäste seinen Kopf platzen sehen. Die Vorstellung reicht allemal.

Aus Nauen kommen die Besucher, aus Friesack und Falkensee, aus Wustermark und Schönwalde oder auch von weiter her, manchmal sogar aus Berlin. Fünf bis zehn an einem Sonntagabend, gelegentlich auch ein paar mehr, heute vierzehn. Edwin sieht keinen an, während er redet. Dass sie mit den Kneipenstühlen ein Halbrund um ihn gebildet haben, ist ihm allerdings nicht entgangen.

»Beutenberge«, fährt er fort, wie jemand, der einen großen Gedanken wiederaufnimmt. »Dieser Ort war ein Ort von Bedeutung. Und das lag am Erdöl. Oder am Traum vom Erdöl ...«

Alle haben von der Geschichte, die Edwin hier an jedem Sonntagabend erzählt, bereits gehört. Aber da sie die Geschehnisse aus erster Hand dargeboten bekommen wollen, haben sie zum Heimatabend die Wirtsstube aufgesucht. An der Kneipentür mussten drei Euro Eintritt gezahlt werden; außerdem gehen Edwins Getränke auf die Rechnung der Gäste.

»Den Ersten Weltkrieg, das sollten Sie wissen, verlor Deutschland vor allem wegen des Erdöls. Das man für die Herstellung von Benzin brauchte, für Panzer, Lastwagen, Flugzeuge... U-Boote... Ich meine damit nicht, dass Deutschland den Krieg hätte gewinnen sollen. Obwohl es dann den zweiten, 1939, bestimmt nicht gegeben hätte.« Wer möchte das bestreiten, fügt er fast hinzu. Aber das erscheint ihm dann doch zu provokativ.

»Der Sieg der Gegner Deutschlands war ein Sieg des Erdöls, der die Weltgeschichte verändert hat. Logisch, dass die Verlierernation nach dem Ersten Weltkrieg wie verrückt nach diesem Stoff zu suchen begann. Unzählige Männer zogen los. Der eine oder andere kam ins Havelland.«

Edwin atmet tief ein und aus, seine Hände zittern. Er verbirgt sie nicht, im Gegenteil: Mit beiden Händen, so fest wie möglich, nimmt er das Bierglas, umklammert es und trinkt, bis nur noch eine Neige übrig geblieben ist. Nie trinkt Edwin sein Glas leer, immer bleibt eine Neige. Lucy Schröder, die Wirtin, ist schon auf dem Weg, ihm ein neues zu bringen.

»Adalbert Wutzner, so hieß einer der Männer, Mitte dreißig, Hauptfeldwebel a. D.« Eine Spur Wehmut ist in Edwins Stimme. Als spräche er über einen guten Bekannten, den er gern an seiner Seite hätte. »Ein respektabler Mann, dynamisch, kraftvoll. Verwunderlich nur die ausgesprochen dünnen Beine, die Wutzner-Beine, wie er sie selbst nannte. Aber gerade in denen steckte Kraft, das können Sie mir glauben. Außerdem immerfort rote, wässrige Augen, obwohl er, soviel bekannt ist, keinen Alkohol trank und auch sonst nichts nahm, was den Namen Droge verdient hätte. Seine Droge war, so gesehen, das Erdöl. Alles tat er, um es zu erahnen, zu fühlen, zu orten. Er pilgerte von Nauen nach Linumhorst und Kremmen, durchs havelländische Luch bis zum Westhavelland, über Felder, durch Wälder… grub und roch an der Erde, in die Erde hinein. Zwei Meter tiefe Löcher hob er aus, stampfte und hüpfte stundenlang in den Gruben, um durch die Vibration, die das Hüpfen auslöste, eine Gegenvibration des Öls zu erzeugen, die er sofort in den Füßen spüren würde, unverkennbar, wie er behauptete, wenn man ihn fragte oder auch wenn man ihn nicht fragte. Und wer ihm nicht glaubte, bekam es mit seinem harschen Befehlston zu tun. Hauptfeldwebel bleibt eben Hauptfeldwebel, a. D. hin oder her. Ja, Herrschaften, so war das bei ihm …«

Nicht nur dass Edwin, so scharf und laut, wie er ihn sich vorstellt, den Befehlston von Adalbert Wutzner darbietet, er ist sich auch bewusst, dass er das eine oder andere Detail enthüllen muss, um der Geschichte die Glaubwürdigkeit zu verleihen, die sie verdient.

»Adalbert Wutzner …« Die Lust, diesen Namen auszusprechen, ist ihm deutlich anzumerken. »Er suchte und suchte, und obwohl sich kaum jemand traute, ihm das zu sagen, hielten ihn die meisten für nicht ganz richtig im Kopf. Trotzdem hat er Unterkunft in Schuppen und Scheunen bekommen, auch Wasser und Brot, manchmal Wurst oder Speck. Selten von den Bauern, meist von ihren Frauen, die ihn für seine Hingabe bewunderten und denen er dann und wann schöne Augen machte, ohne freilich dass die Bauern davon etwas mitbekamen. Boten ihm die Frauen ein Gläschen Schnaps an, lehnte er ab; ein leidenschaftlich Suchender, der keinen Tropfen Alkohol trinkt – was konnte man sich Schöneres vorstellen? Und eines Tages«, so Edwin weiter, »geschah das, womit niemand, außer ihm selbst natürlich, mehr rechnete… Ein sonniger Frühlingsnachmittag, der schon den Sommer ahnen ließ, und da war es auf einmal: das Vibrieren. Seltsamerweise durch keine Aktivität von ihm ausgelöst. Im Gegenteil: Fast ein wenig achtlos war Adalbert Wutzner an einem Feldrain entlangspaziert, als er unter seinen Füßen plötzlich ein Beben verspürte. Unverzüglich hieb er den Spaten in die Erde und begann zu graben. Zwischenzeitlich hörte es auf, dann war es wieder da, und als er die Tiefe von einem Meter und fünfzig erreicht hatte, taten sich Risse in der Erde unter ihm auf. Er hielt inne, starrte auf die sich immer deutlicher abzeichnende Musterung und sah, wie aus den Rissen Erdöl hervorquoll. Dickflüssige schwarze Soße mit beißendem Schwefelgeruch …«

Edwin hält sich nicht dabei auf, den Gestank näher zu beschreiben oder die Farbe und Konsistenz des Öls. »Adalbert

Wutzner«, fährt er fort, »war der Letzte, der im Havelland überhaupt noch suchte, und er war der Erste, der auf Erdöl stieß. Und was er damit auslöste, überstieg sein Vorstellungsvermögen und das der Havellandbewohner erst recht.«

Zunächst, so Edwin, kamen die staatlich geprüften Überprüfer, ihres Zeichens Geologen, Geophysiker und Chemiker, aus Potsdam, aus Brandenburg, schließlich aus Berlin. Sie nahmen Proben des Öls mit, untersuchten es in ihren Laboren, kamen wieder mit Bohrgeräten und Arbeitern und Technikern, die die Geräte bedienten. Adalbert Wutzner suchte beharrlich weiter, stapfte über Felder und Wiesen, und der edle Stoff ließ die Erde unter seinen Füßen nun häufiger vibrieren. Ein Wunder! Der Sommer brach an, die Zeitungen in Deutschland berichteten vom legendären Hauptfeldwebel a. D.; manche Blätter priesen ihn als *Gott des schwarzen Goldes* oder *Zauberer für Deutschland*. Adalbert Wutzner alias Wunder-Wutzner wurde mit Spenden aus industriellen Kreisen und von reichen Privatmenschen überschüttet. Friedrich Ebert, erster Reichspräsident der Weimarer Republik, empfing ihn und verlieh den Orden *Ehrenzeichen der Republik für Forscher und Erfinder*. Ein Finder, sprach der Reichspräsident zum Hauptfeldwebel a. D., sei mehr noch als ein *Er*finder, auch wenn das Wort zwei Buchstaben weniger habe als das andere. Ein Finder nämlich sieht, was es alles gibt in Gottes schöner Welt, ein Erfinder fantasiert sich nur etwas zurecht.

Bei Potsdam, nicht weit entfernt vom Griebnitzsee, wurde die Wutzner-Villa gebaut, ein Geschenk des Staates; Adalbert heiratete die wenig bekannte, aber sehr hübsche Schauspielerin Ottilie »Ottchen« Schulze, zog mit ihr in die Villa und schwängerte sie. Und während all dies geschah, gedieh im Havelland der Traum von der Erdölförderung, und in unmittelbarer Nähe der Fundstellen entstand die Siedlung Beutenberge. Alles wäre gut gewesen, ja perfekt, wenn nicht das Öl... ja, man müsse es wohl so nennen... plötzlich abhandengekommen wäre. Auch dies ein Wunder: Bereits wenige Wochen nach dem Beginn der Förderarbeiten war es fort. Man bohrte tiefer, es blieb fort. Man bohrte so tief es möglich war – kein Tropfen. Eine Tücke der Natur? Ein perfider Sabotageakt, wie und von wem? Oder von vornherein Betrug? Wer ist denn eigentlich dieser Adalbert Wutzner, begann man sich nicht nur in Potsdam, sondern auch in Berlin und schließlich überall in der Republik zu fragen. Ein Hauptfeldwebel a. D. – ja schön, aber was hat er denn gelernt? Was ließ ihn denn in irgendeiner Weise mit Erdöl in Verbindung stehen? Nichts. Oder seit wann hätten Bürokaufleute, wie er doch einer war, eine spezielle Beziehung zu diesem Stoff? So sehr sich Adalbert Wutzner auch zu verteidigen suchte, man hielt ihn für einen ausgemachten Hochstapler. Auch sein Argument, dass Fachleute die Erdölvorkommen bestätigt hätten, fruchtete nicht. Sie, die Fachleute, hätten sich blenden lassen von seiner unverschämten Hochstapelei. »Ohne Frage«, so Edwins wohlbedachtes Resümee, »Adalbert Wutzner war der Sündenbock für die unerfüllten Hoffnungen der Menschen... Und sein Fall ein Vorbote jener Irrationalität, die die Welt in späteren Jahren beinahe vollständig in Schutt und Asche legte.«

Wenn schon solch eine Sentenz, dann muss sie auch nachklingen. Das kann sie, während der nächste Wurzelpeter, das nächste Bier serviert werden. Und weiter geht's: Nach einer Gnadenfrist von einem Monat, in der sich immer noch kein Tröpfchen zeigte, erhielt Adalbert Wutzner eine Anklage wegen Betrugs und wurde zu einer Haftstrafe von sechs Jahren ohne Bewährung verurteilt. Ottilie Wutzner ließ sich scheiden und heiratete bald darauf den halbwegs bekannten Schriftsteller Diethard Simmel, der ihr zu einem Theaterengagement in einer Stadt namens Oberhausen verhalf. Sie gebar einen Sohn, der vom neuen Mann adoptiert wurde. Egon Simmel, so hieß das Kind.

Edwin macht die nächste Schluck-Bier-Pause. Einen Vortrag, weiß er, steigert man am eindrucksvollsten, indem man von der Vergangenheit in die Gegenwart wechselt. Das tut er wie jedes Mal an dieser Stelle:

»Als Egon dreizehn Jahre alt ist, lässt sich seine Mutter abermals scheiden und erzählt dem Jungen, dass sein Vater nicht dieser Simmel sei, sondern ein Mann namens Adalbert Wutzner... ein großer Abenteurer, der fürs Vaterland Erdöl fand, doch dann, weil das Erdöl ausblieb, inhaftiert wurde. Egon fühlt sich von der Mutter verraten... zumal er seinen Adoptivvater sowieso nie mochte. Mit achtzehn verlässt er sie, zieht nach Berlin, wo er als gelernter Fliesenleger eine Arbeit findet. Es ist das Jahr 1938, die Nazis an der Macht. Er versucht, Adalbert Wutzner zu finden. Deshalb fährt er nach Beutenberge. Wo, wenn nicht dort, kann man etwas wissen?«

Mit dem Regionalzug bis Nauen, so Edwin, dann mit einem langsamen Überlandbus, der nach über einer Stunde Halt in Beutenberge macht. Wo sind denn hier die Berge, fragt sich Egon, als er auf dem Hauptweg steht, einem schlichten Betonplattenweg, von dem fünf kleine Schotterstraßen abgehen, die links und rechts von grau verputzten Häuschen mit flachen Satteldächern gesäumt sind. Er geht ins Lebensmittelgeschäft, das sich von den anderen Häuschen nur durch ein Schild mit der Aufschrift *Frische Waren* unterscheidet. Dort steht eine schlanke Enddreißigerin hinterm Verkaufstisch, Kurzhaarschnitt, hochgeschlossene Bluse, die Inhaberin des Ladens. Ich suche meinen Vater, Adalbert Wutzner, sagt Egon. Hab ihn hier nicht im Sortiment, antwortet Elfriede Schrebnitz. Egon verlässt den Laden, geht durch die Siedlung, und als er im Talweg auf eine kleine, rundliche Frau trifft, die hinterm Gartenzaun ihre Tulpen gießt, versucht er es aufs Neue: Entschuldigen Sie bitte, ich suche meinen Vater, Adalbert Wutzner. Die Frau ist Mitte dreißig, ihr Blick freundlich, mitleidvoll. Ach, dann kommen Sie einfach mal rein.

Edelgard Nickel heiße sie, und natürlich kenne sie den Herrn Wutzner. Ohne ihn wäre sie ja nicht in Beutenberge gelandet. Sechzehn war sie, und ihr Vater sollte das Erdöl aus der Erde holen. Aber da es das nach ein paar Wochen nicht mehr gab, musste er sich in Nauen eine Arbeit im Tiefbau suchen. Und Adalbert Wutzner, fragt Egon vorsichtig. Edelgards Augen füllen sich mit Tränen. Ein schöner Mann, irgendwie so. Sie ähneln ihm sehr. Er ist im Gefängnis gestorben. So haben wir's gehört. Kurz bevor er rausgekommen wäre, soll's passiert sein.

Egon ist erschüttert. Er fährt nach Berlin und beantragt die Änderung seines Nachnamens. Zunächst will man seinem Ansinnen nicht folgen, doch als er Adalbert Wutzner, ohne auch nur das Mindeste über dessen politische Haltung zu wissen, als national begeisterten Menschen schildert, als Vorreiter des Nationalsozialismus, bekommt er die Umbenennung genehmigt. Als Egon Wutzner kehrt er zurück nach Beutenberge und bittet Edelgard Nickel um Unterkunft. Sie ist entzückt von dem jungen Mann auf den Spuren des Vaters. Wenn sie nicht sechzehn Jahre älter wäre als er, wer weiß, was sich zwischen ihnen entspinnen könnte. Sie genießt es, den Wutzner-Sohn zu umsorgen, und er genießt es, von ihr umsorgt zu werden; Erotisches kommt ihm nicht in den Sinn. Das ist anders, wenn er das Lebensmittelgeschäft betritt und die mürrische Elfriede Schrebnitz erlebt. Obwohl sie ebenfalls der Rubrik alte Jungfer zugerechnet wird und sogar zwanzig Jahre älter ist als Egon, stellen sich bei ihm bestimmte Fantasien ein, die er nur abstrus und schmutzig finden kann; missen jedoch möchte er sie keinesfalls: Einmal reißt er ihre Bluse auf, und die Knöpfe fliegen im Laden umher. Ein andermal fasst er derart flink unter ihren langen Rock und packt ihre Beine, sodass sie nicht wegrennen kann und sich vor Schreck auch nicht wehrt, stattdessen einen ebenso überraschten wie wonnevollen Seufzer von sich gibt. Niemandem erzählt er etwas von diesen Vorstellungen; wem sollte er auch? Sicherlich werden sie ausbleiben, sobald er das erste Mal Sex gehabt haben wird. Nur wann und mit wem? Egal. Hier jedenfalls nicht. Hier ist er, um die Mission seines Vaters zu erfüllen.

Jeden Morgen läuft er los, Kilometer um Kilometer, über Felder und Wiesen, durch Dörfer und Wälder, Spaten und Spitzhacke hat er dabei und einen Elan, der größer nicht sein könnte. Von den Bauern und Bäuerinnen erfährt er, wie der Vater vorgegangen ist, und tut es ihm nach: Gräbt und riecht an der Erde, in die Erde hinein; zweimetertiefe Löcher hebt er aus, stampft und hüpft stundenlang in den Gruben.

Nicht lange, und Staat und Partei werden auf ihn aufmerksam. Emil Stürtz, Gauleiter des Gaus Kurmark, lässt ihn zu sich beordern, und Egon gelingt es, den Parteifunktionär von der Glaubwürdigkeit seines Unterfangens zu überzeugen. Das ganze Havelland, so sein Traum, soll voller moderner Pferdekopfpumpen sein; wunderschöne Gebilde, eine Augenweide für jeden Freund, angsteinflößend für alle Feinde. Darüber hinaus werde er mit dem Ölfund die Ehre seines Vaters wiederherstellen. Adalbert Wutzner, der durch und durch nationalsozialistisch gedacht und gefühlt habe, würde stolz auf ihn sein, wenn er nicht in der verhassten Weimarer Republik sein Leben hätte lassen müssen. Gauleiter Stürtz ist die nationalsozialistische Gesinnung Adalbert Wutzners unbekannt; aber wenn es denn so sei, soll es ihm und dem Vaterland recht sein.

Egon Wutzner sucht den Sommer über und den Herbst, bis es winterlich kalt wird und Bodenfrost droht. Jede Nacht kehrt er erschöpft, doch mit unvermindertem Glauben ins Häuschen von Edelgard Nickel zurück. Er verzehrt das Abendessen, das für ihn bereitsteht, schläft drei Stunden und zieht aufs Neue los. Die dünnen Wutzner-Beine, vom Vater geerbt, haben bald jeden Zentimeter Erde zwischen Nauen, Oberkrämer, Friesack und Havelsee berührt, aber nicht ein einziges Mal hat es unter ihnen vibriert. Eines Nachts läuft er nicht zurück nach Beutenberge, sondern weiter von Pessin nach Paulinenaue, nach Wiesenau, Fehrbellin, Temnitztal... Er läuft und läuft, Spaten und Spitzhacke im Rucksack. Die Füße schmerzen, der Kopf schmerzt, er muss weiterlaufen, um den Schmerz nicht mehr zu spüren. Einmal schläft er im Gehen ein, stolpert über einen Strauch, stürzt und rappelt sich auf. Weiter, weiter, die Schritte werden kleiner, manchmal torkelt er, schlägt sich mit den flachen Händen ins Gesicht, um wach zu bleiben... Die Morgendämmerung setzt ein, Raureif auf den Wiesen, eine fahle Sonne hinterm Wald, in dem es knackt und knistert. Neben einer riesigen Eiche bleibt er stehen. Kann nicht mehr gehen, legt den Kopf auf die Brust, lässt sich auf die Knie sinken. Nur wenige Sekunden, und er wird vornüberfallen, und die Kälte aus dem Boden wird seinen Körper umklammern. Er wird nicht mehr aufstehen, nie mehr. Der Tod durch Erfrieren ist ein schöner Tod. So hat er es einmal gehört. Wo? Von wem? Egal. Er legt sich bäuchlings auf die Erde, die Augen geschlossen. Schläft er schon, und ist das Vibrieren ein Vibrieren im Traum? Es breitet sich unterm Bauch bis zum Herzen aus, wärmt den Brustkorb, den Hals, den Kopf. Noch im Liegen greift er nach dem Rucksack auf seinem Rücken, holt die Spitzhacke heraus. Springt auf, beginnt zu hacken, dem Vibrieren entgegen, Zentimeter um Zentimeter … Gegen Mittag finden ihn Bauern, hieven den Bewusstlosen aus der metertiefen Grube, schleifen ihn zu ihrem Pferdefuhrwerk, rütteln ihn wach, versorgen ihn mit Wasser und Brot und fahren diesen Menschen, der zusammenhanglos von seinem Vater, vom Vaterland, vom kommenden Krieg und vom Erdöl redet, nach Nauen ins Krankenhaus.

Edwin ist nicht weniger außer Atem, als es Egon Wutzner gewesen sein muss. Ein Schluck Bier hilft, um weiterreden zu können: Egon, kaum wieder bei Kräften, flüchtet aus dem Krankenhaus, Richtung Temnitztal, dorthin, wo Spaten und Spitzhacke noch liegen, sofern sich nicht irgendjemand ihrer bemächtigt hat. Kurz vor Paulinenaue wird er von der Polizei gestellt. Man will ihn in die ärztliche Obhut zurückbringen, aber er widersetzt sich, schlägt auf die Polizisten ein und wird verhaftet. In der Untersuchungshaft verlangt er, den Gauleiter Stürtz zu sprechen, doch der, vom Gericht benachrichtigt, gibt vor, einen Egon Wutzner nicht zu kennen. Im Prozess geht Egon auf die Strafvorwürfe nicht ein, sondern erläutert, dass er nur eines im Sinn gehabt habe: dem Vaterland zu dienen, das große Mengen Erdöl brauche, um einen motorisierten Krieg zu gewinnen.

Am letzten Tag des Prozesses kommt es zur Wiederbegegnung mit drei Frauen aus Beutenberge, die als Zeuginnen geladen sind: Elfriede Schrebnitz, Edelgard Nickel und Lucinde Ihm, die Edelgards Nachbarin ist; Egon kennt sie nur vom

Grüßen. Elfriede Schrebnitz kann oder will auch im ehrwürdigen Potsdamer Gerichtssaal nicht auf ihre mürrische Art verzichten: Was sie denn sagen solle. Kenne den Mann ja kaum. War nett und höflich, reicht das? Immerhin, von ihr hat Egon ein schlechteres Zeugnis befürchtet. Edelgard Nickel indes schwärmt unter Tränen, dass sie noch nie einen Menschen erlebt habe, der anständiger gewesen wäre als Egon Wutzner. Sie fällt fast in Ohnmacht bei so viel Lob; Lucinde Ihm muss sie stützen und sagt, dass sie Herrn Wutzner eigentlich nicht kenne, aber das Vaterland müsse dankbar sein für junge Männer, die sich derart aufopfern.

Egon Wutzner wird freigesprochen, Beutenberge allerdings darf er, aus Gründen der Volkssicherheit, nie wieder betreten. Wenige Monate später beginnt der Krieg, und Egon wird eingezogen. Nach Polen muss er, dann weiter nach Russland, wo er von Adolf Hitlers »Weisung Nr. 41« hört: Zunächst soll Stalingrad erobert werden, danach der Kaukasusraum mit seinen Erdölzentren. Welch immense Bedeutung das schwarze Gold für den Führer hat, wird ihm vollends bewusst, als er von dessen Worten auf einer Oberbefehlshaber-Besprechung hört: »Wenn ich das Öl von Maikop und Grosny nicht bekomme, muss ich diesen Krieg liquidieren.«

Egon ist dermaßen begeistert, dass er nicht im Entferntesten ahnt, dass dieses Vorhaben der Anfang vom Ende ist. Drei Monate später wird es in der Schlacht um Stalingrad im Grunde genommen schon besiegelt. Von nun an ist die Wehrmacht auf dem Rückzug, doch Egon glaubt an eine Wende zum Sieg, mit sprudelnden Ölquellen fürs Deutsche Reich. Noch im Jahr 1944, als er seinen ersten Heimaturlaub antritt, glaubt er daran und fährt nach Beutenberge. Die Auflage, den Ort aus Gründen der Volkssicherheit nicht mehr betreten zu dürfen, stammt noch aus der Zeit des Friedens; der Krieg, so entscheidet er für sich, kennt solche Anordnungen nicht.

Von einem Kameraden hat sich Egon ein Motorrad ausgeborgt, eine BMW R75; den Rucksack aus der Erdölsucherzeit mit drei Flaschen Wacholderschnaps gefüllt, hält er am Dorfeingang. Es ist ein warmer Frühherbstabend, er fühlt sich zu Hause, und zugleich ist er aufgeregt wie nie zuvor. Er trinkt einen kräftigen Schluck, und da er trotz vieler Soldatenbesäufnisse nicht viel verträgt, verliert er ein wenig die Kontrolle über seine Wutzner-Beine. Leicht torkelnd geht er auf das Lebensmittelgeschäft zu, in dem Elfriede Schrebnitz Zucker- und Mehltüten in Regale sortiert. Fast erstarrt sie, als er in der Tür steht. Ich denke, Sie sind an der Ostfront. – Jetzt bin ich hier. – Desertiert? Mürrisch hört es sich an, hochmütig. Egon spürt Wut in sich aufsteigen: Was heißt hier *desertiert*? Sie antwortet nicht. Ihre Bluse ist bis zum Hals zugeknöpft. Egon nimmt den nächsten Schluck, geht auf sie zu, doch bevor er die Bluse aufreißen kann, ist sie ein Stück zurückgewichen. Du dussliger Kerl, verschwinde. – Warum? – Ich mach mir nichts aus dir. – Warum? – Ich mach mir nichts aus Kerlen. Verschwinde. – Hässliche Ziege, stößt Egon hervor, torkelt aus dem Laden, den Hauptweg entlang, den Talweg hinauf. Edelgard Nickel gräbt Tulpenzwiebeln ein, sieht ihn, stößt einen Seufzer aus vor Freude. Bist du gesund, wie geht es dir? Die kleine rundliche Frau fasst seine Hand, zieht ihn in ihr Häuschen. Wie ein Mädchen, denkt Egon. Ein altes Mädchen. Ich koche für dich, ich sorge für dich, ruh dich aus, so lange du willst. – Ich ruh mich aus, wenn ich tot bin. – Tot, mein Lieber, bist du noch lange nicht. – Ja, sagt er, packt ihren Kopf mit beiden Händen und küsst sie. Sie fängt an zu zittern, stößt einen Schrei aus, reißt sich von ihm los. Was ist mit dir? Du bist ja betrunken. Ich dachte, du wärst ein anständiger Mensch… Er winkt nur ab, torkelt hinaus. Sieht Lucinde Ihm in ihrer Haustür stehen. Sie bewegt ihren Kopf zum Zeichen, dass er herüberkommen soll.

Sie ist die jüngste unter den drei Frauen; achtunddreißig Jahre alt, klein und dünn, aber mit einem großen, kräftigen Hintern gesegnet, wie Egon findet. Sie sitzen in ihrer Küche, trinken Wacholderschnaps, und Lucinde erläutert ihm, dass sie in Nauen als Putzkraft in einer Schule arbeite und die Kinder dort so nervtötend finde, dass sie hofft, der Führer werde die Ungeheuer bald für seine großen Kriege benötigen, wo aus ihnen vielleicht doch noch anständige Menschen werden. Anständige Menschen, lallt Egon grinsend vor sich hin, worauf Lucinde ihn unvermittelt fragt, wie man denn eigentlich so bescheuert sein könne, im Havelland nach Erdöl zu suchen. Hätte sie mit ihrer Aussage vor Gericht nicht zu seinem Freispruch beigetragen, würde er jetzt aufstehen und sie an der Gurgel packen, auch wenn der Schnaps seine dünnen Beine schon fast lahmgelegt hat. So aber schnappt er sich Lucindes riesige Segelohren, zieht ihr Gesicht zu sich heran und sagt in feierlichem Ton: Ich mach dir… einen Sohn… fürs Vaterland. Niemand würde bei diesen Worten darauf kommen, dass Egon Wutzner noch nie Sex gehabt hat. Er lässt sich, Lucindes Ohren unverändert fest im Griff, mit ihr auf den Küchenboden sinken, hebt ihren Rock, zieht ihren Schlüpfer herunter …

Wie jedes Mal an dieser Stelle unterbricht Edwin seinen Vortrag, denn was er nun sagen müsste, kann sich jeder selbst denken. Er ist auch kein Meister bestimmter Beschreibungen, also versucht er es besser erst gar nicht. Stattdessen ein Schluck Bier und kräftiges Durchschnaufen. Und weiter geht's: Egon Wutzner steckt die halbvolle Flasche Wacholderschnaps in seinen Rucksack und fährt mit der BMW R75 los. Der entgeisterten Lucinde, die ihm von der Haustür aus hinterherstarrt, ruft er zu, dass er wiederkomme, sobald der Krieg zu Ende sei, und sein Söhnchen werde den stolzen Namen Wutzner tragen.

Mit Beginn der Dunkelheit hat Egon seine metertiefe Grube erreicht, neben der riesigen Eiche. Wie nach fünf Jahren nicht anders zu erwarten, sind Spitzhacke und Spaten fort. Aber zur Not würde er auch mit bloßen Händen das kräftig gewachsene Gras herausreißen und weitergraben. Er stampft und springt, eine Stunde, zwei Stunden, drei Stunden, doch der Boden vibriert nicht, nicht ein bisschen. Gut, sagt er sich, dann eben nicht. Die Erdölfrage hat sich nach Russland verlagert; noch kann Russland erobert werden, da gibt es keinen Zweifel, da muss man einfach optimistisch bleiben.

Zurück an der Front, trifft ihn am dritten Tag eine Partisanenkugel ins Herz. Egon Wutzner ist, wie es heißt, auf der Stelle tot. In der Brusttasche seiner Uniform findet sich ein Zettel mit der Notiz, dass im Falle seines Ablebens Frau Lucinde Ihm aus der Siedlung Beutenberge im Havelland zu benachrichtigen sei.

Mit dieser Feststellung könnte der selbsternannte Heimatchronist Edwin Kronokiewitschky seine Erzählung beenden, doch die Pointe, wegen der er überhaupt Abend für Abend berichtet, steht noch aus: Als Lucinde vier Wochen später von Egons Tod erfährt, weiß sie bereits, dass sie von ihm schwanger ist. Sie hat mit einigen Männern geschlafen, von keinem ist sie schwanger geworden. Und nun mit achtunddreißig... dass das überhaupt noch geht in dem Alter... Und dann von einem Mann, den sie im Grunde genommen gar nicht kennt. Von einem Verrückten... Wer weiß, was der an Absonderlichkeiten zu vererben hat. Wäre jedenfalls ein Wunder, wenn das Balg nicht noch nervtötender wäre als alle anderen. Keine Frage, es muss weg. Lucinde klettert auf den Küchentisch, springt auf den Fußboden, drei Mal, sechs Mal, zehn Mal… Nichts passiert, zumindest spürt sie nichts. Das soll so sein, Schicksal… Und überhaupt: Ist es nicht so, dass es Unglück und nichts als Unglück bringt, die von einem Toten stammende Frucht abzutreiben?

Lucinde Ihm lebt ihr Leben weiter, als wäre nichts geschehen: Sie fährt mit dem Überlandbus nach Nauen, um in der Schule Reinigungsarbeiten zu verrichten; nachmittags fährt sie heim, hört Blasmusik im Radio, kocht ihr Essen und pflegt den Garten, und als der Krieg zu Ende geht, ist sie hochschwanger. Zwei Monate später kommt ihr Kind auf die Welt, tatsächlich ein Sohn; Lothar nennt sie ihn. »Mein Freund Lothar Ihm«, betont Edwin. »Der Ihmsche, wie wir ihn nannten, über viele Jahre …«

Damit macht er einen Punkt; es ist der Punkt, den er jedes Mal macht. Würde ihn jemand fragen, wie er sich fühlt, würde er sagen: Wie ein Lappen, der bis zum letzten Tropfen ausgewrungen ist. Ein paar Bier könnten helfen, den Lappen wieder in Schwung zu bringen. Aber wozu? Lothar Ihm, der Ihmsche… auch er ein Finder des schwarzen Goldes. Aber das ist ein anderes Kapitel, zu viel für einen Abend und zu intim für fremde Menschen. Ach Lothar, könntest du doch hier sein. Oder gäbe es wenigstens die Chance, dich wiederzusehen, mit dir zu sprechen, zu trinken.

Lucy Schröder kassiert die Gäste ab; das Trinkgeld, das reichlich gezahlt wird, steckt sie Edwin in die Brusttasche seines Hemds. Obendrein bekommt er eine Flasche Wurzelpeter. Von ihr aus könnte es auch ein anderer Kräuterlikör aus höherer Preisklasse sein, doch Edwin will nur seine Stammsorte. Das sei eben Tradition. Die brauche der Mensch.

Auch wenn sie am Wahrheitsgehalt seiner Erzählung zweifeln, wichtig ist, dass die Leute ihm zuhören, ihn erleben wollen und das, was er erzählt, zumindest Teile davon, für möglich halten. Außerdem: In welcher Kleinstadt, nicht nur in Brandenburg, sondern im ganzen Osten, gibt es denn noch eine Kneipe, in der solch ein Heimatabend stattfindet? Sonntag für Sonntag, wie ein Monolog im Theater. Lucy ist gewissermaßen die Intendantin; darauf ist sie stolz. Wenn das nicht so wäre, hätte sie mit ihren siebzig Jahren die Kneipe längst verkauft.

Edwin Kronokiewitschky winkt den Gästen hinterher, die *Schröders Wirtsstube* verlassen, ohne ihn mit Fragen oder Bemerkungen belästigt zu haben. Vielleicht gehen sie in eine andere Kneipe, um sich untereinander auszutauschen; hier jedenfalls ist Feierabend.

»Na dann, bis zum nächsten Mal«, verabschiedet sich Edwin von Lucy Schröder, und sie denkt sich wieder einmal, ob er nicht, so klug und fantasievoll wie er reden kann, ein attraktiver Mann wäre, in den man sich unter Umständen sogar verlieben könnte. Aber was heißt hier Umstände? Er ist ein alter Säufer, ein Wrack, dessen Gegenwart einzig und allein darin zu bestehen scheint, dass er einen Heimatchronisten spielt, die Rolle seines Lebens, die sich nur aus Vergangenem speist.

*

Für einen alten Sack gibt es kein gutes Wetter, sagt sich Edwin, als er im Rollstuhl die Karl-Marx-Straße Richtung Güterbahnhof hinunterfährt. Und eine gute Jahreszeit erst recht nicht.

Im Sommer schwitzt man jeden Tropfen Alkohol fünffach aus, im Herbst kriecht einem die Dunkelheit ins Gemüt, bis man sich nur noch vor den nächsten Güterzug werfen will, im Winter klappern die morschen Knochen und die Menschen rennen vor einem weg, weil sie denken, der Sensenmann ist gekommen. Und der Frühling? Der Frühling ist die gefährlichste Jahreszeit: Das Herz schlägt höher, das Blut fließt schneller, aber es fließt nicht, wie es fließen soll, immer schön im Kreis herum, es fließt von unten nach oben, und irgendwann, bevor der Sommer beginnt, ist es tatsächlich so weit, dass kein Milligramm Blut mehr in den Beinen ist und der Kopf platzt, weil der rote Saft nicht weiß, wohin.

Die Jalousien an Krückes Fenstern sind wie immer heruntergelassen. Niemand soll ihn sehen. Deshalb geht er auch nicht aus der Wohnung. Wenn er etwas braucht, bringt Edwin es ihm mit: Bier, Schnaps, Brot, Butter, gelegentlich einen Apfel oder eine Möhre. Edwin, den er Blutblase nennt, so wie früher schon; früher, als sie Lothar Ihm den Ihmschen genannt haben. Er selbst, Heiner Schmidtke, heißt seit seiner Beinamputation Krücke, obwohl er nie eine Krücke benutzt hat. Erst vor ein paar Jahren hat er von der Krankenkasse einen Rollstuhl bekommen. Aber da er seine Erdgeschosswohnung nicht verlässt, hat er ihn dem Freund geborgt. Eine Dauerleihgabe, die mit dem Tod enden wird; mal sehen, wessen Tod zuerst kommt.

Edwin klopft an die Jalousie vom Küchenfenster, hinter dem Krücke sitzt. Drei Mal kurz, drei Mal lang, das ist ihr verabredetes Zeichen. Dann rollt er durch den offenstehenden Hauseingang und wird vom Freund in der Wohnungstür erwartet. Sie stoßen die Fäuste aneinander, bevor Edwin über den Flur in die Küche rollt, die Flasche Wurzelpeter unter der

Jacke hervorholt und sie auf den Tisch stellt. »Absacker!«, sagt er. Es klingt wie ein Befehl.

Das erste Glas auf ex, das zweite hingegen langsam und schweigend. Beim dritten Glas klopft Krücke sich zwei Mal kurz hintereinander aufs Holzbein und stellt seinen Gedankenstrom auf laut: »... Muss hier nicht raus, höchstens mit den Füßen zuerst, aber das kann gerne noch 'n bisschen hin sein. Hab genug gesehen, reicht für zwei Leben, mindestens... Will ich mir nicht kaputt machen... durch unnütze neue Eindrücke. Außerdem, hab dich ja. Wehe, du kommst nicht mehr ...«

Edwin betrachtet den Freund, den er seit der Schulzeit kennt. Mit fünfzehn ließ sich Heiner Schmidtke seinen Vokuhila wachsen, *Vorne-kurz-hinten-lang*, aber davon ist nichts mehr zu sehen. Ein fusseliger Haarkranz ist übrig geblieben; eine Opa-Frisur, wie sie es früher nannten. Nur die lange Hakennase hat sich nicht verändert; sie ist picklig wie in der Pubertät. Greisen-Pubertät, sagt Krücke dazu, wenn er sich bisweilen einen Pickel ausdrückt.

Edwin muss nicht erklären, dass er so lange kommen wird, wie es ihm möglich ist, und Krücke erwartet diese Zusicherung auch nicht. Im Gegenteil, sie wäre fast eine Beleidigung, denn unter Freunden ist es doch selbstverständlich, dass der eine den anderen besucht, so lange es geht. Und Krücke bei seiner Litanei zuzuhören, ist für Edwin eine Art Ehrensache.

»War ja privilegiert... typisch real existierender Sozialismus... nur Rentner, die in 'n Westen durften, abgesehen von Berühmtheiten oder Spionen, und als Invalidenrentner war man eben auch Rentner ...« Ein hämisches Lachen von Krücke, als hätte er jemanden ausgetrickst. Als wäre es ein cleverer Schachzug gewesen, auf die Straße zu laufen, wo ein Auto über sein Bein fuhr. Ein Bein als Preis für einen Reisepass, wenn das nicht ein erstklassiges Geschäft genannt werden darf. Allerdings, so ist es nicht gewesen. Das Bein nämlich hätte er gern behalten, und deshalb war es ein Fehler gewesen, vor dieser Frau davonzurennen, damals... Aber das ist eine andere Geschichte, an die er gar nicht denken möchte. »DDR und der Westen. Kann man heut keinem mehr erklären, versteht ja keiner... Heutzutage denken die jungen Leute, Hitler hätte die Mauer gebaut, und der Erste Weltkrieg wäre irgendwann im Mittelalter gewesen. Ist es nicht so?«

Edwin könnte nicht sagen, wer oder wie viele Leute das denken. Woher soll er es auch wissen?

»Muss nicht mehr raus«, fährt Krücke fort, »mein Draußen ist die Vergangenheit. Die nehme ich mit ins Grab, genauso wie sie war und deshalb immer sein wird ...«

Durchhalten, sagt sich Edwin und nimmt schon mal seinen Kopf in beide Hände, damit er nach einer halben Stunde glaubwürdig behaupten kann, er müsse los, der Kopf brauche Ruhe, sonst sei es aus mit ihm, ein für alle Mal. »Kannst hier schlafen«, schlägt Krücke manchmal vor, obwohl er weiß, wie die Antwort lautet: »Ach, lass mal gut sein, mein Bett ist mein castle.« – »Das heißt: My home is my castle«, erwidert Krücke dann und freut sich jedes Mal, dass *er* immer noch Englisch kann, wenn auch mehr schlecht als recht, während sein Freund Blutblase fast alle Wörter vergessen hat und trotzdem oder gerade deshalb bei seiner Variante des Spruches bleibt.

»Hör mal zu!«, sagt Krücke, bevor der Freund nach Hause rollt. »Hab was Komisches geträumt: Hielt 'ne Plattenhülle in den Händen... ausgerechnet Frank Zappa, der Atonale... das rötlichschwarze Cover mit der Frau im Bikini... und aus der Hülle kommt eine Biene gekrochen. Grinst mich an und fliegt davon.«

Er nimmt einen Schluck Wurzelpeter, beugt sich zu Edwin vor und spricht mit seiner tiefheiseren Stimme: »Wo kamen denn bloß diese Bienen her... damals?«

Edwin schweigt. Er weiß es nicht. »Erinnerst du dich, wie alles anfing«, setzt Krücke nach.

Natürlich kann sich Edwin erinnern. Sie haben lange nicht darüber gesprochen. Wie lange, fragt er sich und spürt wieder Blut in seinen Kopf steigen. Unaufhaltsam... Dieses Wort denkt er: unaufhaltsam. Das macht ihm Angst. Edwin alias Blutblase lenkt sich ab, indem er versucht, sich eine grinsende Biene vorzustellen.

Wie der Ihmsche mit einem Loch umgeht und Muttsch sich mit neuen Bewohnern anzufreunden versucht

In jenem Sommer 1979 und auch später konnte der Ihmsche nicht sagen, was zuerst dagewesen war: das Loch oder die Bienen.

Waren die Bienen vom Loch angelockt worden, oder hatten sie es in die dunkelgrau verputzte Rückwand des Hauses gefressen, um sich einen knappen Meter unterm Satteldach ein Zuhause einzurichten? Und wenn das Loch zuerst dagewesen war, wer oder was hatte es in die Wand geschlagen, gebohrt, gebissen, wie auch immer? Und warum hatte er, der Ihmsche, es erst bemerkt, als einige der Tierchen in der Sonnenwärme eines späten Maitages ein- und ausflogen? Schließlich war er Maurer, auch wenn er nicht mehr als solcher arbeitete.

Musste man, dachte er, nur weil man Maurer war, unbedingt alle möglichen Löcher bemerken? Allerdings: Es handelte sich ja nicht um alle möglichen Löcher, sondern um eines in der Rückwand *seines* Hauses. Nein, auch das war nicht richtig: Es war nicht sein Haus, es war das von Muttsch. Man sollte, sagte sich der Ihmsche, schon genau sein bei solchen Überlegungen. Wozu stellt man sie sonst an?

Eines Abends Anfang Juni stand er vor der Wand, starrte auf das Loch und fragte sich, wie es wäre, wenn eine Erdöl-Fontäne aus dem Loch geschossen käme. Nein, das war nicht nur abwegig, das war schlichtweg verrückt. Eine Plage, immer wieder an dieses unglückselige Erdöl zu denken. Dann hörte er das Rascheln der Kittelschürze, die Muttsch, außer im Bett, so gut wie immer trug.

»Hast du das gesehen?«, fragte er, um einer Frage ihrerseits zuvorzukommen und ohne den Blick vom Loch zu nehmen.

»Was«, entgegnete Muttsch.

Eine Biene kam aus dem Loch gekrochen, schüttelte sich ein wenig und flog davon.

»Was ist das?«, fragte Muttsch.

»Eine Biene.«

»Das seh' ich, dass das eine Biene ist.«

»Warum fragst du dann?«

Eine zweite Biene krabbelte heraus. Eine weitere kam herangeflogen und verschwand im Loch.

»War das die, die eben weggeflogen ist?«, fragte Muttsch.

»Das weiß ich nicht.«

»Was weißt du überhaupt?«

Der Ihmsche schluckte. Aber seinen Blick hielt er unverändert auf das Loch gerichtet.

»Nein, die war es nicht«, sagte er und ärgerte sich, dass es ihm nicht gelungen war, den Groll in seiner Stimme zu unterdrücken.

»Ich denke, du weißt es nicht«, sagte Muttsch.

Er war an diese Art von Dialog gewöhnt, die allzu oft auf Brüskierungen, ja Demütigungen hinauslief. Warum nur wohnte er wieder bei ihr? Ende des Sommers würde er fünfunddreißig werden; das könnte ein guter Absprung sein. Der Gedanke gefiel ihm. Stellte ihn zufrieden. Das wiederum war gefährlich. Nie würde er den Absprung schaffen, wenn ihn der Gedanke daran schon zufriedenstellte.

»Ich könnte das Loch zugipsen«, sagte er. »Oder zukleben. Und versiegeln.«

»Und versiegeln«, äffte Muttsch ihn nach. »Tu nicht so fachmännisch.«

Das hatte gesessen. Zumal sie recht hatte: Er wollte fachmännisch erscheinen. Dabei hatte er es als Maurer gar nicht nötig, den Fachmann herauszukehren, er war es einfach. Oder war er es nicht, weil er seit elf Jahren nicht mehr in dem Beruf arbeitete? Weil er gar nicht mehr richtig arbeitete?

»Die Bienen«, fuhr sie fort, »das sind so schöne Tiere. Die bleiben. Die bringen Licht in mein Herz.«

Der Ihmsche hätte am liebsten laut losgelacht, aber das traute er sich nicht. Immerhin, wenn Muttsch so kitschig daherredete, stimmte sie das wenigstens ein bisschen milde. Meistens jedenfalls. Er hörte wieder das Rascheln ihrer Schürze, und nun wandte er doch seinen Blick von dem Loch und schaute auf ihren großen runden Hintern, den Afrikahintern, wie man in der Siedlung sagte. Dieser Hintern sah seinem kleinen flachen nicht im Mindesten ähnlich. Womöglich, dachte er, befand sich die Fettmasse, die bei ihr den Arsch ausmachte, bei ihm im Bauch, der von zwei dünnen Stachelbeerbeinen getragen wurde. Wie auch immer: Arsch war nicht gleich Bauch. Was wäre demzufolge, fragte er sich – und das nicht zum ersten Mal –, wenn sie gar nicht meine Mutter ist? Allerdings, welches Interesse sollte sie haben, einen durch und durch missratenen Menschen ihren Sohn zu nennen, wenn er überhaupt nicht ihr Sohn ist?

*

In den folgenden Tagen ließ es sich der Ihmsche nicht nehmen, ein ums andere Mal an der Rückwand des Hauses vorbeizugehen und das Loch zu inspizieren. Sollte Muttsch doch sagen, was sie wollte. Zum Glück sagte sie nichts. Sie saß in der Küche, schälte und kochte Kartoffeln, die sie mit Butter oder Quark verspeiste, oder sie hörte Blasmusik aus dem Kofferradio, das im Wohnzimmer neben dem Kanapee stand. Der Ihmsche hingegen hielt sich wie üblich an seine Flüssignahrung, wie er die Mischung aus Wurzelpeter und Schultheiss-Bier nannte, dazu ein Stück Brot oder eine Scheibe Jagdwurst.

Eines Nachmittags starrte er aus zwei Metern Entfernung erneut auf das Loch und hatte den Eindruck, es würde vor seinen Augen wachsen. Rasch holte er einen Zollstock aus dem Schuppen hinterm Haus und maß einen Durchmesser von eins-komma-acht Zentimetern. Eine, zwei und drei Stunden später maß er wieder; die Größe des Loches veränderte sich nicht, keinen Millimeter. Sollte er aufhören, Alkohol zu trinken? Schnaps und Bier machten ihn unempfindlicher gegenüber Muttsch. Gegenüber allem Möglichen. Doch wenn er es nun mit Halluzinationen zu tun bekam, war die Reduzierung der Flüssignahrung vielleicht eine Überlegung wert.

Er ging ins Haus, schlich am Wohnzimmer vorbei, wo Muttsch auf dem Kanapee döste. In seinem Zimmer unterm Bett lag Assi – ein kastrierter Kater, der ihm vor zwei Jahren zugelaufen war. Zottelig und verlaust war Assi gewesen, weshalb der Ihmsche zu ihm gesagt hatte: »Gott, bist du ein asoziales Vieh. Wenn du bleiben willst, muss ich dich Assi nennen.« Worauf Assi – freilich nur in der Vorstellung des Ihmschen – entgegnete, dass sein Fell nicht verwahrloster sei als die langen, fettigen Haare des neuen Herrchens. Eine Frechheit! Nichtsdestotrotz entlauste er den Kater mit eigenen Händen, wusch und kämmte ihn und wies ihm den Platz unterm Bett zu. Daneben standen für gewöhnlich ein Bierkasten oder zwei, und unter einem losen Dielenbrett hatte der Ihmsche den Schlüssel versteckt, mit dem er sein Geheimschränkchen öffnen konnte, das die Flaschen mit seinem Lieblingskräuterlikör enthielt: *Echter Wurzelpeter*. Auf dem Etikett war ein gutgelaunter Wichtelmann abgebildet, der mit seinen suffroten Wangen und dem weißen Vollbart an einem Feuer saß. Über dem Feuer hing ein metallener Topf, in dem es dampfte und brodelte. Für den Ihmschen strahlte das Bild etwas Heimeliges aus, auch wenn ihm klar war, dass es sich um nichts anderes als eine üble Reklamemasche handelte. Das Beste wäre, hatte er manches Mal gedacht, er würde den Schnaps ein für alle Mal weggießen. Doch was sollte er seinen Freunden anbieten, wenn sie zu Besuch kamen? Zum Bier als Hauptmahlzeit gehörte ohne Zweifel das Kompott.

Muttsch waren die Saufereien ihres Sohnes ein Wutärgernis, wie sie es im Stillen nannte. Vor anderen vermied sie das Thema oder reagierte nicht darauf, wenn es jemand ansprach. Um den Anschein zu erwecken, er würde nichts vor ihr verheimlichen, hatte der Ihmsche immer eine Wurzelpeter-Flasche neben seinem Bett stehen, die halb- oder dreiviertelvoll war. Muttsch sollte denken, er nippe nur mal gelegentlich. Medizin, wenn er nicht einschlafen könne – das hatte er geantwortet, als sie einmal danach gefragt hatte.

»Lothar? Komm. Schnell. Komm!«

Ihre Stimme war erst schwach zu hören, dann umso deutlicher. Der Ihmsche trat aus dem Haus, sah sie zwischen Rückwand und Schuppen stehen und verzückt einem Schwarm Bienen zuschauen, der wie ein Luftgeschwader erst eine galante Acht flog und dann eine akkurate Zickzack-Linie.

»Wie schön«, jubilierte sie, »wunderschön.«

Der Ihmsche konnte sich nicht erinnern, sie jemals so

schwärmerisch erlebt zu haben. »Ja«, sagte er, um etwas zu sagen, und spürte, wie wenig er ihrem Gemütszustand vertraute. Nur zu gut wusste er, wie schnell und heftig Stimmungen bei ihr umschlagen konnten.

Assi kam herangeschlichen, schaute zu den Bienen. »Da guckst du, was«, rief Muttsch dem Kater zu. »Komm her.«

Assi machte einen runden Rücken und fauchte. Muttsch schüttelte den Kopf: »Mistvieh.« Die beiden hatten sich noch nie gemocht.

»Ich bin froh«, sagte Muttsch, während die Bienen einen Steilflug gen Himmel präsentierten, »dass wir endlich Haustiere haben, die auch mir Freude bereiten.«

Mit diesen Worten hob sie die Hände, als wollte sie zum Gebet ansetzen. Fehlte nur noch, dachte der Ihmsche, dass die Bienen eine Ehrenrunde um ihren Kopf fliegen und dabei Muttschs Lieblingslied summen: *Alo–Ahe* von Freddy Quinn, »Denk daran, wie schnell die Zeit vergeht. Niemand weiß, was in den Sternen steht.« Er hasste das Lied, aber da er es so oft von Muttsch gehört hatte, kannte er es auswendig.

*

Eine Woche verging, das Loch wuchs keinen Millimeter, dafür wurde die Schar der Bienen größer und größer. Täglich konnte der Ihmsche hören, wie das Summen in der Rückwand zunahm. Bei Sonne waren die neuen Haustiere draußen, flogen im Garten umher oder in den Feldern hinter Beutenberge; bei trübem Wetter oder nachts summten sie in ihrer Behausung, als gälte es, den Putz von der Wand zu sprengen. Das Vibrieren des Erdöls unter seinen Füßen, wie er es vor elf Jahren erlebt hatte, war gar nichts dagegen gewesen, fand der Ihmsche.

Muttsch, von ihrem Sohn auf den Bienenlärm angesprochen, meinte nur, dass sie überhaupt nichts höre. Als er fragte, ob sie schon taub sei, antwortete sie in einem Ton, der kaum hochmütiger sein konnte: »Wenn du wissen willst, warum die Bienen mich nicht stören, sage ich dir, dass ich dir das nicht verrate.«

Dann aber drangen einige der Tierchen durch die Ritzen zwischen den Dielenbrettern ins Haus. Assi schlug mit einer Tatze nach einer Biene und flüchtete prompt, da er sie nicht traf und sie dicht an seinem Kopf vorbeiflog. Der Ihmsche prüfte die Ritzen und verklebte die Löcher mit Duosan Rapid, doch die Bienen fraßen den Klebstoff wie eine Delikatesse. Schließlich hörte er Muttsch in ihrem Zimmer aufschreien; er eilte zu ihr, sie blickte ihn vorwurfsvoll an, während sie sich mit schmerzverzerrtem Gesicht das linke Ohr hielt. »Der hab ich's gegeben«, sagte sie und wies mit einem Kopfnicken auf die tote Biene vor dem Fenster.

Das Ohr schwoll an, auf das Doppelte seiner eigentlichen Größe. Monströs, dachte der Ihmsche, denn die Ohren von Muttsch waren schon von Haus aus beachtliche Segelohren; so wie seine, und quasi der Beweis dafür, dass er wohl doch von ihr abstammte.

»Du hättest sie nicht töten müssen«, sagte der Ihmsche. »Sie sterben sowieso, wenn sie gestochen haben.«

»So ein Quatsch«, entgegnete Muttsch. »Wer sticht denn, wenn er weiß, dass er das nicht überlebt?«

»Die Bienen«, sagte der Ihmsche.

»Du vielleicht, aber nicht die Bienen.«

Sie ging in die Küche, um ihr Ohr unter Leitungswasser zu halten, und fluchte über die heimtückischen Schmarotzer. Sie hätten es so gut bei ihr haben können. Als das Ohr ausreichend gekühlt war und offenbar nicht mehr schmerzte, sagte sie laut und deutlich: »Nochmal so was, und ich schmeiße euch raus, ein für alle Mal.«

Mit hoch erhobenem Kopf ging sie zurück in ihr Zimmer. Der Ihmsche blieb in der Küche; nach einer Weile hörte er einen dumpfen Knall. Wieder lief er zu Muttsch und sah sie wimmernd auf dem Dielenfußboden sitzen und mit beiden Händen ihr linkes Knie halten. »Drecksviecher… sind mir vor den Füßen hin und her geflogen… *musste* ja stürzen… Mein Knie, gebrochen… Gaff nicht so. Tu etwas!«

Der Ihmsche hätte nicht sagen können, woher er die Kraft nahm, als er sie hochhob und über eine und noch eine Türschwelle trug, wie ein Bräutigam seine Braut, nur in die umgekehrte Richtung: aus dem Haus heraus. Vor der Tür fiel ihm ein, dass er sie ja unmöglich bis Nauen ins Krankenhaus tragen konnte. Er setzte sie auf der Wiese ab; sie stöhnte und jammerte, während er zu Frau Schrebnitz lief, die im Konsum um die Ecke hinterm Tresen saß. Der Konsum hatte das einzige Telefon in der Siedlung; Frau Schrebnitz hütete es mit all dem Argwohn, der ihr zur Verfügung stand, und der war nicht gering.

»Muttsch muss sofort ins Krankenhaus«, stieß der Ihmsche hervor, als er den Laden betrat.

»Was hat sie denn?«

»Ihr Knie. Gestürzt. Völlig im Eimer… sagt sie.«

Frau Schrebnitz legte ihre kleine faltige Hand demonstrativ auf das Telefon. »Was denkst du, was bei mir alles im Eimer ist.«

Ihre großen, immer mit Tränen gefüllten Augen starrten den Ihmschen an. Der mitleidheischende Blick jedoch machte ihn ebenso wütend wie die Hand auf dem Telefon. Sollte er die

Hand nehmen und quetschen, dass sie vor Schmerz aufschrie? Oder sollte er die hutzelige Achtzigjährige gleich ganz vom Telefon wegstoßen? Während er überlegte und spürte, dass die Überlegung nur dazu führte, dass er nichts tun würde, hörte er auf einmal Muttschs Wimmern. Er drehte sich um und sah sie in der Tür stehen, so aufrecht wie es eben ging mit dem lädierten Knie. Das Wimmern erschien ihm jetzt als Ausdruck ihrer Angriffslust. Frau Schrebnitz hatte längst ihre Hand vom Telefon genommen. »Bitte«, sagte sie zum Ihmschen, »nun ruf schon das Krankenhaus an. Oder worauf wartest du?«

Wie der Ihmsche und seine Freunde der Rockmusik huldigen und Tante Nickel eine Prophezeiung äußert

Muttsch war bereits drei Tage fort, und der Ihmsche hatte Besuch von seinen Freunden. Mit einer gewissen Erfindungslust erzählte er vom Duell der alten Weiber, wie er die Begegnung nannte, und vor allem von seiner Rolle dabei: Das Schlimmste habe er verhindern können, indem er die Chefin des Konsums, die ihn nicht ans Telefon lassen wollte, einfach wegbeorderte, und dann musste er auch noch Muttsch im Zaum halten.

Die drei Männer saßen nebeneinander auf dem speckigen Sofa im Zimmer des Ihmschen, und Krücke meinte: »Stellt euch nur mal vor, Muttsch hätte sich auf die Alte raufgeschmissen.«

»Wie denn mit dem kaputten Knie?«, entgegnete Blutblase. Und Krücke prompt: »Ganz einfach. Mit ihrem Afrikahintern.«

Er lachte über die eigene Pointe und vor allem über die Vorstellung, wie Muttschs Hintern auf die dürre Frau Schrebnitz plumpste. Der Ihmsche stimmte in das Lachen ein und dann auch Blutblase. Der Ihmsche wusste, dass sie ihm seine Rolle gegenüber den alten Weibern nicht glaubten. Doch das war jetzt egal. Er schenkte die nächste Runde Wurzelpeter ein; alle drei tranken auf ex und spülten mit Bier nach.

Seit Schultagen kannten sie sich, seit der ersten Klasse. Damals hielt noch ein Bus in der Siedlung und fuhr weiter nach Nauen, wo sich die Grundschule und spätere Polytechnische

Oberschule »Ernst Thälmann« befand und sowohl Blutblase als auch Krücke wohnten. Da niemand Blutblases Nachnamen aussprechen konnte, wurde er von allen Eddy oder Krono genannt. Sein Vater war Tischler; ein fleißiger Mann, der nach Feierabend und an den Wochenenden schalwerken ging – was so viel hieß wie Schwarzarbeit. Er nahm seinen Sohn mit, damit der sich ein paar Mark Taschengeld verdienen konnte, doch dem zwölfjährigen Eddy alias Krono fehlte jegliches handwerkliche Geschick; ein ums andere Mal klemmte er sich einen Finger ein oder gleich die ganze Hand und zog sich Blutblasen zu. »Ein Wunder«, pflegte sein Vater zu sagen, »dass du deine beiden Hände überhaupt noch dran hast.« Er begann ihn Blutblase zu nennen, und Krücke war es, der den Namen zufällig aufschnappte und in der Klasse verbreitete.

Ein halbes Jahr später starb der Vater an einem Herzinfarkt, und für Edwin war es nunmehr eine Art Verpflichtung, den Namen Blutblase zu tragen. Da Krückes Vater vorm Mauerbau in den Westen abgewandert war, nannten sich die drei untereinander *Gemeinschaft der Vaterlosen*, wobei die Vaterlosigkeit des Ihmschen wohl am gravierendsten war: Sein Vater, ein hochstapelnder Erdölsucher, hatte ihm dieses Suchen als Erbe hinterlassen.

»Armes Knie, arme Muttsch«, sagte Blutblase, der zu betonter Ernsthaftigkeit gewechselt war. »Trotzdem gut, dass sie mal weg ist. War sie ja ewig nicht. Kann mich jedenfalls nicht erinnern. Soll sie mal 'n bisschen entspannen. Tapetenwechsel. Andere Leute.«

»Lass Muttsch in Ruhe«, entgegnete der Ihmsche. Er mochte es nicht, wenn jemand angeblich wusste, was für Muttsch gut war und was nicht.

»Wie soll ich sie denn in Ruhe lassen, wenn sie gar nicht da ist«, hielt Blutblase dagegen. »Außerdem, ich schätze Muttsch. Mehr als du. Sie steht ihren Mann, ihr ganzes Leben lang schon, wenn du verstehst, was ich damit meine.«

Während der Ihmsche nach einer Entgegnung suchte, sagte Krücke in der Rolle des Schlichters: »Hört mal, Zeit für 'n bisschen Musik, oder was meint ihr?«

»Wird ja Zeit«, erwiderte der Ihmsche und nahm den Stoffbeutel, der über Krückes Schulter hing, erwartungsfroh in den Blick. Jedes Mal, wenn er zu Besuch kam, hatte Krücke diesen Beutel mit Schallplatten dabei: *Machine Head* oder *Made in Japan* von Deep Purple, *Hair of the Dog* von Nazareth, *Demons and Wizards* oder *Sweet Freedom* von Uriah Heep, allerhand Alben von Led Zeppelin, Black Sabbath, Alice Cooper... Er hatte sie aus Westberlin mitgebracht, wohin er als Invalidenrentner fahren durfte, und auf die naheliegende Frage, wie er denn zu der einen und anderen Kostbarkeit gekommen sei, antwortete er stets und mit größter Selbstverständlichkeit, dass es sich ausnahmslos um Geschenke handele: von solidarischen Liebhabern ostsozialistischer Menschen. Anfänglich hatten Blutblase und der Ihmsche das schwerlich glauben können, und die geschwollene Redeweise hielten sie für ein unmissverständliches Zeichen der Lüge. Doch bereits der Ansatz einer entsprechenden Äußerung wurde von Krücke barsch zurückgewiesen. »Denkt ihr etwa, ich hätte diese Kunstwerke geklaut?«, hatte er einmal gesagt. Oder: »Meint ihr, so was liegt im Westen auf der Straße herum?«

Jetzt zog er *Aqualung* von Jethro Tull aus dem Beutel – seit Wochen hatte er von der Platte gesprochen – und reichte sie dem Ihmschen. Der starrte fasziniert den alten Mann auf dem Cover an, der einen arglistigen Bettler, einen tückischen Waldschrat oder vielleicht sogar die böse Seite des heimeligen

Herrn Wurzelpeter darstellte. Dann zog er die Platte aus der Hülle, legte sie auf den Plattenspieler und senkte die Nadel auf die Musik herab. Nach dem ersten Gitarrenakkord setzte das Schlagzeug ein und darauf Ian Andersons Stimme: *Sitting on a park bench, Eying little girls with bad intent*.

Sofort folgte eine Diskussion über die Bedeutung der Textzeile. *Sitzen auf einer Parkbank* war noch unumstritten, doch als Blutblase von *Mädchen mit schlechten Gedanken* sprach, wies Krücke darauf hin, dass schlechte Gedanken ja wohl kaum der Rede wert wären, so häufig wie die überall auf der Welt vorkämen, *böse Pläne* allerdings – und genau das hieße *bad intent* – seien da schon eine andere Dimension. Da alle drei nur sehr begrenzt Englisch konnten, ging der Streit noch einige Minuten weiter. Wenn ein Wörterbuch zur Hand gewesen wäre, keiner wäre auf die Idee gekommen hineinzuschauen. Der Streit belebte – warum also sollte man ihn unterbinden?

Erst als der Ihmsche nichts mehr sagte, sondern den Titelsong noch einmal startete und die ersten Tanzbewegungen vollführte, endete der Disput, und die Freunde folgten seinem Beispiel. Natürlich hatte jeder seinen eigenen Stil über die Jahre profiliert. Der Ihmsche bewegte nicht die Füße, stattdessen die Knie vor und zurück, als würde er Ski fahren, dabei aber nicht vom Fleck kommen. Zwischendurch schüttelte er immer wieder seine Zottelmähne. Krücke und Blutblase hätten sich nicht gewundert, wenn durch diese heftigen Bewegungen fettige Schuppen durch den Raum geflogen wären. Empört riefen sie, dass diese ekligen Teilchen sie treffen würden, wenngleich es sich allenfalls um Schweißtropfen handelte. Krücke begann nun ebenfalls zu tanzen, das lebendige Bein genauso unbeweglich wie das aus Holz, mit den Armen jedoch umso ungestümer rudernd, während die Vokuhila-

Frisur durch stoisches Vor- und Zurückwerfen des Kopfes zur schönsten Geltung kam und ebenfalls absonderte, was sich absondern ließ.

Krücke behauptete, das Headbanging-Ritual bei einem Heavy-Metal-Konzert in Westberlin kennengelernt zu haben, und Blutblase machte sich regelmäßig darüber lustig: »Nicht dass dir der Schädel wegfliegt und zerplatzt, und wir müssen das bisschen Inhalt zusammenkratzen.« Oder: »Pass auf, dass deine dreieinhalb Gehirnzellen nicht durcheinanderwirbeln und nie wieder zusammenfinden.«

Er selbst tanzte derart minimalistisch, dass man es eigentlich nicht mehr Tanzen nennen konnte: Er wiegte den Oberkörper nur andeutungsweise hin und her, ansonsten blieb alles unbeweglich. Besonders der Kopf, auf dem eine einzige Haarsträhne angesiedelt war, einen halben Meter lang, akribisch zusammengerollt, mit einer ordentlichen Portion Haarspray imprägniert und mit Duosan Rapid hinterm Ohr festgeklebt. Das Gesicht unter dieser nestähnlichen Frisur war ein Mondgesicht mit unzähligen geplatzten Äderchen, die Nase und Wangen beinahe dunkelblau verfärbten. »Ein Gesicht wie eine Blutblase«, sagten der Ihmsche oder Krücke gelegentlich und fragten sich schon mal, ob denn, so abstrus das auch wäre, dieses Gesicht möglicherweise eine Folge des Namens war.

Normalerweise hörten die drei ihre Musik tunlichst leise, jedenfalls nicht lauter als in Zimmerlautstärke, sodass Muttsch davon nichts mitbekam oder mit ihrer Blasmusik alles übertönen konnte. Als Krücke frischgebackener Krüppelrentner war, wie er sich selbst nannte, und die ersten Platten mitbrachte, fragte Muttsch ihren Sohn manches Mal vor den Freunden, wie er denn diese affige Tanzerei und insbesondere das vollkommen blödsinnige Kopfrucken mit seinem

Rückenleiden vereinbaren könne. Der Ihmsche zuckte daraufhin gleichgültig mit der Schulter oder sagte einfach: »Was hat denn der Kopf mit dem Rücken zu tun?« Oder aber, als er einmal angetrunken genug war, um Mut zum Übermut zu haben: »Das hat mir der Arzt empfohlen. Neue Heilungsmethode.« – »Was denn für 'n Arzt«, hatte Muttsch erwidert. Und als der Ihmsche nicht antwortete, fügte sie hinzu: »Na, dann kannst du ja bald wieder arbeiten gehen.« Und der Ihmsche darauf, mit einer Feindseligkeit, die ihn selbst verblüffte: »Das lass gefälligst *meine* Sache sein.«

Sie ging davon aus, dass er nie mehr in seinem Beruf arbeiten oder gar auf Montage gehen würde; seit seinem Sturz vom Baugerüst konnte er keinen Sack Zement heben, geschweige denn länger als eine Viertelstunde im erforderlichen Tempo Steine vermauern. Für Invalidität hatte der Rückenschaden nicht gereicht, aber mit robuster körperlicher Arbeit war es vorbei.

So fühlte er sich auf ungute Weise zusammengeschweißt mit der eigenen Mutter. Wie lächerlich, wie beschämend, dachte er, während er den Kopf von links nach rechts warf und zurück von rechts nach links. Hätte er eine Inventarliste vom Haus anfertigen müssen, sie wäre der erste Posten auf dieser Liste. Und wenn sie den Aufenthalt im Krankenhaus nicht überlebt? Die Frage hatte nichts Beunruhigendes. Das wiederum beunruhigte ihn. Um das Gefühl zu verscheuchen, drehte er am Lautstärkeknopf, bis zum Anschlag drehte er. Krücke jubilierte, *Aqualung, my friend, don't you start uneasy*. Nur Blutblase zeigte sich vorsichtig: »Wenn die Nachbarn angerannt kommen und sich beschweren …«

Zunächst aber kamen die Bienen. Innerhalb weniger Sekunden krabbelten zehn bis fünfzehn Tierchen aus den Ritzen zwischen den Dielen, flogen um die Beine und Bäuche der Tänzer und steuerten dann Blutblases Strähne an, deren süßlich-modriger Haarspraygeruch es offenkundig mit jedem noch so intensiven Blütenduftstoff aufnehmen konnte, ganz zu schweigen von der Delikatesse Duosan Rapid. Plötzlich aber, nur wenige Zentimeter von der Frisur entfernt, machten sie kehrt und flogen schnurstracks aus dem Zimmer. »Das Haarspray«, rief der Ihmsche, »die haben Angst vor deinem Haarspray. Zusammen mit der Musik«, schrie er Blutblase ins Ohr, »kann das Zeug die Bienen verjagen. Wahnsinn ist das, Wahnsinn!«

Blutblase war nicht erfreut darüber, etwas auf dem Kopf zu haben, das dazu dienen sollte, jemanden zu verjagen. Auch wenn es sich dabei nur um Bienen handelte. Er suchte nach der passenden Formulierung, um das deutlich zum Ausdruck zu bringen, doch da stand Tante Nickel in der Tür, und er rief: »Alles in Ordnung, wir machen gleich leiser.«

Tante Nickel winkte nur ab, was sie wie jede Geste enorme Kraft zu kosten schien. Sie wohnte nebenan, war einen Meter und vierzig groß und fast einen Meter breit, ihr Bernhardinergesicht strahlte Güte aus, doch das Lächeln, das sie nun versuchte, wollte ihr nicht gelingen. Das war nichts Besonderes, denn niemals, soweit der Ihmsche sich erinnern konnte, hatte sie gelächelt. Vielleicht lag das daran, dass sie, wie sie manches Mal Muttsch gegenüber beteuerte, mehr tot als lebendig sei und Tote, selbst wenn sie wollten, nicht in der Lage waren zu lächeln. Sie habe ja das Bedürfnis zu sterben, so ihre Worte, aber sie könne eben leider nicht. Der liebe Gott habe sie schlichtweg vergessen.

Der Ihmsche hatte die Musik inzwischen leise gestellt, und Tante Nickel, unter den drei Freunden auch das runde Elend genannt, sagte: »Wenn Muttsch weg ist, hab ich keinen mehr.«

»Sie ist ja bald wieder da«, entgegnete der Ihmsche.

»Wenn sie aber«, sagte Tante Nickel, »wieder da ist und nochmal weggeht, hab ich wieder keinen, mit dem ich ausnahmsweise mal sprechen kann.«

»Erstens«, beharrte der Ihmsche seinerseits, »warum soll sie nochmal weg sein? Und zweitens, auch mit mir kannst du sprechen.«

Darauf ging sie nicht ein. Sie sagte nur, unheilvoll raunend: »Die Bienen werden Muttsch wieder ins Krankenhaus bringen. Die Bienen bringen Muttsch Unglück. Ich spüre das.«

Mit düsterer Miene nickte sie vor sich hin, dann winkte sie erneut ab, drehte sich um und schlich zu ihrem Häuschen hinüber. Alle drei Männer hatten den Eindruck, sie würde nach dieser Verkündung und trotz ihres schweren Kugelkörpers ein paar Zentimeter über dem Erdboden schweben. Oder aber – das fragten sich die drei unabhängig voneinander – war es der Wurzelpeter, der ihrer Wahrnehmung einen Streich spielte?

»Wie ein Geist«, flüsterte der Ihmsche, und Blutblase hielt es auf einmal für denkbar, dass Tante Nickel längst tot war und nur zum Schein als Lebende auftrat. Krücke packte die Jethro-Tull-Platte ein und meinte, dass es vielleicht besser sei, nach Hause zu fahren, wie immer bisher und wie auch in Zukunft, wenn Muttsch wieder da sein würde. Keine fünf Minuten später stiegen die beiden Besucher in den dunkelroten Trabant 500, den sich Blutblase nach vielen Überstunden als Gabelstaplerfahrer hatte leisten können und der wegen seiner Farbe denselben Kosenamen trug wie sein Besitzer, und fuhren zurück nach Nauen.

Wie der Ihmsche seinen Retter verliert und Muttsch wie verwandelt zurückkehrt

Tante Nickel war die Dritte im Bunde der alten Frauen. Mit ihren sechsundsiebzig Jahren war sie drei Jahre älter als Muttsch und vier Jahre jünger als Frau Schrebnitz. »Ich liege zwischen den beiden«, hatte sie einmal gesagt, und der Ihmsche hatte unweigerlich an einen Friedhof gedacht.

Er war noch ein Kind gewesen, als Muttsch ihn gebeten hatte, die traurige Nachbarin Tante Nickel zu nennen. »Ist sie meine Tante?«, hatte er gefragt. »Nein«, hatte Muttsch geantwortet. »Warum soll ich sie dann so nennen?« – »Weil sie sich darüber freut.« Fortan nannte der Ihmsche die Nachbarin Tante Nickel. Wenngleich er nicht den Eindruck hatte, dass das etwas an ihrer Gemütslage änderte. »Sie freut sich nicht«, sagte er zu Muttsch. »Du siehst es bloß nicht«, entgegnete Muttsch.

Einmal fragte er Tante Nickel, warum sie keinen Mann habe, und sie entgegnete: »Muttsch hat ja auch keinen.« Eine seltsame Antwort, fand er und sagte: »Aber deshalb könntest du doch einen haben.« Tante Nickel überlegte kurz, dann sagte sie: »Hier verirrt sich keiner her, und die wenigen, die hier sind, die kannst du in der Pfeife rauchen.« Einmal hatte er auch Frau Schrebnitz gefragt, warum sie keinen Mann habe. Die Antwort kam prompt, sie war kurz und klar: »Was soll ich denn mit einem Kerl!«

Muttsch indes hatte ihre Begründung schon abgegeben,

bevor der Ihmsche überhaupt jemals gefragt hatte, prophylaktisch sozusagen. Genauso hatte sie es auch formuliert: »Ich sag dir mal was, prophylaktisch sozusagen: Dein Vater, den ich kaum kannte, hat dich vierundvierzig im Fronturlaub in mich reingeschoben, und daraufhin ist er in Russland geblieben.« Um nicht zu fragen, was prophylaktisch und vor allem *in mich reingeschoben* heißen sollte, hatte der Ihmsche etwas gefragt, das ihm weniger verfänglich erschien: »Geblieben? Was ist das?«

»Das ist«, antwortete Muttsch und musste selbst nachdenken, »man nennt es auch: gefallen. So nennt man das.«

Der Begriff *gefallen* blieb ihm im Gedächtnis haften. Der Ton, in dem Muttsch ihn informiert hatte, hatte nicht danach geklungen, dass sie den Erzeuger vermisste. Jahre später sagte sie, ohne Anlass: »Dein Vater… Wenn er nicht im Krieg geblieben wäre, wer weiß, wo er sonst abgeblieben wäre.« Und manchmal, wenn sie müde von der Arbeit nach Hause kam, ließ sie ihren Sohn etwas wissen, das nicht nur wie ein Resümee klang, sondern auch eines war: »Es sind eben immer die Frauen, die sich mit der Brut rumplagen müssen.«

Außer am Wochenende war Muttsch jeden Morgen um sechs mit dem Bus nach Nauen gefahren, wo sie bis zur Rente als Reinigungskraft nicht mehr in der Schule, sondern in einem Backwarenkombinat arbeitete. Tante Nickel fuhr meist mit demselben Bus, stieg aber eine Station eher aus. Auch sie hatte bis zur Rente gearbeitet, als Wäscherin in einer Textilreinigung. Und auch sie war nicht gut auf die Männer zu sprechen. Tatsächlich sagte sie: *die Männer*, obwohl ihre Erfahrung in dieser Hinsicht über die Siedlung und die Wäscherei kaum hinausging.

Mit jedem Tag, den Muttsch länger im Krankenhaus war, starrte Tante Nickel angstvoller auf die Bienen. So wie sie hinter einem der beiden Fenster ihres Häuschens stand, heftig schwitzend unterm Wellblechdach, hatte der Ihmsche den Eindruck, sie rechnete unentwegt mit einem Angriff der Tiere, auf sie oder auf ihn oder auf die ganze Siedlung. Schließlich liefen ihr Tränen das bewegungslose Gesicht hinunter, und als der Ihmsche zu ihr ging und ihr durchs geschlossene Fenster zurief, ob er die Bienen vertreiben solle, nickte sie nur ansatzweise, aber unmissverständlich.

»Ich könnte es mit Blutblases Haarspray versuchen, vor dem die Viecher Angst haben«, schlug er vor.

Tante Nickel öffnete das Fenster einen Spalt und sagte mit überraschend fester Stimme: »Früher haben wir Bienen ausgeräuchert. Mit Teer. Mit Feuer. *Das* hat geholfen. Aber das war vor deiner Zeit.«

Hatten ihre Augen bei den Worten Teer und Feuer ein wenig geleuchtet, oder bildete er sich das nur ein? Er ging zurück, setzte sich auf Muttschs Kanapee. Ihm war klar: Er hatte eine Aufgabe. Und obwohl nicht Muttsch ihm diese Aufgabe erteilt hatte, war sie doch in ihrem Sinne. Oder wollte sie, wenn sie wieder da war, sich nochmals das Knie verletzen, von Schlimmerem ganz zu schweigen?

Er wartete, bis die Bienen am Abend von ihren Flügen zurückgekehrt waren. Mehrere Stunden, in denen er sich zwang, kein Bier zu trinken, nicht ein Schlückchen, und auch keinen Tropfen Kräuterlikör. Dann ging er in den Schuppen, wo er in einem Kochtopf einen Rest Teer aufbewahrte, den er für die Beschichtung von Dachpappe gebraucht hatte. Öl-Teer, entstanden durch die thermische Zersetzung von Erdöl, wie man ihm im Baustoffhandel erklärt hatte. Erdöl! Das Wort klang immer noch wie eine faszinierende Bedrohung. Elf Jahre war es her, die Zeit auf dem Bau lag hinter ihm, als er auf einem seiner Tierbeobachtungsgänge, einen Kilometer südlich von Beutenberge, unter seinen Füßen ein Vibrieren wahrgenommen hatte, leicht, aber unverkennbar. Es, hatte er sofort gedacht, es meldet sich. Er war nicht überrascht gewesen, trotzdem entsetzt. Ging nun eine Geschichte los, die ihn sonst wohin treiben und die er niemals beherrschen würde? Nach ein paar Sekunden war das Vibrieren wieder fort, aber nein, eine Täuschung konnte es nicht gewesen sein. Er merkte sich die Stelle am Feldrain zwischen den beiden Birken, die kleiner waren als er. Aber schon auf dem Rückweg versuchte er, die Stelle zu vergessen. Und überhaupt, sagte er sich, bestimmt ist es eine Täuschung gewesen. Nichts davon sagen, hatte er sich vorgenommen, niemandem! Leider war ihm das nicht gelungen… Er schüttelte den Kopf. Mein Gott, wohin die Gedanken so gingen. Hatte Tante Nickel mit ihrer Teer-Empfehlung genau das beabsichtigt?

Langsam, ja bedächtig erhitzte er den Teer über einem offenen Feuer, sog den ätzenden Gestank durch die Nase, sodass ihm die Augen tränten und die Gesichtshaut sich rötete und zu jucken begann. Dann holte er ein Holzscheit aus dem Schuppen, tunkte es in den Teer, schmierte die heiße Flüssigkeit in die Wandöffnung und zündete sie an. Schmierte noch mehr Teer in das Loch und schob das Scheit hinterher. Wie ein Krieger, der keine Gefangenen macht! Er liebte diesen Spruch, der aus seiner Zeit auf dem Bau stammte. Dort bedeutete er zwar einzig und allein, dass eine Flasche Schnaps, ganz gleich wie voll sie war, auf jeden Fall ausgetrunken wurde, aber jetzt und hier war es etwas anderes: Es war, wie er es für sich formulierte, die Rettung seiner Mutter. Zumindest eine große Hilfe für sie. Und obendrein für Tante Nickel und wer weiß, für wen noch in der Siedlung, denn die Bienenaggression machte garantiert nicht Halt an irgendwelchen Gartenzäunen. Der beißende Qualm des Teers ließ ihn husten; fast musste er sich übergeben. Er wich ein Stück zurück, um überhaupt wieder atmen zu können. Dieses Zeug gönnt man seinem ärgsten Feind nicht, dachte er und beschloss, sich schlafen zu legen, um am nächsten Tag das Ergebnis der Attacke zu begutachten und weitere Schritte zu beschließen, falls die Bienen nicht schon allesamt fort wären.

Später fragte er sich, woher er nur die an Gewissheit grenzende Vermutung genommen hatte, dass der Rauch in alle möglichen Bienenbereiche ziehen würde und nirgendwo anders hin. Und wie er die Ruhe haben konnte, sich hinzulegen und bereits nach wenigen Minuten einzuschlafen. Vielleicht hätte er doch noch ein Bier trinken sollen oder drei oder fünf. Dann hätte er bemerkt, wie der Qualm durch die Ritzen zwischen den Dielenbrettern drang und sein Zimmer einzunebeln begann. Aber nicht nur das: Als Assi ihm nach Leibeskräften ins Ohr miaute, zog er ihn unter die Bettdecke, schnarchte ihm ins Fell, und erst als der Kater mit ausgefahrenen Krallen nach ihm schlug, schrak er auf, packte das Tier und schleuderte es gegen die Wand.

Noch in der Wurfbewegung sah er den Feuerschein vorm Fenster. Er rannte hinaus, erkannte, dass der linke untere Teil des Daches brannte, ein Meter mal ein Meter. Unverzüglich lief er, nur mit Turnhose bekleidet, zu Frau Schrebnitz, die in einem kleinen angebauten Seitenflügel des Konsums wohnte, klingelte sie aus dem Bett, schrie sie an, dass es bei ihm brenne und sie sofort die ganze Siedlung alarmieren solle. Warum er ausgerechnet zu ihr gelaufen war, die sich so gut wie nie aus ihrer Behausung samt Konsum fortbewegte? Warum auch immer, es war die richtige Entscheidung: Frau Schrebnitz brauchte keine fünf Sekunden, bis sie in ihrem Nachthemd losrannte, in einem Tempo, das der Ihmsche ihr niemals zugetraut hätte und das ihre dünnen schlohweißen Haare trotz der Windstille eindrucksvoll wehen ließ.

Der Ihmsche holte eine Leiter aus dem Schuppen, füllte zwei Eimer mit Wasser und stieg mit den Eimern auf die oberste Sprosse. Fasziniert vom Feuer, das nicht schnell, aber gründlich fortwuchs, überlegte er, was denn wäre, wenn er nichts täte, wenn er das Dach und das ganze Haus abbrennen ließe und nur mit eigenem Leib und eigener Seele davonkäme und woanders hinzöge, weit weg, unerreichbar weit. Ehe er sich dieser Vorstellung so weit hingeben konnte, dass er tatsächlich das Löschen vergaß, waren die Bewohner der Siedlung da, zwölf an der Zahl, starrten zu ihm hinauf, riefen ihm zu, dass er sich beeilen solle, gottverdammt, oder worauf warte er denn noch. Auf euch, nur auf euch, hätte er fast zurückgerufen und dachte: Wie schön wäre es, ein einziges Mal solch lustige Dreistigkeit zu besitzen.

Inzwischen hatte Frau Grünlich, bekannt für ihre militante Art, die Leiter betreten. Sie rüttelte an der Wade des Ihmschen, als würde er schlafen und sie müsste ihn wecken, während ihre Schäferhunde Hasso und Reiner sprungbereit am Fuß der Leiter hockten. »Weg mit dir«, schrie er sie an, »weg mit dir, du Fotze.«

Während er nicht glauben konnte, dass er dieses Schimpfwort ausgesprochen hatte, taumelte sie zurück, wie getroffen von der Wucht des unfassbaren Ausdrucks, und stolperte fast über ihre Schäferhunde, die sich wimmernd vor ihr wegduckten.

Niemand jedoch achtete auf Frau Grünlich oder ihre Hunde, alle starrten zum Ihmschen hoch, der womöglich vom Irrsinn ergriffen worden war. Mit Verwunderung registrierte er, wie er sich wohlzufühlen begann in diesem Scheinwerferlicht der Aufmerksamkeit. Wenn die Eheleute Klaus und Helga Kabich, der Witwer Rudolf Panzer und vor allem Frau Schrebnitz nicht aufs Neue losgeschimpft hätten, wäre er vom Feuer vielleicht dermaßen betört worden, dass er in anhaltende Erstarrung verfallen wäre.

»Immer mit der Ruhe, immer mit der Ruhe«, rief er nach unten und wechselte in die Rolle des gefahrenverachtenden Helden, der die beiden vollen Eimer auf der Dachrinne abstellte, um sich selbst aufs Dach zu hieven und das Wasser dicht über dem Feuer langsam und mit unerklärlicher Gelassenheit auszugießen.

Schon reichten ihm die Siedlungsbewohner weitere Eimer, die er gekonnt, ja beinahe artistisch entleerte und dabei nicht einmal den Anflug von Rückenschmerzen verspürte. Die Welt war schön, die Welt war einzigartig hier oben auf dem Dach, in den aufstiebenden Funken, in der Hitze von Feuer und Sommer.

Als das Feuer gelöscht war, blieb er noch eine Weile auf der Leiter stehen, wie der Gewinner einer Meisterschaft auf dem Siegerpodest. Dass die Gesichter unter ihm keine Bewunderung zeigten, nicht mal Anerkennung, nur mitleidige oder abfällige Sorge oder aber die offenkundige Angst vor weiteren Eskapaden, die möglicherweise die ganze Siedlung in Gefahr bringen könnten – all das hätte den Ihmschen, wenn er es überhaupt bemerkt hätte, nicht im Geringsten gestört.

*

Erst am nächsten Tag stellte sich als Kehrseite der unnatürlichen Euphorie eine innere Tristesse ein. Außerdem war nicht er, der Ihmsche, zum Helden aufgestiegen, sondern Frau Schrebnitz. Ihr kam zugute, dass sie sich bei ihrem Lauf durch die Siedlung eine Lungenentzündung eingefangen hatte, die sie aber innerhalb von zwei Tagen intensiver Bettruhe auskurierte – was natürlich einem Wunder gleichkam, wenn es denn tatsächlich eine Lungenentzündung gewesen war. Der Ihmsche hingegen hatte Brandwunden an seinen Händen und am dicken Bauch, die ihm von Stunde zu Stunde mehr Schmerzen bereiteten. Und auch der Rücken schmerzte wieder, die Muskeln an der Wirbelsäule, die Schultern, bis zum Nacken hinauf. Schlimmer allerdings war das Gefühl der Demütigung, das durch die unzähligen Bienen ausgelöst wurde, die zwar vor Feuer und Qualm geflüchtet waren, nun aber zurückkehrten. Sie bildeten einen Schwarm, so groß wie ihn der Ihmsche noch nie erlebt hatte. Wie ein bedrohliches Paket schob sich der Schwarm zwischen ihn und die Sonne, bevor er die Form änderte und als Kette Stückchen für Stückchen im Loch verschwand, das unverändert einen Durchmesser von einskomma-acht Zentimetern hatte.

Das Schlimmste aber war, dass Assi fort war. Assi, der zerzauste Gefährte, sein Lebensretter. Er rief nach dem Kater, suchte im Haus, im Schuppen, im Garten. Klingelte bei Tante Nickel, doch die öffnete nicht, nicht mal ein Fenster. Hatte sie sich mit Assi in ihrem Häuschen verschanzt? Unwahrscheinlich, denn die beiden hatten nie etwas miteinander zu tun gehabt, sofern es nicht heimlich der Fall gewesen war. Auf einmal hielt der Ihmsche genau das für möglich. Er rüttelte an der Tür, bis Tante Nickel angeschlurft kam und sie einen Spalt öffnete.

»Was willst du?«, fragte sie. So entgeistert, wie sie aussah, hätte sie auch fragen können: Wer bist du? Und perplex, wie er war, sagte der Ihmsche: »Ich bin dein Nachbar, Lothar

Ihm.« Dann kam er aber doch zur Sache: »Hast du meinen Kater gesehen?«

Trotz ihrer Kraftlosigkeit schüttelte Tante Nickel den Kopf so sehr, dass ihre Bernhardinerwangen schwabbelten. »Oder ist er sogar bei dir?«, hakte der Ihmsche nach.

Tante Nickels abweisender Blick kam ihm wie ein unfreiwilliges Eingeständnis vor. Er drängte sich an ihr vorbei, riss die Türen zur Toilette und zur Küche auf, zum Wohnzimmer, zum Schlafzimmer, rief nach Assi, stampfte mit dem Fuß auf, weil er wusste, wie schreckhaft der Kater war, aber nichts bewegte sich außer ein paar Bienen, die an der Wand hinterm Kochherd krabbelten, derart langsam, als wären sie narkotisiert.

»Ich denke, du kannst Bienen nicht leiden«, schnauzte der Ihmsche und erschlug demonstrativ nacheinander drei Exemplare mit der flachen Hand. Tante Nickel, die nach wie vor an der Eingangstür stand, sagte in erstaunlich nüchternem Ton: »So kenne ich dich nicht. So bist du nicht. Oder bist du wieder im Erdölwahn?«

War das eine Anspielung auf seine Teer-Aktion, zu der sie ihm geraten hatte? Oder eher auf seinen Fund vor elf Jahren? Obwohl er es sich fest vorgenommen hatte, war er doch nicht in der Lage gewesen, ihn zu verschweigen. »Was heißt hier Wahn? Ich war nie in einem … Wahn.«

Er erschlug eine weitere Biene und stapfte aus dem Haus. Stunden später, nachdem er ins Maisfeld hinter der Siedlung gegangen war und auch dort erfolglos nach Assi gerufen hatte, begann er sich mit dem Gedanken zu befassen, dass der Kater fort war, für immer fort. Und wenn es so war, wie es das Unglück eben wollte, musste er auch nicht länger suchen.

*

Er schloss sich ins Haus ein, legte sich rücklings auf Muttschs Kanapee und sog den Geruch des angebrannten Gebälks durch die Nase, bis er husten musste und graue Punkte vor seinen Augen zu tanzen begannen. Drei Tage waren seit dem Brand vergangen, und die Wunden am Körper schmerzten mehr denn je. Er versuchte, sie zu ignorieren, ebenso wie die Spuren vom Krallenhieb in seinem Gesicht, die er ein ums andere Mal mit seinen Fingern abgetastet hatte, als würde er auf diese Weise Verbindung mit dem Kater aufnehmen können.

Was wäre, dachte er, wenn er hier liegen bliebe, bis sein Herz einfach aufhörte zu schlagen? Muttsch würde vermutlich um ihn trauern. Trotz allem: Sohn bleibt Sohn. Zugleich könnte sie sich aber so etwas wie Trost zusprechen: Es musste ja so kommen, ohne Arbeit, ohne Frau, und das mit fast fünfunddreißig... Warum, fragte sich der Ihmsche, hatte er nie jene Frau erwähnt, die in ihn verliebt gewesen war, damals auf dem Bau? Agnes, die Huckerin. Er hatte es nicht glauben und noch weniger damit umgehen können. Es war mehr als sonderbar gewesen, und wie immer er versuchen würde, es Muttsch zu erklären, sie wäre ganz bestimmt nicht imstande, es zu verstehen. Er verstand es ja selbst nicht.

Um sich abzulenken, katapultierte sich der Ihmsche in seiner Vorstellung aufs Dach: Tiefste Nacht, er inmitten von lodernden Flammen, und die mit Wasser gefüllten Eimer warf er weit von sich. Die Entsetzensschreie der Siedlungsbewohner wurden lauter und lauter, doch niemand, der es wagte, die Leiter hinaufzukommen, um den Ihmschen vorm Feuertod zu retten. Niemand, der es wagte, gegen den Willen des einsamen Helden zu handeln. Und vor allem: Niemand, der nicht Respekt, ja Hochachtung empfand beim Anblick dieses Mannes, der sich opferte. Wofür? Für seine Schuld? Für die

Schuld der Vorväter? Egal. Er opferte sich. Das war die Hauptsache.

Was aber, dachte der Ihmsche, und merkte plötzlich, dass er pinkeln musste, was aber, wenn Tante Nickel einen Plan verfolgt hatte? Um sich im Namen von Beutenberge für den Wahnwitz seiner Vorväter zu rächen... Warum sonst hatte sie ihm mit leuchtenden Augen empfohlen, die Bienen auszuräuchern? Hatte sie sich ausgemalt, wie er ersticken würde, schlafend im Qualm des Feuers? Und niemand, der ihn gerettet hätte. Außer Assi. Mit Assi hatte Tante Nickel nicht gerechnet. Der machte einen Strich durch ihren Plan. Doch Assi war fort, fortgejagt. Die einzige Kreatur, die bedingungslos zu ihm hielt... Er schaltete Muttschs Radio an, hörte Blasmusik von ihrem Blasmusiksender, drehte sich auf die Seite und stellte sich vor, wie er aufs Kanapee pinkeln würde und die Bienen in kleinen friedlichen Gruppen angeflogen kämen, um sich an dem frischen Urin zu laben. War solch eine Vorstellung anormal? Mit Sicherheit. War er pervers? Es schien so. Wer erst mal pervers war, der wurde immer perverser. Das lag in der Natur der Sache. Was ließ sich dagegen tun?

Dieserart in Gedanken hörte er nicht den Krankenwagen vor dem Haus halten. Er hörte nicht das Klingeln und auch nicht, wie die Tür aufgeschlossen wurde. Muttschs Stimme allerdings, die hörte er. »Bleib liegen, bleib liegen«, sagte sie leise, fast gutmütig.

Der Ihmsche schrak auf, setzte sich, die Oberschenkel zusammengepresst, um das Pinkelbedürfnis zu unterdrücken. Muttsch stand in der Zimmertür. »Ich weiß, was passiert ist«, sagte sie und kam auf ihn zu. »Aber schön, dass du meine Blasmusik hörst.«

Offenbar wusste sie von dem Brand. Nur von wem? Hatte

sie jemand im Krankenhaus besucht? Wer könnte das gewesen sein? »Hat dir irgendwer was erzählt?«, fragte der Ihmsche und blieb unverändert sitzen.

»Selbstverständlich«, entgegnete sie, »oder bin ich Hellseherin?«

Ihre Antwort gab zu verstehen, dass weitere Fragen unerwünscht waren. Mit ihrem bandagierten Knie humpelte sie in die Küche; der Ihmsche indes schlich zur Toilette.

In den folgenden Tagen saß oder lag Muttsch stundenlang auf ihrem Lieblingsmöbel, und mit einem Gleichmut, den der Ihmsche noch nie an ihr erlebt hatte, ließ sie die Bienen um sich herumfliegen, lächelte ihnen zu oder klatschte Beifall, wenn sie den Eindruck hatte, schöne oder originelle Flugfiguren dargeboten zu bekommen. »Die Drohnen«, sagte sie zum Ihmschen, »das sind die Attraktivsten unter den Bienen… wenn sie fliegen… Stell dir vor, du würdest fliegen… wie bescheuert das aussehen würde.«

Und einmal sagte sie zu ihm, um sich selbst die Antwort zu geben: »Weißt du, warum die Bienen noch hier sind? Das soll so sein. Das ist Schicksal.« Überhaupt wurde »Das soll so sein« ihre bevorzugte Floskel: Die Bienen eine Gefahr? »Nein, ich muss mit ihnen einfach nur vorsichtig umgehen. Du auch, mein Junge. Das müssen wir lernen. Das soll so sein.« Das vom Brand beschädigte Dach? »Ach, Junge, mach dir keine Sorgen. Das soll so sein. Bei der Hitze sorgt das für luftigen Durchzug, und wenn's regnet, wird erst mal Dachpappe drübergelegt.« Aber das Knie? Und sowieso, die ganze Gesundheit? »Würde ich hundert werden, würde sich eine Knieoperation vielleicht lohnen. Aber wer will denn schon hundert werden?« Nur einmal fragte sie ihrerseits den Ihmschen etwas. »Wo ist eigentlich dein Kater abgeblieben?« – »Der ist beim Brand weg«, antwortete der Ihmsche. »Der muss eine Wahnsinnsangst vorm Feuer gehabt haben.« Das war natürlich nicht im Entferntesten die ganze Wahrheit, aber eine Lüge, dachte der Ihmsche, ist es vielleicht auch nicht. Muttsch sagte nur: »Jaja, das soll so sein«, und damit war auch dieses Thema erledigt.

Was war in sie gefahren? Wann hatte sie ihn das letzte Mal mein Junge genannt? Es musste am Abend vor seinem Umzug nach Karl-Marx-Stadt gewesen sein, seiner ersten Station als Montagearbeiter. »Mein Junge«, hatte sie gesagt, »musst du denn so weit weg?« – »Ja«, hatte er geantwortet, »ich muss dort helfen, ein neues Kombinat aufzubauen.« Auch das entsprach natürlich nicht unbedingt der Wahrheit, aber hätte er stattdessen sagen sollen, dass er aus der öden Siedlung wegwollte und vor allem von der eigenen Mutter, deren größte Leidenschaft darin zu bestehen schien, seinen Vater zu hassen? Er spürte es, ohne dass sie ein Wort über ihn verlieren musste. Und manchmal hatte er den Eindruck, sie hasse auch ihn, den Sohn dieses Mannes. Und er? War er nicht eigentlich geflüchtet vor dem Fluch des Vaters, dem Erdöl-Fluch? Nur fort, nur fort, irgendwohin, wo er ein eigenes Leben führen konnte.

Und jetzt? Er war froh, als Krücke und Blutblase kamen und er sich Muttschs seltsamer Das-soll-so-sein-Mentalität, die womöglich doch ein tiefer greifendes Gespräch nach sich ziehen konnte, nicht mehr so sehr ausgeliefert fühlen musste. Für den Fall, dass sie aus dem Krankenhaus zurück sein würde, hatte Krücke aus Westberlin eine Tafel Sarotti mitgebracht. Das hatte er häufiger getan; meist hatte Muttsch das Geschenk wie selbstverständlich angenommen, in der Regel leicht mürrisch, selten mit einem Anflug guter Laune.

»Ach, der will mich schon wieder bestechen!«, rief sie, als Krücke die Schokolade aus seiner Jeansjacke zog. Das erste Mal, dass sie derart, mit einem frohgemut, fast übermütig gespielten Vorwurf antwortete. Da sie aber mit dieser Feststellung den Nagel auf den Kopf traf, fühlte sich Krücke augenblicklich ertappt. Um das nicht zu zeigen, bemühte er sich um spielerische Lockerheit und quittierte ihren anklagenden Ton mit einem schuldbewussten Nicken. »Was bleibt mir auch anderes übrig«, fügte er hinzu, doch er merkte selbst, dass er nicht sehr charmant klang, sondern schmierig und altbacken. Zum Glück humpelte Muttsch mit dem Geschenk in ihr Zimmer, sodass die drei Männer in aller Ruhe den Brand auswerten konnten, der sich durch das Ehepaar Annelene und Peter Tormann, die in Nauen arbeiteten, bis dorthin herumgesprochen hatte.

Er habe sich verführen lassen, gegen die Natur vorzugehen, begann der Ihmsche. Ja, gegen die Schöpfung der Natur. Was habe ihn nur getrieben? Ein Gefühl von Überlegenheit könnte es gewesen sein, sowohl den Bienen gegenüber als auch Muttsch, die ja nicht da war und deshalb nicht hatte einschreiten können. Das war unreif, überheblich, ohne jegliche Demut, zu der der Mensch, der ja auch nur Teil der Natur ist, unbedingt fähig sein sollte.

»Wie damals«, warf Blutblase ein, »als du auf Erdöl gestoßen bist. Mit dem Unterschied, dass du damals demütig warst und die Natur in Ruhe gelassen hast.«

Was hatte denn Erdöl mit Natur zu tun, fragte sich der Ihmsche. Trotzdem, dachte er, scheint Blutblase recht zu haben.

»Wir sollten zum Spirituellen überwechseln«, schlug Krücke vor. Er liebte Fremdwörter, während Blutblase und der Ihmsche sie in der Regel nicht mochten, weil sie sie nicht verstanden. Das Spirituelle war allerdings ein Codewort, und deshalb liebten auch sie es.

»Genehmigt«, sagte der Ihmsche und füllte die drei Stammgläser, null-komma-vier Zentiliter. Dem Wurzelpeter folgte das Bier zum Nachspülen, dem Bier die Musik.

»Der spirituelle Höhepunkt«, sagte Krücke, zog die LP *Led Zeppelin IV* aus dem Beutel und reichte sie dem Ihmschen. Der nahm die Platte aus der Hülle und legte sie auf den Plattenteller. Mit den Worten »Und nun, liebe Freunde, senke ich die Nadel auf die Musik herab« senkte er die Nadel genau in die Rille, wo mit feierlichem Knistern *Stairway to Heaven* begann. Die drei hörten andächtig zu, bis nach exakt vier Minuten und achtzehn Sekunden John Bonham mit dem Schlagzeug einsetzte und dem Song so viel Drive gab, dass man einfach aufstehen musste. Und als nach sechs Minuten und fünfundvierzig Sekunden der Gesang von Robert Plant, das Finale einleitend, stakkatoartig wurde, begann jeder der drei, seine rituellen Tanzbewegungen zu vollführen. Noch im Vollsuff wären sowohl der Ihmsche als auch Blutblase und Krücke in der Lage gewesen, die entsprechenden Sekundenzahlen anzugeben, im Übrigen nicht nur bei diesem Song. Wenn etwas neben dem eigensinnigen Tanzen Ausdruck ihrer Leidenschaft war, dann die auswendig gelernten Zahlen.

Stairway to heaven, das hieß ja unbestritten: Treppe zum Himmel. War das eine Art Kommentar zur Löschaktion, fragte sich der Ihmsche. Es konnte doch kein Zufall sein, dass Krücke aus einer Anzahl von Möglichkeiten gerade dieses Lied ausgewählt hatte. »Meinst du mit *stairway* die Leiter, auf der ich stand, und mit *heaven* den Tod?«, fragte er, und Krücke war schlagfertig genug, um zu antworten: »Natürlich. Was denn sonst?«

Der Ihmsche war gerührt, auch wenn er nicht unbedingt den Eindruck hatte, dass Krückes Antwort ehrlich war. Eine Träne lief ihm über die Wange, er dachte an Assi. Der offenkundig für das stand, was er selbst tun sollte und nie tun würde: für immer fort sein.

Krücke war ebenfalls gerührt: Das Lied… kein Zufall, nein, ein Resultat des Unbewussten. Das zeigte die übermächtige Kraft der Rockmusik, aber es zeigte auch die eigene Sensibilität, die er, Krücke, sich nicht im Traum zugetraut hätte.

In diesem Moment betrat Muttsch, wie üblich ohne anzuklopfen, das Zimmer. »Es ist schön«, sagte sie, »dass ihr hier seid. Muss mein Junge seine Zeit nicht allein verbringen.«

So etwas hatte sie noch nie gesagt, und obendrein ohne einen Anflug von Gefühlsseligkeit. Nur kurz schaute sie zu ihrem konsternierten Sohn, dann zum kaum minder erstaunten Krücke, um schließlich mit starrem Blick bei Blutblase zu verweilen. Sie mochte ihn, der als einziger der drei Männer einer ordentlichen, regelmäßigen Arbeit nachging. Der eine altmodische, aber umso schöner anmutende Frisur trug, eine einzige Haarsträhne zur Tolle geformt, wie Muttsch sich auszudrücken pflegte. Der schließlich und nicht zuletzt durch seine vielen geplatzten Äderchen im Gesicht einen Eindruck von großer Verletzlichkeit machte. Außerdem – und das war wohl das Wichtigste – konnte Muttsch davon ausgehen, dass Blutblase *sie* schätzte. »Er schätzt dich« – genauso hatte es der Ihmsche einmal zu ihr gesagt. »Was schätzt er denn«, hatte Muttsch wissen wollen. Der Ihmsche darauf: »Das weiß ich nicht.« Und Muttsch, das Thema abschließend: »Hauptsache, *er* weiß es.«

Ihr Blick, der von Sekunde zu Sekunde stierender wurde,

verunsicherte Blutblase. Was mochte sie sehen in ihm? Etwas Neues, etwas Furchterregendes gar? Oder schaute sie durch ihn hindurch, geistesabwesend? Am liebsten hätte er sie gefragt, aber das tat er natürlich nicht. Es war ein kleines trauriges Lächeln, das er zu bemerken glaubte, bevor sie sich umdrehte und aus dem Zimmer humpelte. Nun war er es, der hinter ihr her starrte, auch noch als die Tür bereits wieder geschlossen war.

»Was schielst du auf ihren fetten Arsch?«, fragte der Ihmsche. Blutblase reagierte nicht.

»Er wollte immer schon mal nach Afrika«, warf Krücke ein. Seine Laune war bestens, denn das, was Muttsch unglaublicherweise geäußert hatte, war doch nichts anderes als ein Freifahrtschein für Musik und Party.

Er holte die nächste Platte aus dem Beutel. *Led Zeppelin III* mit *Immigrant Song* und *Since I've Been Loving You*. Ohne Zweifel, es war der Led-Zeppelin-Abend. Der Ihmsche zog den Bierkasten unterm Bett hervor, entnahm dem Geheimschränkchen zwei Flaschen Wurzelpeter und schenkte für die nächste Runde ein, die mit dem gemeinsamen Schlachtruf »Hopp, hopp, hopp, immer rein in 'n Kopp« absolviert wurde. »Since I've been loving you«, rief er aus, als der schönste und ergreifendste Slow Blues der Welt, wie Krücke den Titel mit Vorliebe nannte, erklungen war. Die darin beschworene Liebe schloss für den Ihmschen auch die Bienen mit ein, die tapferen Überlebenden der Feuerkatastrophe, von denen einige ungeachtet oder gerade wegen Blutblases Haarspray zwischen den Dielen hervorgekrochen kamen und von den Männern geschickt und beinahe fürsorglich umtanzt wurden.

Eine halbe Stunde später allerdings, nach dem siebten Likör, dem dritten Bier und den ersten Takten des lässig-aggressiven

Black Dog fixierte der Ihmsche eine auffällig voluminöse Biene, die über dem Sofa die Wand hinaufkrabbelte. Auf einmal war sein Bedürfnis nach Demut fort, und, obschon nicht mehr ganz gleichgewichtssicher, erschlug er sie mit der rechten Hand, fing mit der linken die Leiche auf und entsorgte sie in den Papierkorb. Um den Vorgang stilvoll abzuschließen, wie er leicht lallend verkündete, tatsächlich aber um für Muttsch als selbsternannte Schutzpatronin der Bienen keine Spuren zu hinterlassen, spuckte er auf seinen Zeigefinger und zerrieb den grünlichgelben Fleck, der auf der Tapete zurückgeblieben war.

Am Ende des Abends war Blutblase zu betrunken, um sein gleichnamiges Fahrzeug noch steuern zu können. Genauso sagte er es und in einer Art, als wäre es ihm plötzlich eingefallen: »Kann Blutblase nicht mehr steuern. Keine Ahnung, warum. Hab doch nicht mehr getrunken als sonst. Wegen Muttsch? Weil sie so komisch geguckt hat? Angestarrt hat sie mich.« Zum Glück, stellte er fest, habe er Urlaub. »Man gönnt sich ja sonst nichts«, schloss er vielsagend, legte sich aufs Sofa, rollte sich zusammen, das Gesicht zur Wand, und schlief ein.

Dem Ihmschen kam es vor, als wäre Blutblase vor einer unberechenbar wachsenden Angst in den Schlaf geflüchtet. Eine beneidenswerte Gabe, wenn es denn so war. Krücke lallte fassungslos: »Nie sind wir hiergeblieben, ich meine: über Nacht.« Und fügte hinzu: »Kann ja leider nicht Auto fahren. Bin nur der Beifahrer.« Mit diesen Worten setzte er sich aufs Bett des Ihmschen und hob, um Entschuldigung bittend, die Schultern, bevor er in die Waagerechte sank und seinen Kopf samt Vokuhila unters Kopfkissen verschwinden ließ. Was würde Muttsch sagen, wenn sie am nächsten Morgen den Trabant 500 und danach die Gäste sah? Der Ihmsche war zu müde, um sich von dieser Frage plagen zu lassen.

Da er es sich nicht vorstellen wollte, in seinem Bett an Krückes Seite zu liegen oder Blutblase vom Sofa herunterzuschaffen, und da eine Nacht auf dem blanken Fußboden ganz bestimmt nicht ohne heftige Rückenschmerzen vorübergegangen wäre, legte er sich unter dem klaren Sternenhimmel auf Muttschs Hollywoodschaukel. Zwar quietschte die Schaukel bei jeder Bewegung, dennoch war der Schlaf der tiefste und längste, den der Ihmsche seit Jahren erlebte. Er wachte erst am Vormittag auf, als er die bekannten Geräusche des Trabant 500 hörte, der wieder einmal nicht anspringen wollte.

Er schlurfte vors Haus, wo Krücke gerade das Auto anschob, während Blutblase die Zündung betätigte und aufs Gaspedal trat. Er half beim Schieben, ohne Erfolg. Krücke schlug mit der flachen Hand aufs Dach, sodass die Duroplast-Karosse wackelte, doch erst als Muttsch aus dem Haus trat, sprang der Motor an. Krücke humpelte zur Beifahrertür, aber bevor er sie öffnete, war Muttsch ihm ein Stückchen hinterher gehumpelt und rief: »Ihr könnt gern noch ein bisschen bleiben. Euch erholen. Zum Beispiel baden gehen. Ist doch ein herrlicher Sommer. Viel zu heiß, um im Auto zu sitzen.«

Was um Gottes Willen war mit Muttsch geschehen? Eine Frage, die den drei Männern gleichzeitig durch den Kopf ging. Blutblase schaltete den Motor aus. Warum eigentlich nicht, sagte er sich. Urlaub hat man ja nicht alle Tage, und eine Reise hatte er sowieso nicht vor. Die erste und einzige war vor knapp zehn Jahren gewesen, vierzehn Tage Ostsee, mit einer etwas älteren, energischen Frau aus Nauen, die seine Freundin sein wollte. Zelten mit Ameisen und Käfern, Sonnenbrand und viel Streit mit der Frau, die jeden Tag stundenlang baden und strandwandern wollte. Nach dem Urlaub trennte sie sich von ihm, und die Freunde waren froh, dass er ihnen nicht abhandengekommen war.

Blutblase stieg aus dem Auto, Krücke zögerte. Was hatte Muttsch mit ihnen vor? Und wie sollte er hier weg mit seinem Holzbein? Zur nächsten Bushaltestelle hätte er über vier Kilometer durch die Felder laufen müssen. Und das bei der Hitze. »Na gut, erst mal ’n Stützbier«, sagte er bemüht locker und folgte Blutblase und dem Ihmschen ins Haus.

Während sie weitersoffen und einhellig entschieden, dass es zum Badengehen viel zu heiß sei, schälte Muttsch in der Küche Kartoffeln, um sie mit Butter und Quark zu essen. Eine Schüssel mit geschälten Kartoffeln, ein Stück Butter, ein Schälchen Quark und sogar ein Glas mit Leinöl stellte sie vor die Zimmertür ihres Sohnes. Sie klopfte an die Tür und rief: »Essen ist da. Macht schnell, die Butter schmilzt.« Eine gute Basis für weitere Flüssignahrung, dachte der Ihmsche, und Krücke erklärte den Tag zum Deep-Purple-Tag, indem er *Made in Japan* auspackte, mit *Smoke on the Water*, *Child in Time*, *Highway Star*, *Strange Kind of Woman*, *Black Night*.

Und damit nahm das Unglaubliche seinen Lauf: Nicht nur dass Muttsch nichts einzuwenden hatte gegen die Party, die aufs Neue losging, sie intervenierte auch nicht, als sie am nächsten Tag abermals stattfand und am Tag nach dem nächsten und wiederum am Tag danach. Sie saß auf ihrem Kanapee, hörte, ungeachtet der fremden Rhythmen und Melodien, ihre Blasmusik, trank Kamillentee und aß Sarotti Vollmilch, alle paar Stunden ein Stückchen. Am dritten Tag der i-Punkt des Unglaublichen: Muttsch verließ den Garten. Mit ihrem Kofferradio ging sie ins Häuschen von Tante Nickel, wo sich auch Frau Schrebnitz einfand, die Weinbrandbohnen und Mocca Fix Gold aus dem Konsum mitbrachte.

Wie die Freunde nach Nauen müssen, um neuen Schnaps zu holen, und Muttsch ein einziges Wort sagt

Anstelle von Frau Schrebnitz übernahm die schwangere Magda den Verkauf im Laden. Krücke sah sie durchs Fenster, als er ein paar Schachteln Zigaretten kaufen wollte, und drehte um, bevor er von ihr gesehen wurde. Sie war von einer Urlaubsreise zu ihrer Schwester nach Thüringen zurückgekehrt und war gekränkt, dass der Ihmsche ausgerechnet in ihrer Abwesenheit seine Feuer-Aktion gewagt hatte. Dann aber fragte sie sich, ob diese Abwesenheit der Grund dafür gewesen sein könnte, dass er die Kontrolle verloren hatte. Natürlich konnte sie ihm das nicht sagen; sie wusste, dass er sich sofort wieder bedrängt fühlen würde. Einmal – an einem schwülen Sommerabend vor drei Jahren – hatte sie sich dermaßen betrunken, dass sie den Mut fasste, ihn besuchen zu gehen. Sie torkelte den Breiten Weg hinunter, den Hauptweg entlang und den Talweg hinauf. Vor der Gartenpforte blieb sie stehen, klingelte, und als niemand öffnete, rief sie: »Bist du da? Wo bist du?« Sie musste nur laut genug schreien, dann würde er schon reagieren; so ging's ihr durch den betrunkenen Kopf. »Komm raus«, schrie sie. »Du weißt, warum ich hier bin. Und wenn du's nicht weißt, wirst du's gleich erfahren.« Er kam nicht. Die schwangere Magda stampfte mit dem Fuß auf. »Das ist doch albern. Warum guckst du weg, wenn ich nach dir gucke? Hab schon geguckt, als ich in der Fünften war und du in der Siebten. Will mit dir reden. Reeeeeeedeeeen!« Sie zog das Wort so sehr in die Länge, dass sie fast keine Luft mehr bekam. Der Ihmsche ließ sich immer noch nicht blicken. Stattdessen Muttsch. »Verschwinde«, rief sie, »aber geschwind.« – »Muttsch, du hast mir überhaupt nichts zu sagen«, hielt die schwangere Magda dagegen, aber bereits mit einem deutlich jammernden Unterton. »Er will nichts von dir«, fuhr Muttsch fort. »Er fühlt sich von dir … grundsätzlich … bedrängt.«

Grundsätzlich und bedrängt – das waren Worte, die Magda der Mutter des Mannes, der ihr unmissverständlich aus dem Weg ging, niemals zugetraut hätte. Worte, auf die sie nichts zu erwidern vermochte. Außer Rückzug fiel ihr nichts mehr ein. Sie torkelte den Talweg hinunter, zurück nach Hause, wo ihr Bruder, der Traktorfahrer und Einzelgänger Eberhard Hölzl, auf sie wartete und kopfschüttelnd sagte: »Mann oh Mann. Du musst ihn kommen lassen. So macht man das.«

»Und wenn er nicht kommt?«

»Musst du ihn trotzdem kommen lassen. Außerdem: Abnehmen! Dann nennen dich auch nicht mehr alle die schwangere Magda.«

Das war ein Schlag. Eberhard Hölzl hatte für seine Verhältnisse schon viel gesagt und schwieg. Auch als seine Schwester zu heulen anfing und sagte: »Aber wie denn? Außerdem kann ich noch abnehmen, wenn ich mit ihm zusammen bin.« Mit diesen Worten gewann die Wut wieder Oberhand, und sie schrie ihren Bruder an: »Der und ich, wir sind die einzigen Freien in der Siedlung. Das ist doch idiotisch, dass der mich nicht mal anguckt.«

Als der Ihmsche den Freunden von dem nächtlichen Besuch erzählt hatte, übte sich Krücke, bei dem die Schadenfreude überwog, in besorgt wirkendem Schweigen, während Blutblase einen Ratschlag gab, von dem er selbst nicht wirklich überzeugt gewesen war: »Guck sie einfach mal an. Vielleicht will sie dann nichts mehr von dir.«

Und jetzt? Die Freunde berieten, wer in den Konsum gehen sollte, wenn ausgerechnet Magda Hölzl hinter der Ladentheke stand. Sie brauchten Bier und Wurzelpeter, Zigaretten, Brot und Jagdwurst oder Schweinespeck oder Gulaschsuppe in Büchsen.

»Ich scheide ja wohl aus«, meinte der Ihmsche.

»Ich bin ebenfalls solo«, begründete Blutblase für seine Person.

»Also du«, sagte der Ihmsche zu Krücke, bevor der mit einem »Ich auch« kommen konnte. »Immerhin hast du ihren Namen erfunden.«

Es war sechs Jahre her, dass Krücke eines likörseligen Abends gefragt hatte, von wem die Schwester des Traktorfahrers Eberhard Hölzl eigentlich schwanger sei. »Soviel ich weiß, ist sie nicht schwanger«, hatte der Ihmsche erwidert, aber Blutblase hatte ihn in einer Art angegrinst, als würde er sagen: Was weißt du denn. Und Krücke meinte: »Sie ist doch nicht von ungefähr in den letzten Monaten so dick geworden.« Die Jahre vergingen, und Magdas Körper veränderte sich nicht. Irgendwann sagte Blutblase: »Ich muss zugeben: Ihre Schwangerschaft dauert ziemlich lange.« – »Wenn's so ist«, schlug Krücke vor, »nennen wir sie einfach die schwangere Magda.«

Das Phänomen dieser fortwährenden Schwangerschaft führte die Freunde ein ums andere Mal zu der Frage, warum in der Siedlung eigentlich relativ viele dicke Menschen lebten. Der Witwer Panzer zum Beispiel, der gelegentlich auch Hochwie-breit genannt wurde, und von dem es hieß, dass ihm sein Hodensack im Krieg weggeschossen worden sei – wonach der

Ihmsche natürlich nie zu fragen gewagt hatte. Oder die Kabichs, die behaupteten, nicht dick zu sein, sondern drüsenkrank und darüber auch nicht im Ansatz diskutieren wollten. Oder die Tormanns, Annelene und Peter, die ihre Körperfülle als Ausdruck von Wohlbefinden ansahen. Oder die Schäfers, Max und Gertrud, die meinten, viel essen zu müssen, falls wieder ein Krieg komme mit anschließender Hungersnot. Und natürlich Tante Nickel alias das runde Elend... Und dann gab es ja noch die Teildicken, wie Blutblase sie nannte: Der Ihmsche und Magda mit ihren dicken Bäuchen oder Muttsch mit dem Bauch eine Etage tiefer und nach hinten raus, wie wiederum Krücke es gerne beschrieb.

Nicht im Entferntesten, empörte er sich nun, werde er in den Konsum gehen. Er könne doch nicht dafür bestraft werden, dass er Magdas Namen erfunden habe. »Und außerdem«, sagte er, »hat das häufige Dicksein garantiert mit dem ominösen Erdöl zu tun, das vielleicht seltsame Strahlen aussendet oder sonst was.« Jedenfalls sei dafür allein der Ihmsche zuständig, fügte er hinzu, um dann mit einem Alternativvorschlag aufzuwarten, der so verführerisch war, dass die Freunde ihn nicht ablehnen konnten: Er würde sich von Blutblase nach Hause chauffieren lassen, wo er Flüssignahrung vom Klassenfeind vorrätig habe und sonst noch ein paar schöne Sachen, und umgehend wieder zurückkommen.

In der Nacht fuhren die beiden nach Nauen, der Ihmsche hielt die Stellung. So fühlte er sich: Wie jemand, der die Stellung hält. Denn Frau Grünlich führte ihre Schäferhunde an seinem Gartenzaun vorbei, den Talweg hoch, den Talweg runter, nach einer Viertelstunde erneut. Wollte sie Rache üben für sein »Weg mit dir, du Fotze«? Würde sie, sobald er das Haus verließ, ihre Hunde auf ihn hetzen? Zu gern wäre er nach draußen geschlichen, um sich unter eines der beiden Fenster von Tante Nickels Häuschen zu hocken und die drei alten Weiber zu belauschen, doch unter Beobachtung von Frau Grünlich konnte er das natürlich nicht tun. Oder wünschte sie sich, immerhin schon Anfang sechzig, in die Runde der alten Weiber und traute sich nicht? Auch ihr Vater war einst dem Lockruf des Erdöls gefolgt, weshalb sie in der Siedlung aufgewachsen war. Vier Jahre nach Kriegsende hatte sie den Russland-Heimkehrer Heinz Grünlich geheiratet, der als Fernfahrer arbeitete und nur selten zu Hause war. Obendrein, dachte der Ihmsche, ist sie ja kinderlos und trotz ihrer Hunde sicherlich recht einsam. Noch nie hatte er sich darüber Gedanken gemacht. Dass er es nun tat, beunruhigte ihn. Wo sollte es hinführen, wenn er begänne, sich um alle möglichen Menschen zu sorgen?

Nach zweieinhalb Stunden waren Krücke und Blutblase wieder da, und der Ihmsche war froh, seine Grübelei erst mal beiseiteschieben zu können. Krücke mit einer Igelit-Reisetasche, aus der er weitere LPs hervorholte und einige Schnapsflaschen: zweimal Stolichnaya, zweimal Nordhäuser Doppelkorn – Schnapssorten, die aus dem Osten stammten, aber selten in den Läden auftauchten und stattdessen als Export in den Westen gingen. Dort, beim Klassenfeind, wie Krücke sich mit Vorliebe ausdrückte, hatte er das kostbare Gut erstanden, natürlich verbilligt, Restposten plus Solidarität mit ihm als Ostmenschen. Außerdem eine Flasche Asbach Uralt, der vom Klassenfeind hergestellt wurde, Geschenk einer alten Dame, die einem Holzbeinträger aus der armen Sowjetzone eine kleine Freude bereiten wollte.

*

Am nächsten Vormittag war es der erlesene Asbach Uralt, der zuerst in Angriff genommen wurde. Zehn Minuten später klingelte der kleine Panzer, der die drei Männer durchs geöffnete Fenster beobachtet hatte, und behauptete, einfach nicht mehr in der Lage zu sein, dem unglaublichen Aroma zu widerstehen, das durch die Siedlung ströme. Unmöglich, dass seine Nase derart sensibel war, aber da der Ihmsche nichts Gegenteiliges beweisen konnte und Rudolf Panzer Tränen der Rührung in den Augen hatte, ließ er ihn herein. Zum Dank hatte der Witwer eine Flasche Goldbrand, genannt Goldi, mitgebracht, preiswerter Weinbrand aus dem Konsum.

Zu viert tranken sie den Asbach Uralt aus, dann füllte Krücke den Goldbrand in die Asbach-Flasche, und wie auf Bestellung kamen die Kabichs, die Schäfers und die Tormanns. Muttsch war nach wie vor bei Tante Nickel. »Sie wird ihre Gründe haben«, meinte Annelene Tormann, die sich oftmals ausgesprochen klug, ja weise gab.

Der Ihmsche übernahm die Musik, begann halbwegs moderat mit Uriah Heep, Slade und Nazareth, um danach auf Krückes Wunsch mit Frank Zappa, dem Atonalen, weiterzumachen. Für Blutblase und den Ihmschen war Zappa mindestens gewöhnungsbedürftig. Nicht anders für Krücke. Umso mehr behauptete er, die Musik genießen zu können. Sie sei eben was für Intellektuelle und also nicht für jedermann. Die Kabichs, Schäfers und Tormanns indes lobten den edlen Westschnaps und tranken zügig. Da merke man doch gleich, was Qualität sei, befand Frau Tormann. Zappas Album *Roxy & Elsewhere* nahmen sie demütig hin. Der Ihmsche, der sich eine der beiden Stolichnaya-Flaschen in die Hosentasche gesteckt hatte, um niemandem auch nur ein Schlückchen abzugeben, spielte die Platte ein ums andere Mal. Niemand von den Gästen aus der Siedlung beschwerte sich, und den Ihmschen wunderte es, dass das Misslingen dieser Provokation ihn nicht wütend machte, sondern in eine Art Selbstwohlgefallen hineinzog. So musste womöglich die Wirkung von Haschisch sein, wie Krücke, der in Westberlin gelegentlich zu einem Joint eingeladen wurde, sie einmal beschrieben hatte: Ruhe und Zufriedenheit. Der Ihmsche, stolz auf das Wort Selbstwohlgefallen, das ihm ohne diese Situation garantiert nicht in den Sinn gekommen wäre, rief in die Runde: »Ich brauche keinen Joint, ich bin der Joint.«

Ein unfassbarer Satz, kaum zu glauben, dass er aus dem Mund des Ihmschen kam. *Es* hat aus ihm gesprochen, dachte Krücke, der in einer Westberliner Bibliothek ein Buch über Sigmund Freud gelesen hatte. Und Blutblase dachte: *Jemand* hat aus ihm gesprochen, denn der Ihmsche kann es ja, bei einem derartig interessanten Gedanken, nicht gewesen sein. Nur wer? Der kleine Panzer hingegen war voll des Lobes: »Lothar Ihm, du bist ein großer Geist. Eines Tages wirst du das schwarze Gold finden, bei deinen Vorfahren, wer weiß, wer weiß ...«

Außer den Freunden und Muttsch, Frau Schrebnitz und Tante Nickel wusste niemand vom Vibrieren unter seinen Füßen vor elf Jahren. Zumindest soweit er informiert war. »Wer weiß, wer weiß«, sagte der Ihmsche. Er fühlte sich frei, verwegen. Ganz ungewohnt, grandios. Was hatte er denn zu verlieren außer der Angst? Zum zehnten oder vierzigsten Mal – er hätte es nicht sagen können – senkte er die Nadel auf *Roxy & Elsewhere* herab. Und sprach wie immer, in seiner Art eines Conférenciers: »Und nun, liebe Freunde, senke ich die Nadel auf die Musik herab.«

Er hörte den Mais hinterm Haus säuseln, obwohl man das,

falls er überhaupt säuselte, gar nicht hätte hören können bei so lauter Musik und inzwischen geschlossenen Fenstern. Und die Bienen summten, obwohl es nicht sein konnte, dass sie summten, denn es war Nacht, und sie schliefen. Er spürte keinen Rückenschmerz, legte sich rücklings vor sein Sofa, und das Letzte, was er sah oder glaubte zu sehen, war Frau Grünlich mit den Hunden Hasso und Reiner. Sie lächelte ihn an, neugierig, liebevoll. Nein, das konnte nicht sein. Das muss ein Traum sein. Dachte er im Traum.

Als er wach wurde, stand die Sonne im Zenit, und die Gäste aus der Siedlung waren nicht mehr da. Er sah Krücke, der überhaupt nicht geschlafen zu haben schien. Krücke mit glasigen Augen und seligem Lächeln. Saß auf der Sofakante und redete zu Blutblase, der, ebenfalls auf dem Boden liegend, seine Ruhe haben und wieder einschlafen wollte, wie er stöhnend sagte. Krücke lobte sich für seinen manipulativen Schnapsaustausch, Blutblase presste die Hände auf die Ohren, und der Ihmsche spürte das alte, bekannte Ziehen in seinem Rücken, das er am liebsten gleich wieder mit Bier und Schnaps bekämpft hätte. Unterdessen betrat Muttsch das Haus, schlurfte über den Flur, schaute nicht durch die offene Zimmertür zu ihrem Sohn und seinen Freunden, und sie, alle drei, bemerkten nichts von Muttsch. Sie verschwand in ihrem Zimmer, legte sich ins Bett und schlief sofort ein.

*

Sie hätte nicht sagen können, wie lange sie geschlafen hatte. Wenigstens zwölf Stunden. Oder noch länger? Tiefe Nacht war es und außer dem Schnarchen vom Ihmschen und seinen Freunden nichts zu hören. Sie verspürte keinen Hunger, keinen Durst, musste nicht aufs Klo, und vor allem: Sie hatte nicht den Eindruck, jemals wieder Hunger oder Durst zu haben oder aufs Klo zu müssen. Irgendwann würde sie aufhören zu atmen. Ein schöner Tod. Dass man sie in der Kittelschürze hinaustransportieren würde, hatte auch seine Richtigkeit. Immerhin hatte sie den Großteil ihres Lebens eine Kittelschürze getragen.

Sie schlief wieder ein, bis zum frühen Morgen, und wäre bestimmt aufgeschreckt, als der Ihmsche an ihr rüttelte, doch auch die Fähigkeit zu erschrecken war ihr abhandengekommen.

»Muttsch, nicht, dass du uns hier …« Wegstirbst, wollte er sagen, aber er sprach das Wort nicht aus. »Vielleicht solltest du wieder ins Krankenhaus.«

Sein Gesicht war schweißnass, und die Alkoholfahne wehte noch stärker als sonst. »Ich war doch grad im Krankenhaus«, erwiderte sie und schloss wieder die Augen. »Außerdem bin ich gar nicht krank.«

»Dann musst du was essen, was trinken, damit du nicht krank *wirst*.«

»Hab keinen Hunger, keinen Durst …«

Sorgenfrei fühlte sie sich, leicht. Ein Gefühl, das so ungewohnt war, dass es schon wieder beunruhigend sein konnte. Aber das war es nicht. Sollte kommen, was wollte, es kam ja sowieso.

»Wenn man keinen Hunger hat, keinen Durst, das *ist* eine Krankheit«, stellte der Ihmsche fest.

»Nein, ist keine«, beharrte Muttsch. Ein Lächeln ging über ihr Gesicht. Sie erinnerte sich an ihren Vater, der aus dem Krieg gekommen war, als sie zwölf war. Ein Bein ab wegen Bajonettstich und Blutvergiftung. »Ist aber keine Krankheit, ist keine«, hatte er gesagt und höhnisch gelacht. Eines Abends hörte sie, wie er auf ihre Mutter einredete: »Erdöl… Hast mal von gehört? Schwarz' Gold… Nur fünfzig Kilometerchen Entfernung …« Kilometerchen – so sagte man weit im Osten, hinter Danzig, woher Muttschs Vater stammte. Sie lachte wiehernd, und der Ihmsche, der eine Armlänge von ihr entfernt stand, wich einen Meter zurück.

Als sie in Beutenberge lebten und kein Erdöl gefunden wurde, starb ihr Vater nachts im Schlaf. In seinem Bett lag nun, an diesem sonnig-heißen Morgen, sechzig Jahre später, Muttsch. Auf einmal bewegte sie ihre Lippen. »Papa«, flüsterte sie. Es klang derart innig, dass der Ihmsche nochmals zurückwich. Hielt sie ihn etwa für ihren Vater?

Er schlich aus dem Zimmer, öffnete in der Küche eine Dose mit Linsensuppe – eines von Muttschs Lieblingsgerichten –, machte sie auf dem Herd warm, streute frische Petersilie aus dem Garten darüber und brachte einen Teller voll zu ihr ans Bett. Als er den Teller auf den Nachttisch stellte, sah er, dass der Mund seiner Mutter zwar offen stand, sie aber nicht atmete. Er nahm den Teller, ging mit ihm zurück in die Küche, stellte ihn auf den Tisch, setzte sich. Er hatte plötzlich Hunger und begann zu essen. Bedächtig löffelte er vor sich hin. Muttschs Suppe, die ich auslöffle, dachte er und musste lachen. Ein holpriges Lachen, dem Tränen folgten, die er sich mit der Hand aus den Augen wischte.

Durch das Lachen waren Krücke und Blutblase wachgeworden und steckten ihre Köpfe in die Küche. »Alles in Ordnung?«, fragte Krücke.

Der Ihmsche stellte den leer gegessenen Teller in die Spüle, wischte sich den Mund mit dem Hemdsärmel ab und ging zu Frau Schrebnitz in den Konsum. Er verlangte nach dem Telefon, das sie ihm mit bewegungsloser Miene sofort reichte.

*

Später, als Muttsch verbrannt und ihre Asche auf dem Friedhof in Nauen unter die Erde gebracht worden war, behauptete Blutblase, dass er, als sie abtransportiert wurde, eine Biene auf ihrer Nase gesehen habe. »Die ganze Zeit«, behauptete er, »saß sie dort. Bewegungslos, wie festgeklebt. Sicherlich bis zum Schluss, bis sie ins Feuer geschoben wurde.«

Der Ihmsche konnte und wollte dazu nichts sagen. Er hatte es vermieden, zu Muttschs Leiche zu schauen, nachdem sie aus ihrem Bett gehievt worden war. Er hatte, in der Kapelle, am Grab, nicht ein einziges Mal zu ihrer Urne geschaut. Nicht aus Angst, wie er sich bescheinigte, auch nicht aus irgendeiner Art von Groll. Warum sonst? Vermutlich, dachte er, um etwas vorbei sein zu lassen, das eben vorbei war, ein für alle Mal. Sein Gesicht war starr gewesen wie eine Maske. Und keinen Blick hatte er für die Beutenberger, die allesamt gekommen waren.

Allerdings befremdete es ihn noch im Nachhinein, wie der Beerdigungsredner über Muttsch geredet hatte. Warum war man eine sozialistische Persönlichkeit, wenn man als Reinigungskraft schuftete? Im Gegenteil: Muttsch hatte sich geweigert, in die Gewerkschaft einzutreten, in die Deutsch-Sowjetische-Freundschaft, und was die Sozialistische Einheitspartei betraf, hatte man sie gar nicht erst gefragt. Und warum war man eine Heldin, wenn man ein Kind alleine großzog? Natürlich war es üblich, bei Beerdigungen zu lügen, das gebot gewissermaßen der Anstand, aber musste man es deshalb derart auffällig tun? Und das auf der Grundlage der paar mageren

Fakten, die der Redner nach ausführlicher Bitte vom Ihmschen bekommen hatte. Niemand, der vielleicht empört war oder belustigt, ließ sich etwas anmerken. Sollten sie von Muttsch halten, was sie wollten, dachte der Ihmsche, keiner wusste, dass ihr letztes Wort Papa gewesen war. Papa! War es vor allen Dingen eine Anspielung auf seine Vaterlosigkeit? Gab sie sich am Ende ihres Lebens die Schuld dafür?

Nachdem alle anderen Beerdigungsgäste den Friedhof verlassen hatten, standen der Ihmsche, Krücke und Blutblase schweigend beieinander und spürten ihre Freundschaft; so pathetisch hätten sie es gesagt, wenn es einen Anlass gegeben hätte, es zu sagen. Auf einmal zuckte der Ihmsche zusammen: Eine Katze sprang hinter einer Hecke hervor, rannte auf die Männer zu, schlug dann aber einen Haken und sprintete über Gräber hinweg Richtung Friedhofsausgang. Zottelig, wie gerupft sah die Katze aus, und der Ihmsche stieß nur ein Wort hervor: »Assi.«

Sogleich lief er los, der Bauch auf den dünnen Beinen bebte, der schwitzende Körper verwandelte sich in einen schweißtriefenden; der Abstand zu Assi wurde größer und größer. Er war sich nicht sicher, dass es sich tatsächlich um Assi handelte, umso mehr redete er es sich ein. Welchen Sinn sollte es denn haben, hinter einer Katze her zu sein, wenn sie nicht Assi war? Er rannte und rannte, die Straße am Friedhof hinunter, um den Friedhof herum; schließlich, mit Beginn der zweiten Friedhofsumrundung, schleppte er sich nur noch voran, hechelte und spuckte ein ums andere Mal, bis ihm die Kehle brannte und er trotzdem weiterstolperte. Die Katze, die er für Assi hielt, war längst nicht mehr zu sehen, während er selbst in seinem schwarzen Anzug mehr und mehr einer fetten Krähe auf Stelzen glich, die kaum das Gleichgewicht halten konnte.

Wie Agnes kommt und geht, der Ihmsche fast eine Versteinerung erleidet, aber dann doch seine Wut zeigt

Als Agnes von der Autobahn herunter war und auf der Landstraße an Wustermark vorbei in Richtung Nauen fuhr, hatte sie sich auf das gemächliche Tempo eingestellt, das sie am meisten mochte: dreißig, vierzig Stundenkilometer. Manche Autofahrer hinter ihr hupten, bevor sie überholten. Die meisten aber wagten es nicht, sie zu stören. Wären nicht die langen gelockten blonden Haare gewesen, niemand hätte sie, mit ihrer überdimensionierten Schutzbrille, die fast das ganze Gesicht verdeckte, in ihrer schwarzledernen Motorradkluft und riesig wie sie war, für eine Frau gehalten. So aufrecht sie auf ihrer MZ saß, hätte sie die Anführerin einer Bande sein können, einer Motorradgang, doch nichts wäre ihr so fremd gewesen wie eine Gefolgschaft. Sie war eine stolze Alleinfahrerin, auch wenn sie sich hin und wieder wünschte, jemanden auf ihrem Sozius zu haben. Nicht irgendjemanden, sondern einen Mann, den sie liebte und der natürlich sie liebte. Für einen solchen Mann würde auch sie vielleicht mal auf dem Sozius Platz nehmen.

Da sie keine Städte mochte, egal ob groß oder klein, fuhr Agnes um Nauen herum und weiter ins nordwestliche Havelland. Sie hielt an einer Brücke, unter der ein Bach plätscherte. Sie ging die Böschung hinunter, nahm ihre Schutzbrille ab und warf sich ein paar Hände voll Wasser ins Gesicht. Dann schaute sie noch einmal auf die Landkarte, die sie in einer der Seitentaschen ihrer Lederkluft aufbewahrte. Obwohl sie auch das letzte Stück ihrer Reisestrecke auswendig kannte, hatte sie das Bedürfnis, sich zu vergewissern. Als hätten bestimmte Orte die Unart, sich von Zeit zu Zeit einen neuen Platz in der Landschaft zu suchen. Die Siedlung mit dem Namen Beutenberge war unverändert dort, wo sie zuvor schon gewesen war.

Nur noch vier Kilometer, aber von Bergen war weit und breit nichts zu sehen. Agnes bog von der Landstraße auf einen Betonplattenweg, der die Trennlinie zwischen einem Weizen- und einem Maisfeld darstellte und direkt in die Siedlung führte. Sie hatte seine Adresse, Talweg 4, doch sie parkte ihre MZ am Ortseingang. Sie nahm die Schutzbrille nicht ab, als sie am Konsum vorbeiging, den Talweg hinaufschaute und sich daran erinnerte, wie er erzählt hatte, dass er aus einem Ort stamme, den man eigentlich nur verlassen könne. Dem ersten Eindruck zufolge gab sie ihm recht. Nur, warum war er wieder hier? Sie atmete tief durch, wischte sich den Schweiß unter der Brille mit ihrem Taschentuch ab und fuhr sich mit den Fingern durch die Lockenmähne. Sollte sie gleich auf das Haus zumarschieren oder besser warten, bis er sie sehen würde? Würde er sie erkennen in ihrer Kluft? Oh ja, da war sich Agnes sicher: Er würde.

*

Der Ihmsche hatte beschlossen, diesen zweiten Tag nach Muttschs Beisetzung, immerhin ein Sonntag, alkoholfrei zu verbringen. Es wäre das erste Mal seit über fünf Wochen. Vor über fünf Wochen hatte er eine Angina gehabt, die ihn einen ganzen Tag lang daran hinderte, etwas zu essen oder zu trinken. Am nächsten Tag konnte er unter Schmerzen wenigstens wieder ein Bier zu sich nehmen. Und jetzt? Er hätte nicht sagen können, warum er gerade an diesem Sonntag trocken bleiben wollte. Es war so ein Gefühl. Vielleicht musste oder sollte sich etwas ändern. Obwohl sich ja bereits etwas Wesentliches geändert hatte: Muttsch war tot.

Blutblase und Krücke glaubten nicht an seinen Entschluss, doch als der Ihmsche am Nachmittag immer noch keinen Tropfen angerührt hatte, hielten sie ihre Beunruhigung nicht mehr zurück.

»Sag mal, ist das nicht ein bisschen übertrieben«, begann Krücke.

»Was?«, entgegnete der Ihmsche, obwohl er wusste, worauf diese Bemerkung zielte.

Blutblase hingegen wollte sensibler vorgehen. »Uns ist klar«, sagte er, »dass du in einer besonderen Situation bist. Du bist jetzt Vollwaise. Und Halbwaise war schon schlimm genug. Ich meine, ist ja bei mir genauso. Nur dass es bei dir *noch* schwerwiegender ist: Nicht jeder hat Vorfahren, die Erdöl gesucht haben …«

»Was willst du damit sagen«, unterbrach ihn der Ihmsche.

»Ich will damit sagen«, fuhr Blutblase fort, »ich will einfach sagen: Wir sind und bleiben Freunde. Komme, was da wolle. Und wenn wir gemeinsam Erdöl suchen gehen. Nur so zum Beispiel. Ich meine: Wir lassen dich nicht hängen. Egal, was passiert.«

Krücke war beeindruckt, auch wenn der Freund bestimmt nicht wirklich losziehen wollte, um Erdöl zu suchen. Er füllte sich ein Glas voll Bier, ließ den Rest der Flasche in den Ausguss fließen, trank das Glas in einem Zug aus und sagte: »Das war mein letztes heute. Ich solidarisiere mich nämlich und pausiere ebenfalls.«

Der Ihmsche schaute zu Blutblase, dann zu Krücke, dann

wieder zu Blutblase. Tränen traten in seine Augen. Er hätte die beiden am liebsten umarmt. Aber um die Hemmschwelle zu überwinden, hätte er erst mal einen Schnaps nehmen müssen. »Ihr habt hier ewiges Wohnrecht«, sagte er. »Ich meine, wir haben ja drei Zimmer. Ich bleibe in meinem, klar, warum nicht. Heiner Schmidtke, du nimmst das Wohnzimmer. Und du, Edwin« – den Nachnamen Kronokiewitschky nahm er nicht in Angriff, weil er wusste, dass er sich dabei verhaspeln würde – »du ziehst in Muttschs Zimmer.« Auf Blutblases irritierten Blick fügte er hinzu: »Ich meine, du hattest von uns dreien sowieso die beste Beziehung zu ihr.«

Das wollte Blutblase nicht abstreiten. Auch er nahm sich nun ein Glas, ging zur Spüle, doch als er den Wasserhahn aufdrehen wollte, sah er durchs Küchenfenster eine sehr große, kräftige Gestalt in schwarzer Lederkluft und riesiger Schutzbrille im Gesicht. Hard Rock – das war das Erste, was er dachte. Oder sogar Heavy Metal… Ein Musiker, ein Fan, ein Roadie… Nur, was hatte die Person ausgerechnet hier in Beutenberge verloren? Die Haare lang und blond gelockt wie die von Robert Plant oder David Coverdale. Vielleicht hatte Krücke, der Westreisende, eine Ahnung. Blutblase winkte ihn zu sich und zeigte auf die Gestalt, die den Talweg ein Stück heraufkam, auf das Haus von Tante Nickel schaute, dann auf das des Ihmschen, an den Gartenzaun herantrat und sich zum Klingelschild hinabbeugte.

»Was ist das für einer?«

»Woher soll *ich* das wissen«, antwortete Krücke im Flüsterton. Als könnte, sobald er nur ein bisschen lauter redete, die Gestalt da draußen ihn hören.

»Und wenn das einer ist, der dein Haus kaufen will«, sagte Blutblase, nun ebenfalls flüsternd, zum Ihmschen.

Der Ihmsche trat ans Fenster, erschrak und wich zurück. Die Brille! Mein Gott, die hatte sie schon damals getragen. Als sie schweißte oder am Mischer stand und Kies, Zement und Wasser zu Beton mischte. Oder wenn sie nach Feierabend mit dem Moped in die Baracke fuhr. Ihm schien, sie war noch größer geworden, deutlich größer. Und so aufrecht wie sie dastand, machte sie nicht den Eindruck, dass sie auch nur einen Zentimeter davon nicht haben wollte.

»Was ist denn los mit dir?«, fragte Blutblase. »Bist ja ganz blass geworden.« Und Krücke meinte, bemüht scherzhaft: »Ist das dein Henker?«

Der Ihmsche wurde noch blasser. Er nahm sich ein Bier aus dem Kühlschrank und setzte sich an den Küchentisch.

*

Agnes spürte, wie sich ihr Schweiß unter der Lederkluft sammelte. Im Hochsommer war es am besten im Fahrtwind auszuhalten. Vielleicht sollte sie wieder aufs Motorrad steigen und weiterfahren. Wenigstens ein paar Mal den Hauptweg hoch und runter. Oder zu diesem Kies-See, der laut Landkarte in der Nähe war, zwei Kilometer entfernt, hinter den Maisfeldern. Dort und nur dort würde sie ihre Uniform ablegen. Sie würde ins Wasser springen und tauchen. Sie liebte das Tauchen fast so sehr wie das Motorradfahren.

Um keinen zögerlichen Eindruck zu machen, bemühte sie sich, Ruhe auszustrahlen. In der Ruhe liegt die Entschlossenheit. So sollten alle denken, die sie beobachteten, aus ihren Häusern heraus oder sonst woher. Sie hob den Kopf, schaute zum Himmel, zur Seite, auf den dunkelroten Trabant am Gartenzaun. Er besitzt also ein Auto, dachte sie. Fährt morgens zur

Arbeit, sicherlich nach Nauen, nachmittags zurück. Ob er mal verheiratet war? Kinder? Eine kleine Schar von Bienen, sechs oder sieben, kam auf sie zugeflogen, umkreiste ihren Kopf. Sie schüttelte ihre Mähne, und die Bienen flogen davon. Nur eine setzte sich auf ihre Zeigefingerspitze. Sie hielt den Zeigefinger vor ihre Augen, drehte ihn und begutachtete die Biene, als wollte sie sie kaufen. Oder essen. Dann sagte sie mit einer Zärtlichkeit, die man ihr nicht unbedingt zugetraut hätte: »Auf Wiedersehen, du kleines Mistvieh«, pustete das Tier in die Luft und beugte sich nochmal zum Klingelschild hinab. LUCINDE & Lothar Ihm, stand auf dem Schild, in Kugelschreiberdruckbuchstaben. Wer war die großgeschriebene und an erster Stelle genannte Lucinde? Seine Tochter? Oder lebte er, falls er geschieden war, mit seiner ehemaligen Frau unter einem Dach? So etwas gab es ja. Konnte manchmal dauern, bis man eine eigene Wohnung bekam.

Sie klingelte. Der Klingelton war laut und schrill. Wie für jemanden, der nicht mehr gut hörte. War ihm sein Rückenschaden mit den Jahren auf die Ohren geschlagen? Oder er war, trotz des Autos vorm Zaun, gar nicht da. Und statt seiner nur diese Lucinde. Oder niemand. Sie wäre wieder zum Hauptweg hinuntergegangen, hätte sich auf ihre MZ gesetzt und wäre ein paar Kilometer durchs Havelland gefahren, um dann zurückzukommen und erneut zu klingeln, wenn sie nicht gesehen hätte, wie sich die Gardine hinter einem der beiden Fenster zur Straßenseite bewegte.

»Lothar«, rief sie. »Lothar Ihm. Wenn du da bist, komm raus. Oder lass mich reinkommen.«

Keine Reaktion. Sie nahm ihre Brille ab, wischte sich mit dem Arm den Schweiß aus dem Gesicht. »Ich bin's. Da staunst du, was. Komm raus.«

Der letzte Satz hörte sich an wie eine Aufforderung zum Duell. Sie bemühte sich, etwas moderater zu klingen: »Und wenn du nicht da bist, soll rauskommen, wer da ist. Und mir Bescheid sagen, wo du bist.«

Noch immer keine Reaktion. Agnes fühlte Wut in sich aufsteigen. Sie musste wieder auf ihre zwei Räder, anders konnte sie sich nicht beruhigen. Sie ging los, doch nach wenigen Metern hörte sie jemanden rufen: »Warten Sie, Augenblick bitte.«

Die Stimme gehörte nicht Lothar, so viel war klar, und als sie sich umdrehte, sah sie einen Mann, der das Gartentor geöffnet hatte und hurtig auf sie zu humpelte. Mit seiner langen Hakennase und dem ausgeprägten Vokuhila sah er einem Vogel ähnlich. Welche Art von Vogel könnte das sein, fragte sich Agnes, während der Mann mit einem Anflug von Panik auf sie einredete: »Lothar ist da. Aber seit er Sie gesehen hat, sagt er kein Wort. Stumm wie 'n Fisch. Können Sie mir erzählen, was Sie wollen? Vielleicht kann ich weiterhelfen.«

Agnes sah den Vogelmann, der über einen Kopf kleiner war als sie und mit hängenden Schultern vor ihr stand, von oben bis unten an. »Er sollte sich denken können, warum ich hier bin. Er sollte ein bisschen kombinieren, dann kommt er drauf.«

»Na ja«, sagte Krücke, »Kombinieren ist nicht so… jedermanns Sache.«

»So wie ich ihn kennengelernt habe«, entgegnete Agnes, »ist er nicht so blöd, dass er das nicht können würde. Gehen Sie zu ihm und sagen Sie ihm das.«

»Ja, gut. Aber… wenn er dann immer noch… schweigt. Oder so.«

»Oder so, oder so. Ich kann's nicht vertragen, wenn Leute

ständig ›oder so‹ sagen. Das sind Leute, die nicht wissen, was sie wollen.«

Wenn die Frau etwas hat, dachte Krücke, dann sind es feste Meinungen. »Ich verstehe, alles klar«, sagte er so diplomatisch, wie es ging, und trat den Rückweg an. Dabei hatte er das Gefühl, einen Gefechtsplatz zu verlassen. Zum Glück war es nicht sein Gefecht, sagte er sich mit einiger Erleichterung.

*

Die Behauptung, dass der Ihmsche wie versteinert dasaß, wäre keine Übertreibung gewesen. »He, komm, was ist?«, fuhr Krücke ihn an und merkte selbst, wie sehr er, der eben noch gehörig den Schwanz eingezogen hatte, auftrumpfen wollte.

Der Ihmsche blieb reglos.

»Wer ist denn die Frau«, insistierte Krücke. »Du hast uns niemals von ihr erzählt. Oder?«

»Lass ihn in Ruhe«, mischte sich Blutblase ein, und bevor Krücke sich weiter äußern konnte, ging Blutblase nach draußen.

Die Frau war nicht zu sehen. War sie wieder fort? Er ging hinters Haus, und da stand sie. Betrachtete den zerstörten Teil des Daches und musste nur auf ihren Zehenspitzen stehen und den Kopf nach oben recken, um in die Dachrinne schauen zu können.

Schöner Dachschaden, was, wollte Blutblase schon sagen und ein Grinsen hinterherschicken, aber da er sich nicht sicher war, ob solch ein Kommentar ihren Geschmack traf, entschied er sich lieber dafür, sie schlicht und sachlich zu informieren: »Hier hat's gebrannt. Zum Glück überschaubares Ausmaß.« Da er es plötzlich für möglich hielt, dass sie von irgendeinem

Amt war, auch wenn sie nicht unbedingt so aussah, fügte er hinzu: »Es handelt sich um Eigenverschulden. Wir werden das wieder in Ordnung bringen.«

Sie sah ihn an, genauer gesagt: Sie schaute auf seine zusammengerollte, festgeklebte Haarsträhne herab, und als wäre gerade diese Strähne ein Indiz für etwas, das nicht sein durfte, sagte sie: »Was ist das hier eigentlich? Drei Männer in einem Haus?«

So fragt nur jemand, dachte Blutblase, der das von Berufs wegen tut. Eine Amtsperson, wenn auch in ungewöhnlicher Kleidung.

»Nein, wir sind Freunde«, entgegnete er, allzu deutlich um Gelassenheit bemüht. »Wir sind nur zu Besuch. Das ist alles.«

Agnes ging an ihm vorbei, streifte ihn mit dem Arm, und Blutblase sog die Mischung aus Leder- und Schweißgeruch ein, die sie ausströmte. Weil er diesen Geruch sofort mochte, war er geneigt, dicht hinter ihr zu bleiben, doch seine Selbstkontrolle war größer, und er hielt einen Abstand von drei Metern.

Agnes musste den Kopf einziehen, als sie durch die Haustür trat, aber das war sie gewohnt. Es wirkte fast galant, wie sie mit einer flinken Ausweichbewegung den Kopf auf die Schulter legte und die Beine einknickte. Vom Flur aus konnte sie in die Küche schauen, wo der Ihmsche nach wie vor wie erstarrt dasaß. Krücke indes wich ein Stück zurück, drängte sich ans Fenster, als würde er auf die Möglichkeit Wert legen, so schnell es ging hinauszuspringen. »Es riecht hier wie bei alten Leuten«, stellte Agnes fest. Dass es beinahe belustigt klang, war für den Ihmschen schlimmer als ein unverhohlen abfälliger Ton.

»Seine Mutter ist gerade gestorben«, erklärte Blutblase, und kaum hatte er es gesagt, war ihm schon klar, dass eigentlich nur der Sohn das Recht hatte, diese intime Information weiterzugeben. Er sah, wie der Ihmsche seine Muskeln anspannte, und instinktiv stellte er sich an Agnes' Seite. Als würde sie ihn beschützen, wenn der Ihmsche aufspränge, um ihn zu verprügeln. Dabei bemerkte er aufs Neue, wie sehr ihr Geruch ihm gefiel, vor allem im Vergleich zu den Ausdünstungen, die hier seit vielen Jahren zu Hause waren.

»Was heißt denn gerade«, erwiderte Agnes.

Blutblase befahl sich zu schweigen, um den Ihmschen nicht noch mehr zu provozieren. Krücke hingegen hatte Angst, dass die Frau wütend werden könnte, wenn man ihr nicht antwortete. Außerdem sollte sie nicht davon ausgehen, dass Muttsch als Leiche vielleicht noch im Nebenzimmer lag. »Vorgestern ist sie beerdigt worden«, sagte er. »In Nauen«, fügte er hinzu, als wäre das von einer besonderen Bedeutung.

Der Ihmsche wäre am liebsten fortgerannt. Zuvor aber müsste er auf die beiden Freunde eindreschen, die die Bezeichnung Freunde nicht verdienten, so sehr wie sie seine Mutter hier zum Thema machten, ohne seine Erlaubnis dafür bekommen zu haben. Natürlich war ihm klar, dass das Eindreschen genauso peinlich wäre wie das Fortrennen. Agnes stand vor ihm, nach all den Jahren.

»Was willst du hier?« Seine Stimme hörte sich brüchig an.

»Das müsstest du doch wissen.«

»Woher soll ich das wissen?«

»Weil du eine Heiratsannonce aufgegeben hast.«

»Weil ich was?«

Der Ihmsche starrte sie an. Sie setzte sich ihm gegenüber an den Küchentisch, zog ein Stück Zeitungspapier aus der Brusttasche ihrer Lederjacke und reichte es ihm.

Ungläubig schaute er auf das Papier, las und bewegte stumm seine Lippen: *Junggebliebener Mittdreißiger, der seine liebe Mutter bis in den Tod gepflegt hat, möchte ein neues Leben beginnen und sucht deshalb eine liebe Frau, gleichaltrig, Kind kein Hindernis, zwecks Heirat. Lothar Ihm, Beutenberge bei Nauen, Talweg 4. Bitte nur ernstgemeinte Zuschriften.*

»Was ist das?«, fragte er.

»Deine Heiratsannonce«, entgegnete Agnes und spürte eine gewisse Verunsicherung. Hatte sie es mit jemandem zu tun, der nicht mehr ganz bei Verstand war? Oder war er einfach nur von der Trauer um seine Mutter so sehr benommen, dass sein Erinnerungsvermögen empfindlich gestört war?

»Davon hast du uns gar nichts erzählt«, warf Krücke ein und trat hinter den Ihmschen, um den Zettel zu lesen. Doch bevor er das tun konnte, nahm Agnes ihn wieder an sich.

»Ich habe«, stieß der Ihmsche hervor, »ich habe… das nicht geschrieben.«

»Von einer Heiratsannonce würden wir bestimmt wissen«, sagte Blutblase, um dem Freund beizupflichten.

»Warum würdet ihr davon wissen?«, entgegnete der Ihmsche, um seinem Groll gegenüber den Freunden Luft zu machen. »Ihr wisst nicht *alles* von mir. Trotzdem… habe ich sie nicht geschrieben… die Annonce.«

»Wenn es so ist, darf ich dann vorlesen?«, fragte Agnes, an den Ihmschen gerichtet.

Der nickte, vor Verblüffung. Warum wurde er überhaupt gefragt? Er hatte doch nichts geschrieben.

Sie las den Text, sehr ernst, fast feierlich, zugleich mit Wut und Unverständnis. Eine beeindruckende Mischung, wie sowohl der Ihmsche als auch Krücke und Blutblase fanden. Bei den Formulierungen »seine liebe Mutter« und »eine liebe Frau« kam bei Agnes eine Spur Sarkasmus zum Vorschein, der die Segelohren des Ihmschen glühen ließ.

»Weshalb«, fragte er, um von dieser Reaktion abzulenken, »weshalb liest du Heiratsannoncen?«

»Weshalb wohl«, konterte Agnes unverzüglich. »Weil ich einen Mann kennenlernen will, der heiraten möchte. Und zwar mich. Und wenn das so ist, und ich will ihn... dann heirate ich ihn.« Sie hielt inne, schien sich über sich selbst zu wundern und sagte: »Gut, ich habe das jetzt etwas verschwiemelt ausgedrückt, aber es entspricht den Tatsachen.«

Krücke und Blutblase starrten, um nicht Agnes anzustarren, zum Ihmschen. Ihre Blicke fraßen sich in ihn hinein. So empfand er es. »Warum gafft ihr so? Habt *ihr* das für mich geschrieben?«

Wenn sie sonst dem Streiten nicht abgeneigt waren, jetzt wollten sie es keinesfalls. Und waren froh, dass Agnes ihnen die Antwort abnahm: »Ist das alles, was du zu sagen hast?«

Ja, hätte er am liebsten geantwortet, lapidar und trotzig, aber da er wusste, dass sie eine kurze Zündschnur hatte, wie es damals in der Brigade hinter vorgehaltener Hand oft und durchaus furchtsam geheißen hatte, tat er es lieber nicht. Doch gerade sein Schweigen brachte sie auf die Palme: »Da hast du dich also wieder bei deiner Mutter verkrochen. Bei der du es angeblich nicht mehr ausgehalten hattest. Lügner! Hättest du mir mal erzählt, dass sie Lucinde heißt. Oder hieß. Schöner Name. Großgeschrieben. Und deiner auf dem Namensschild ganz klein dahinter. Schwächling! Und nicht mal wissen, wer für dich Heiratsannoncen aufgibt. Wer dich hier zum Narren hält.«

Sie lachte. Es hatte etwas Galliges, aber irgendwie auch Mitleidvolles. Sie stand abrupt auf, doch ehe sie ging, deutete sie auf die Bierflasche und sagte: »Und obendrein Säufer. Klar. Wie früher.«

Ich habe nichts davon getrunken, wollte der Ihmsche entgegnen, ich bin vollkommen nüchtern. Aber er brachte wieder kein Wort heraus, starrte nur auf die ungeöffnete Flasche.

Mit großen Schritten ging Agnes aus dem Haus, den Talweg hinunter. Eine schwarze Ritterin, dachte Blutblase. Schweiß und Leder. Er hoffte, ihren Geruch noch lange in der Nase zu haben, und schaute ihr aus dem Fenster hinterher, bis sie nicht mehr zu sehen war.

»Sie hat in der Mehrzahl gesprochen«, stellte Krücke fest. »Heiratsannoncen. Wer weiß, was da noch alles kommt.«

Es klang sensationslüstern. Der Ihmsche schlug mit der flachen Hand auf den Tisch, sodass die Bierflasche umkippte, hinunterrollte und auf dem Fußboden zerbarst. »Halt die Klappe«, fuhr er Krücke an. »Und verschwinde. Mach dich vom Acker. Eh ich dir dein Holzbein kurz und klein kloppe.«

Da das Holzbein noch nie für eine Auseinandersetzung herhalten musste, war Krücke klar, dass es gefährlich werden könnte, wenn er bliebe. Auch Blutblase, ohne den er ja nicht wegkam, sah das so. »Na gut«, meinte Blutblase, um einen entschiedenen Ton bemüht, der ihm nicht recht gelingen wollte, »dann fahren wir.«

Als der Trabant-Motor wieder einmal nicht ansprang, kamen Klaus Kabich, Peter Tormann und Max Schäfer, um zu helfen. Vor allem aber wollten sie und die wenig später dazu gekommenen Ehefrauen wissen, was beim Ihmschen vorgefallen sei. Angesichts dieses unglaublichen Besuches, wie Helga Kabich es formulierte. Krücke und Blutblase verrieten nichts. Natürlich nicht aus irgendeinem Ehrgefühl heraus, obwohl sie genau das betonten – »Es ist eine Sache der Ehre«, sagte Blutblase, und Krücke ergänzte: »Und deshalb kein Wort!« –, sondern um die eigene Position der Wissenden zu genießen.

Wie der Ihmsche einmal zu Hochform auflief, aber ein erotisches Silvesterereignis nicht verkraftete

Agnes fuhr und fuhr, vorbei an Maisfeldern links und Weizenfeldern rechts, durch Orte mit den Namen Zabakuck und Jerichow, die sie nie vergessen würde. So lange sie denken konnte, hatte sie sich ungewöhnliche Namen gemerkt. Vielleicht lag das daran, dass dort, wo sie herstammte, die Ansiedlungen Ritterode, Stangerode oder Harkerode hießen. Oder auch Ichstedt, Schielo, Wimmelburg. Sonderbare Namen... so wie sie selbst sich sonderbar fühlte: Schon als Kind war sie viel größer und auch kräftiger gewesen als die anderen Kinder in ihrem Alter. Sie war eine sehr gute Kugelstoßerin, und auch den Diskus warf sie viel weiter als andere. Wenn sie diese Disziplinen nicht so ausgesprochen gelangweilt hätten, wäre sie bestimmt eine exzellente Werferin geworden. Stattdessen wollte sie Uhrmacherin werden. Der Vater, klein und dünn, übte diesen Beruf aus, die Mutter aber, groß und kräftig und Paketausfahrerin, sagte ihr: »Guck dir mal deine klobigen Hände an, da rennt ja jede Uhr davon.« Ein andermal meinte die Mutter: »Du bist wie ich, du wirst Paketausfahrerin.« Der Vater, der es gewohnt war, sich seiner Frau unterzuordnen, widersprach ihr nicht, und Agnes sagte sich mit all ihrem Trotz: Wartet ab, sobald ich mit der Schule fertig bin, geh ich weg. Und so kam es: Mit sechzehn zog sie in ein Internat nach Leipzig und absolvierte eine Lehre als Baufacharbeiterin.

Unter den Lehrlingen, allesamt junge Männer, gehörte sie

zu den Besten, und noch nie im Leben hatte sie so viel Freude empfunden wie beim Mauern, beim Verputzen und besonders am Betonmischer. Als Huckerin war sie von den Besten die Beste; niemand schippte den Mischer so schnell voll wie sie, niemand schob so schnell und ausdauernd die gefüllten Schubkarren.

Als sie nach der Ausbildung zwischen Leipzig und Grimma auf Montage war und die einzige Frau in der Brigade, trat der Ihmsche in ihr Leben. Eines Morgens kam er in einem Pulk mit anderen jungen Maurern; ein etwas verhuschter, schüchterner Typ, der aber aufblühte, sobald er die Putzkelle schwang. Schnell war er und zugleich geschickt; die Hucker kamen kaum hinterher mit dem Mörtel, und wenn sie vor lauter Eile nicht gründlich genug gemischt hatten, schnauzte er sie heftig an. Manchmal wagte einer zu erwidern: »Mensch, Ihmscher, krieg dich mal wieder ein«, aber der erntete nur einen Spruch wie: »Halt die Klappe, du Schnarchnase, und mach hinne.« Agnes war die Einzige, die ihm gewachsen war.

»Warum nennen sie dich Ihmscher?«, fragte sie ihn eines Nachmittags, als sie nebeneinander standen, um Kartätsche und Putzkelle über einem Wassertrog zu säubern. Er antwortete nur: »Sie nennen mich Ihmscher, und wenn sie über mich reden, nennen sie mich: der Ihmsche.« – »Und wie heißt du wirklich?« Er sah sie erstaunt an, aber antwortete nicht. Wozu sollte er auch? Wenn sie meinte, es unbedingt wissen zu müssen, konnte sie sich ja irgendwo anders erkundigen. Er jedenfalls hatte nicht die geringste Lust, jenen Namen preiszugeben, für den seine Mutter verantwortlich war, nachdem sie sich, wie es im Dorf erzählt wurde, mit Tante Nickel und Frau Schrebnitz in dieser Frage beraten hatte. Als wäre sie allein nicht in der Lage gewesen, so eine schlichte Entscheidung zu treffen. Am besten wäre es, dachte er, wenn man als Erwachsener seinen Namen wechseln könnte, ganz offiziell.

Agnes fragte den Brigadier, den sechzigjährigen zerknitterten Ignaz Walther, der von allen nur Kalkfresse genannt wurde, und der sagte ihr, dass der Ihmsche eigentlich, also dem Papier nach – so drückte er es aus – Lothar Ihm hieß. Seitdem nannte sie ihn Lothar. Er versuchte, es einfach so hinzunehmen. Was ihm nicht im Mindesten gelang. Im Gegenteil: Es erzürnte ihn, zunehmend. Er kanalisierte diesen Zorn, indem er noch schneller arbeitete. Berserker, nannten ihn die Kollegen und hielten sich, soweit es ging, fern von ihm, um nicht als Schnarchnasen oder Scheintote beschimpft zu werden. Agnes allerdings war dort, wo er war, und ob er es wollte oder nicht, übernahm sie den Mischer und belieferte ihn mit einer Frequenz, dass ihm die abstehenden Ohren schlackerten. Sie waren das Berserker-Tandem, und sie blieben es auch, als die Brigade weiterzog, nach Meißen und Dresden, nach Kamenz und schließlich Hoyerswerda, wo eine ganze Stadt gebaut wurde.

War es ein Wunder, dass sie sich in Lothar, den Ihmschen, verliebte? Nein, hatte sie damals gedacht. Dachte sie nach wie vor. Aber sobald sie ihm das zu verstehen gegeben hatte, mit ihren Blicken, mit schüchternen, wie zufällig wirkenden Berührungen, ging er noch mehr auf Distanz. Vom Brigadier Ignaz Walther forderte er, ihn nicht mehr in unmittelbarer Verbindung mit Agnes einzusetzen, und der gutmütige Brigadier befolgte dieses Ansinnen schweren Herzens, doch um des nötigen Friedens willen. Das Berserker-Tandem hatte damit sein Ende gefunden.

Ihre Verliebtheit allerdings ließ Agnes optimistisch bleiben: Was soll er auch an einer Frau finden, sagte sie sich, die er als Huckerin nur in mehr oder weniger schmuddeliger Arbeitskleidung sah und nach Feierabend in den Wohn- und Schlafbaracken im Trainingsanzug. Also zog sie fortan in der Freizeit Kleider an; Kleider, die sie erst einmal gründlich waschen musste, so lange hatte sie sie nicht getragen. Sonderanfertigungen, die ihr zu weit waren; womit sie verschleiern wollte, wie groß und kräftig sie war, obwohl sie in den weiten Kleidern nicht weniger groß und kräftig erschien.

Der Ihmsche wich ihr weiterhin aus; umso mehr, als alle auf der Baustelle wussten, für wen Agnes ihre Kleider anzog. Doch dann kam der Bolschoi-Wurf-Wettbewerb, ein Brauch, der jedes Jahr kurz vor Weihnachten gepflegt wurde und bei dem Lothar Ihm zeigen konnte, dass er nicht nur ungeheuer schnell war, sondern auch überaus geschickt, ja geradezu kunstfertig. Ignaz Walther alias Kalkfresse rief »Auf die Plätze, fertig, los!«, worauf der Ihmsche seine Putzkelle in den Mörtel tunkte, sie zu einem Drittel ihrer Fläche belud und aus dem Handgelenk heraus ein paar ebenso flinke wie galante Bewegungen präsentierte, die jede Bolschoi-Tänzerin vor Neid hätte erblassen lassen, bevor er den Mörtel an den unverputzten Teil einer Wand schmiss und glatt rieb. Agnes nannte es die hohe Schule der Artistik, und als er mit Abstand den ersten Platz belegte, war ihre Verliebtheit noch mal gewachsen. Heimlich übte sie den Kunstwurf, aber rasch wurde ihr klar, dass sie in dieser Disziplin dem Ihmschen niemals würde Paroli bieten können.

Zwei Wochen später, zur Silvesterfeier, sahen sie sich wieder. Agnes, in einem dunkelroten langärmligen Kleid, schlich in gebührendem Abstand um ihn herum; der Ihmsche tat so, als würde er sie nicht bemerken, doch als sie sich an der Bar neben ihn stellte, kam er nicht umhin, ihr zuzunicken. »Neues Jahr, neues Glück«, sagte er vor lauter Verlegenheit und bestellte rasch ein Helles mit Kompott – ein Bier und einen

Goldbrand –, worauf Agnes dem Barkeeper zurief: »Für mich das Gleiche.«

Dann saßen sie vor ihren Getränken und schwiegen vor sich hin, bis Agnes das Schweigen nicht mehr ertrug und die naheliegende Frage stellte: »Wo warst du eigentlich zu Weihnachten?«

»Bin rumgefahren«, antwortete er mit einem Schulterzucken.

Agnes verbuchte es als Erfolg, dass er überhaupt etwas gesagt hatte. Sie kippte den Goldbrand, spülte mit Bier nach, und weil sie keine Möglichkeit sah, den Ihmschen zum Reden zu bringen, begann sie selbst zu erzählen: Weihnachten bei den Eltern… wie eine Pflicht… obwohl das schade ist, denn Eltern sind doch was Besonderes, man sollte gern bei ihnen sein… aber es ist eben so, wie es ist. Zum Glück gibt's ja Tanten und Onkel, bei denen man einen Teil der Weihnachtstage verbringen kann… in Bräunrode, Klostermansfeld und Greifenhagen, in der Nähe des Naturschutzgebietes Saurasen. »Saurasen«, fragte sie aufgekratzt, »wie findest du den Namen?«

»Weiß nicht«, antwortete der Ihmsche.

»Warum weißt du das nicht?«

»Weil ich es eben nicht weiß.«

So sehr er sich bemühte, unbeteiligt zu wirken, Agnes spürte seine hilflose Ablehnung. Sie kippte den nächsten Goldbrand, der ihr vom Barkeeper eingegossen worden war. »Prost«, sagte sie, und da der Schnaps in der Kehle brannte, musste sie sich räuspern, und das Räuspern geriet ihr lauter, als sie wollte. »Und du«, sagte sie, »trinkst ja heut gar nichts.«

Tatsächlich hatte er weder an seinem Bier noch am Goldbrand genippt. Er zog die Schultern hoch und machte den

Rücken rund wie eine Katze, die ihr Unbehagen zeigt. »Magst keinen Alk mehr? Wäre mir ja ganz neu.«

Nun zog er den Kopf ein, presste die Arme vor die Brust. War das seine Reaktion auf die Angriffslust, die in ihren Worten mitschwang? Nicht dass er sich noch wie ein Igel zusammenrollte. Du solltest dir Stacheln wachsen lassen, wollte sie schon sagen. Aber sie sagte es nicht. Und ärgerte sich darüber, dass sie es nicht sagte. Und weil sie sich ärgerte, tat sie etwas, das sie vor einer Minute nicht für möglich gehalten hätte: Sie hieb ihm die Faust in die Rippen. Nicht kräftig, viertelkräftig – so ihre Rechtfertigung, die sie natürlich auch nicht äußerte. Dass er sofort zurückwich und sie entgeistert anstarrte, war mehr seiner Verblüffung geschuldet als dem Schmerz. Und wenn sie sich nicht täuschte, lag in seinem Blick auf einmal so etwas wie Erwartung, ja Neugier. »Lass mich in Ruhe mit deinem Schwachsinn«, sagte er.

»Und wenn nicht«, gab sie zurück.

Er stand vom Barhocker auf, aber bevor er weggehen konnte, zog sie ihn am Kragen seiner Lederjacke zu sich heran. »Bleib hier!« Es war ein Befehl, mit dem sie aber nicht verhehlen konnte, dass es sich im Grunde genommen um eine Bitte handelte.

»Lass mich los«, sagte er, doch als sie darauf noch fester zupackte, hieb er seinen Unterarm gegen ihren Kopf.

Jetzt war die Überraschung auf ihrer Seite, und zur Überraschung gesellte sich eine gewisse Freude: Endlich etwas Offensives von ihm. Seinen Kragen unverändert fest in ihrer Hand, legte sie den Kopf in den Nacken und schüttelte ihre blonde Lockenmähne. Der Ihmsche glaubte nicht recht zu sehen: Aus ihren Haaren stieben unzählige Staubpartikel; kein Zement- oder Kalk-, sondern gelbgrünlicher Blütenstaub, der einen süßlich-modrigen Geruch verbreitete. Sie ließ den Kragen los, doch nur, um dem Ihmschen fast ansatzlos mit dem Handrücken ins Gesicht zu schlagen. Ein lapidar anmutender Schlag, der gerade deshalb provozieren sollte. Und es sichtlich tat. Wie anders war es zu erklären, dass er sie beidhändig an den Schultern packte und gegen den Tresen schubste. Der Barkeeper schnauzte ihn an: Wie könne er eine Frau schlagen, ob er noch alle Tassen im Schrank habe. Und dann schnauzte er Agnes an: Wenn sie sich unbedingt prügeln wolle, solle sie mit dem Typen gefälligst raus gehen.

Zu spät, um das zu beherzigen. Agnes' Faust war bereits auf der Stirn des Ihmschen gelandet, mit einer Wucht, die ihn straucheln ließ, und nach den nächsten Schlägen, links, rechts, kurz hintereinander, gegen Hals und Brust, stürzte er rücklings auf den Fußboden. Der Barkeeper starrte fassungslos, ebenso die Brigade, die einen Ring um das Paar bildete. Agnes hatte keinen Blick für die anderen, für niemanden außer dem Ihmschen. Aber was sie von ihm sah und hörte, konnte sie kaum glauben: Ein verträumtes Lächeln, dem ein kräftiges Seufzen folgte, das nach Erlösung klang, zumindest nach Erleichterung. Das Lächeln verflog, als ihm klar wurde, wer alles auf ihn starrte. Er sprang auf, Agnes hob die Fäuste in Erwartung eines Angriffs, doch ihr Gegner drängte sich durch den Männerring, rannte hinaus auf die Straße und weiter, immer weiter.

Nach diesem Abend wollte der Ihmsche nur noch versetzt werden. Kein Problem, denn gute Maurer und Putzer wurden ja von Rostock bis Suhl überall gesucht. Bevor es allerdings dazu kam, an seinem vorletzten Arbeitstag in Hoyerswerda, kletterte er das ihm vertraute Baugerüst hinauf und schwang die Putzkelle noch flinker und vehementer als sonst. Allen sollte unmissverständlich klarwerden, was ihnen in Zukunft fehlen würde. Mit traumwandlerischer Sicherheit bewegte er sich auf den Brettern, bis der Instinkt versagte und der Ihmsche fünfeinhalb Meter in die Tiefe stürzte. Dreifacher Rippenbruch, Wirbelsäulenschaden... Agnes wusste nicht, dass er in ein Spezialkrankenhaus nach Dresden gefahren worden war. Niemand aus der Brigade hatte es gewusst, weil der Ihmsche nicht wollte, dass es irgendwer erfuhr.

Agnes war inzwischen in Sandau an der Elbe und erinnerte sich, wie sie von Ignaz Walther zurückgehalten worden war, weil sie nicht sehen sollte, wie der Ihmsche sich schmerzerfüllt unterm Baugerüst hin und her wälzte. Sie sollte nicht – so hatte er es ausgedrückt – traumatisiert werden. Dieses Wort, das sie von ihrem Brigadier noch nie gehört hatte, ging ihr durch den Kopf, während sie nun Richtung Rhinow und Friesack fuhr. In Strohdene konnte sie nicht widerstehen, einen Abstecher zum Gülpener See zu machen. Sie entledigte sich ihrer Lederkluft und ihrer Unterwäsche, schwamm in die Seemitte und tauchte unter. Über eine Minute lang ließ sie sich inmitten von Schlingpflanzen treiben, ehe sie wiederauftauchte, zum Ufer schwamm und zurückfuhr, Richtung Beutenberge, wo es keine Berge gab, aber vielleicht eine Beute. Genau das dachte sie: keine Berge, vielleicht eine Beute – und musste lachen, übermütig, angriffslustig. Was war der tiefere Sinn ihrer Umkehr? Sie hätte es, trotz allen Lachens, nicht sagen können.

*

Nachdem der Ihmsche das Haus abgeschlossen hatte, legte er sich auf sein Sofa und ließ die besorgten oder sich besorgt gebenden Rufe der Ehepaare Kabich, Tormann und Schäfer über sich ergehen. Was sollte er auch antworten auf Fragen wie

»Können wir helfen?« oder »Brauchst du irgendetwas?« Natürlich hätte er seinerseits fragen können, ob jemand wisse, wer eine Heiratsannonce oder mehrere in seinem Namen aufgegeben hatte. Aber damit hätte er sich nur lächerlich gemacht. Ohnehin suchten sie doch nur Abwechslung in ihrem langweiligen Alltag.

Auf keinen Fall, sagte er sich, um mit seinen Gedanken zu Agnes zurückzukehren, hätte er seinerzeit den Bolschoi-Wurf-Wettbewerb gewinnen dürfen. Nach dem Sieg hatte er sich ihrem Begehren endgültig ausgeliefert gefühlt. Umso mehr erschreckten ihn die merkwürdigen Vorstellungen, die er jedes Mal, sobald sie aufgekommen waren, zu verdrängen suchte: Einmal sah er sich mit dem Oberkörper eingequetscht zwischen ihren dicken muskulösen Schenkeln; ein andermal imaginierte er, wie Agnes, seinen Kopf unter ihren Arm geklemmt, ihn auf dem Weg über die Baustelle hinter sich her schleifte. Jetzt tauchten sowohl die Beinschere als auch der Schwitzkasten wieder vor seinem inneren Auge auf und trieben ihm die Schamesröte ins Gesicht.

Und auch die Erinnerung an die Silvesterfeier war aufs Neue da und ließ sich nicht vertreiben. Mit keinem Wort hatte er auch nur andeuten wollen, dass er Weihnachten bei Muttsch in Beutenberge zugebracht hatte. Wie üblich zu Heiligabend waren sie mit Frau Schrebnitz und Tante Nickel zu viert gewesen, und er hatte sich vorgestellt, wie die alten Frauen reagieren würden, wenn Agnes an seiner Seite wäre. Ich bin ja froh, dass du eine Freundin hast, hätte Muttsch bestimmt gesagt, sobald sie ein paar Momente unter vier Augen gewesen wären, aber es kann doch nicht ausgerechnet eine sein, die über einen Kopf größer ist als du und mindestens doppelt so kräftig. Wenn die dir eine runterhaut, dann fliegst du ja meterweit. Er selbst hatte oft genug daran gedacht, mit Agnes in einen handfesten Streit zu geraten, und es irritierte ihn, dass er darin eine seltsame Verlockung sah. Als es schließlich geschah, offenbarte es etwas, das ihn hochgradig verstörte. Er hätte es nicht in Worte kleiden können, geschweige denn wollen: Nach dem ersten Schlag, mit der Faust in die Rippen, spürte er ein Ziehen in seinen Hoden, beim zweiten, der ihn ins Gesicht traf, bekam er eine Erektion. Beim dritten geriet er ins Straucheln, die Erektion blieb. Und ließ ihn lächeln, während ihre Fäuste, links, rechts, kurz hintereinander Hals und Brust trafen und er rücklings auf den Fußboden stürzte. Starrten ihn die umstehenden Kollegen an, weil er von einer Frau zu Boden geschlagen worden war oder weil seine Reaktion nach Genuss aussah? Nach einem Genuss, den sich ganz bestimmt niemand vorstellen konnte und der ihn trotzdem dermaßen peinlich berührte, dass er die Flucht ergriff.

Irgendwann, dachte der Ihmsche, immer noch auf dem Sofa liegend, würde seine Wirbelsäulenverletzung, die als unheilbar galt, so viel Macht über ihn haben, dass er nicht mehr aufstehen könnte. Mit dieser Angst drehte er sich vom Rücken auf die Seite, suchte mit dem linken Fuß Halt auf dem Fußboden, schob den rechten hinterher, und als er aufstand, war er regelrecht beruhigt, dass der Schmerz zwar den Rücken hinaufzog, aber am Hals aufhörte. Mit vorsichtigen Schritten ging er in die Küche, machte sich eine Flasche Bier auf, trank einen Schluck und erinnerte sich, wie er nach seinem Sturz im Krankenhausbett noch einmal eine Erektion gehabt hatte, die diesen Namen vollauf verdiente. Er hatte von Agnes geträumt, die nicht zwei und auch nicht drei, sondern mindestens sechs Meter groß war, breitbeinig vor einem Hochhaus stand und eine Putzkelle schwang, auf der der Ihmsche kauerte und sich unter Aufbietung aller Kraft an den Rändern festklammerte. Dann aber machte Agnes eine lässige Bewegung aus dem Handgelenk, mit der sie den Ihmschen wie eine Portion Mörtel gegen das Hochhaus klatschte. Im Moment des Aufpralls schrak er aus dem Traum auf; der Patient im Nebenbett fragte, ob er die Nachtschwester rufen solle, er habe gleichermaßen geschrien wie lustvoll gestöhnt. Der Ihmsche entgegnete, dass alles in Ordnung sei, und erwähnte mit keinem Wort, dass er einen Samenerguss bekommen hatte.

Eine Erektion, so stark wie diese, hatte er seitdem nicht mehr erlebt. Nur mühevolle Halb- und Dreiviertelversteifungen waren ihm durch minutenlange Handarbeit, wie er es nannte, ab und zu gelungen. Die Orgasmen waren leidlich entspannend, intensiv oder gar fulminant waren sie nicht. Da er nicht mehr von Agnes träumte, bestand auch nicht die Gefahr einer nächtlichen Überwältigung. Obwohl er genau danach Sehnsucht hatte, war er froh, dass sie ihm in seinen Träumen fernblieb. Es war doch peinlich, und vor allem war es nicht weniger als anormal und krank, eine heftige sexuelle Lust zu empfinden, deren Voraussetzung nichts anderes war als die körperliche Gewalt einer Frau. Obendrein einer Frau, die im Kollegenkreis hinter vorgehaltener Hand mit Vorliebe als Riesenwuchtbrumme, manchmal sogar als Monsterweib bezeichnet worden war.

Der Ihmsche trank die Flasche Bier aus und schlurfte ins Wohnzimmer. Über einer Stuhllehne hing Krückes Plattenbeutel, den er beim raschen Aufbruch offensichtlich vergessen hatte. Mit dem ersten Griff in den Beutel fischte er *A Whiter Shade of Pale*, die berühmte Single von Procol Harum, heraus. Ein Song wie ein Schlager, geradezu schmalzig. »Aber der Text«, hatte Krücke eines Abends auf diesen Vorwurf eingewandt, »der ist der pure Unsinn. Kein Mensch versteht den. Man weiß nur, dass es um Sex und Drogen geht. Das gibt's in keinem Schlager. Und vor allem: *Wie* es darum geht. Stell dir vor, du wärst ein Seemann, und du wüsstest nicht, ob du im Sturm auf hoher See bist oder beim Vögeln. Du nimmst eine Pille nach der andern und weißt es immer weniger. Darum geht es in dem Song. Der ist unter LSD geschrieben worden, keine Frage. Das ist Poesie.«

Über diese Art von Poesie stand nichts in den sozialistischen Schullehrbüchern, und der Ihmsche war wieder stolz, dass er jemanden wie Krücke zum Freund hatte, der ab und zu in den Westen fuhr und mit solchen Informationen zurückkam. Er holte sich eine zweite Flasche Bier und den Wurzelpeter dazu, legte *A Whiter Shade of Pale* auf und trank sich in eine Stimmung, die zwischen Rührseligkeit und trotzigem Optimismus hin und her schwankte. Zum ersten Mal seit ihrem Tod hatte er den Eindruck, dass Muttsch ihm wirklich fehlte. Oder war auch das nur Einbildung? Eine Art Poesie? Er spürte, wie ihm Tränen übers Gesicht liefen. Er wischte sie mit dem Handrücken weg und dachte: Solange es solche Musik gibt, gibt es keinen Grund zum Heulen.

Als *A Whiter Shade of Pale* vorbei war, holte er die nächste Platte aus dem Beutel. Wieder eine Single, *Paranoid* von Black Sabbath. Ein bahnbrechender Titel, wie er von Krücke wusste, an der Grenze zwischen Rock und Heavy Metal. Als Reminiszenz an den Musikkennerfreund drehte er den Song auf, so laut es ging. Dann tanzte er und imitierte Krückes Headbanging. Später am Abend, als er längst betrunken war, klingelte und klopfte es an der Tür. Frau Grünlich mit ihren Schäferhunden. »Sie ist wieder da«, sagte sie und grinste schadenfroh. Und die Hunde, so schien es dem Ihmschen, grinsten ebenso.

Wie dem Ihmschen ein bombastisches Bild vors innere Auge kommt und sich Tante Nickel die aufblühende Elfriede Schrebnitz vorstellt

Agnes' Tarnfarbenzelt war von durchschnittlicher Ein-Personen-Zeltgröße und ließ sich zusammengepackt auf dem Gepäckträger ihres Motorrads transportieren. Als es am Rande des Weizenfeldes aufgebaut war, vermochte sich keiner der Siedlungsbewohner vorzustellen, wie die riesige Frau in diese Behausung hineinpasste.

Agnes indes war klar, dass sie hier unter Beobachtung stand. Umso lässiger setzte sie sich auf einen Feldstein, zündete sich eine Zigarette an und ließ ihren Blick an den Fenstern entlang schweifen, hinter deren Gardinen sie standen und gafften: Frau Grünlich, der kleine Panzer, die Kabichs... Agnes stellte sich vor, wie die Häuser sich von den Fundamenten hoben und die Gaffer wie nackt dastehen ließen. Wohin die Damen und Herren auch davonrennen wollten, nirgendwo fanden sie ein Versteck. Nur der Ihmsche saß trübsinnig vor seiner Bierflasche und bewegte sich keinen Zentimeter. Warum dachte sie so über ihn? War er denn überhaupt das arme Opfer, das sie in ihm sah? Oder sehen wollte? Andererseits die Wut nach seiner Reaktion auf die Heiratsannonce. Hatte sie, nach all den Jahren, ihren Zorn immer noch nicht überwunden? Lothar Ihm, genannt der Ihmsche, hatte sie sitzen lassen. Und sie? Es war das erste Mal in ihrem Leben, dass sie verliebt gewesen war. Sie litt unter seiner Flucht und flüchtete selbst, nachdem sie wochenlang die Witzeleien der Kollegen über sich hatte ergehen lassen: Hast du ihn in deiner Hosentasche verstaut, und er traut sich nicht mehr raus? Hast du ihn aufgefressen, oder warum kommt er nicht wieder? Sie zog in den Norden, nach Mecklenburg, arbeitete in Güstrow und in Rostock, im Tief- und im Hochbau, kaufte sich ihre MZ und fuhr nach Feierabend stundenlang durch die Mecklenburgische Schweiz, durch Dörfer und Kleinstädte, die schöne bodenständige Namen trugen wie Letschow, Mistorf, Laage, Gnoien oder Prebberede. Bei einer »Party für Großgewachsene« – ein bemüht origineller, ja lächerlicher Slogan – lernte sie einen Basketballer aus Greifswald kennen, der nur zehn Zentimeter kleiner war als sie. Sie lebten ein paar Jahre in seiner Stadt zusammen, doch verliebt war sie zu keinem Zeitpunkt. Nachdem sie sich getrennt hatte, zog sie wieder in einen neuen Ort, diesmal auf der Insel Usedom, ein paar Kilometer von der Ostsee entfernt, und beschloss, ihr weiteres Leben lang allein zu bleiben.

Erst ein halbes Jahr war es her, dass sie in der Frühstückspause eines Winterarbeitstages eine herumliegende Zeitung aufschlug und die Heiratsannoncen las, die auf mehreren Seiten abgedruckt waren. Ein unerschöpfliches Reservoir an allem und jedem bot sich ihr dar: Schlanke, Vollschlanke, Korpulente, Mollige; Witwer, Ledige, Geschiedene; Akademiker, fleißige Handwerker, unternehmungslustige Rentner; Zartfühlende, Leidgeprüfte, Sehnsuchtsvolle; Frohsinnige, Charmante und Immer-Gutgelaunte; Jünger-Wirkende und Jung-Gebliebene; Kind angenehm, Kind erwünscht, Kinderwunsch vorhanden… Sie betrachtete das Angebot wie die seltsame Vielfalt einer Insektensammlung: mit viel Neugierde und stellenweise auch Amüsement, aber ohne wirklich berührt zu sein. Keinen der Männer, die hinter den Annoncen steckten, wollte sie kennenlernen, geschweige denn begehren oder lieben oder beides zusammen. Trotzdem kaufte sie sich fortan die Zeitung und las sie abends im Bett vorm Einschlafen. Größer und größer wurde die Palette der Selbstanpreisungen und Wunschformulierungen, doch an Agnes' Haltung änderte sich nichts. Sie war eben, ganz einfach und unmissverständlich, diejenige, die sie auf ihrem Motorrad war: die Alleinfahrerin. Oder sollte tatsächlich noch ein Wunder geschehen, das einen Kerl auf ihren Sozius katapultierte?

Als sie schließlich in einem Inserat las: *Mittdreißiger, der seine liebe Mutter bis in den Tod gepflegt hat*, merkte sie auf. Nicht nur, dass sie so etwas zum ersten Mal las, die Aussage löste bei ihr auch sehr zwiespältige Gefühle aus: Einerseits konnte es sich um einen ungewöhnlich verantwortungsvollen, moralisch integren Menschen handeln, andererseits um ein unverbesserliches Muttersöhnchen. *Möchte ein neues Leben beginnen ...* Das klang nach jemandem, der keine halben Sachen machte. *Und sucht deshalb eine liebe Frau, gleichaltrig, Kind kein Hindernis, zwecks Heirat.* Gleichaltrig! Endlich mal einer, der nicht was Jüngeres suchte! *Lothar Ihm ...* Wer? Wie bitte? Agnes stockte der Atem. Das durfte nicht wahr sein! *Beutenberge bei Nauen, Talweg 4. Bitte nur ernstgemeinte Zuschriften.* Wozu sollte sie ihm schreiben, wenn sie dorthin fahren konnte?

Und nun war sie da. Wieder da. War das nicht lächerlich? Hier am Feldrand campieren, wie jemand, die sich nicht traut zu handeln oder nicht einmal weiß, wie sie handeln will. Sie nahm einen letzten Zigarettenzug, trat die Kippe aus und erhob sich. Für Frau Schrebnitz, die auf sie zukam, sah es aus, als würde Agnes sich für sie erheben. Elfriede Schrebnitz, ziegendürr und mit ihren ewig tränenunterlaufenen Augen, dankte mit dem Anflug eines Lächelns. Sie war fasziniert von der Riesin, die sie schon beobachtet hatte, als sie den Talweg hoch- und runtergegangen war. Wenn die ihre Arme um sie legen würde… so viel Behaglichkeit und Geborgenheit… Und diese Haare, blond und üppig gelockt, die Haare einer Walküre. Jetzt sah Agnes die Frau, lächelte ihr zu. Elfriede Schrebnitz wurde fast schwindlig bei dem Gedanken, von der Riesin berührt zu werden.

»Guten Tag«, sagte sie. »Wollen Sie mit mir in meinen Konsum kommen? Ich kann Ihnen auch gern etwas zu trinken anbieten.«

Ein Knochengerüst mit Augen, dachte Agnes, als sie neben der Alten herging. Ein Wunder, dass sie nicht klappert.

Im Konsum war es noch wärmer und stickiger als draußen. Scharen von Fliegen surrten an den Fensterscheiben, unter ihnen eine Biene, die keinen Laut von sich gab. Sie will nicht auffallen, dachte Agnes, doch sie tut es sowieso. Weil eine Biene unter Fliegen eben auffällt. Sie schob ihr Gesicht dicht an das Tier. »Mach dich vom Acker«, hauchte sie. Die Biene krabbelte davon, von einer Fensterscheibe zur anderen, was Agnes mit einem anerkennenden »Gut so« quittierte.

Auf einem Schemel neben der Verkaufstheke saß eine schwitzende, schnaufende Kugel. Sie hielt ein Glas Sirupwasser in den zitternden Händen und wurde von Elfriede Schrebnitz mit den Worten »Das ist Tante Nickel, die Nachbarin von Herrn Ihm« vorgestellt. »Wegen dem sind Sie doch hier, oder?«, fügte sie rasch hinzu, bevor sie der Mut, die Walküre so direkt zu fragen, wieder verlassen würde.

»Ja«, sagte Agnes, »das bin ich.«

»Einfach so?«, fragte Tante Nickel. Diese Frage war abgesprochen; sie sollte vor allem Ahnungslosigkeit zum Ausdruck bringen. Allerdings hatte Elfriede Schrebnitz sie stellen wollen. Sie war nicht nur die Chefin vom Konsum, sie hatte die Siedlung vor einer Feuerkatastrophe bewahrt. Sie war diejenige, die Muttschs letzten Wunsch in die Hand nehmen musste.

»Lothar Ihm hat eine Heiratsannonce geschrieben«, sagte Agnes, die keinen Grund dafür sah, das nicht zu erwähnen. »Und deshalb bin ich gekommen.«

»Interessant«, erwiderte Elfriede Schrebnitz, reichte der Riesin eine Flasche Selters und verspürte große Lust, die Karten auf den Tisch zu legen. Im Haus von Tante Nickel hatten sie beisammengesessen; Muttsch wusste, dass ihr nicht mehr viel Zeit bleiben würde, und deshalb musste sie über manche Feindseligkeit mit der verbiesterten Konsumchefin hinwegsehen, damit der versoffene Sohn nicht in der Gosse oder sonst wo landete, sondern eine Frau fand, eine Retterin, wie Muttsch es unumwunden ausdrückte. Die Annonce hatte sie mit Hilfe eines Pflegers im Krankenhaus aufgegeben, und ihren beiden Schicksalsgefährtinnen nahm sie das Versprechen ab, nichts und niemandem etwas zu verraten. »Wir drei sitzen in einem Boot«, hatte Muttsch gesagt, »und auch wenn ich tot bin, sitzen wir noch in diesem Boot.« Sie musste nichts weiter erklären und schon gar nicht auf den fünfunddreißig Jahre zurückliegenden Kriegsurlaub von Lothars Vater zu sprechen kommen; es war klar, was sie meinte.

»Was halten Sie von Lothar?«, fragte Agnes und schaute beide Frauen an.

Tante Nickel schwieg; besser, sie würde Elfriede Schrebnitz den Vortritt lassen, um sich nicht, wie nach der Einfach-so-Frage, einen strafenden Blick einzuhandeln. Elfriede Schrebnitz überlegte, was sie über den Ihmschen sagen sollte. Auf keinen Fall wollte sie, dass die heiratswillige Besucherin wieder abzog. Also durfte sie es mit der Wahrheit nicht zu genau nehmen.

»Ein interessanter Mann«, behauptete sie, und bevor ihr nichts mehr einfiel, orientierte sie sich am Text der Heiratsanzeige. »Er muss... also er möchte ein neues Leben beginnen. Deshalb will er heiraten. Deshalb sucht er eine Frau, eine liebe Frau, gleichaltrig, Kind kein Hindernis ...«

Dass er seine liebe Mutter bis in den Tod gepflegt habe, brachte sie nicht über die Lippen. Da würde sie sicherlich zu stottern anfangen. Agnes hätte am liebsten darauf angespielt. Wenn die Konsumfrau einfach nur den Annoncentext wiederholte, dann konnte sie das ja auch vollständig tun. Und überhaupt: Woher kannte sie den Inhalt der Annonce?

Das fragte sie Elfriede Schrebnitz, und die begann nun doch zu stottern: »Keine Ahnung... irgendwo aufgeschnappt... erzählt man sich hier so ...«

»Und Sie«, fragte Agnes die schwitzende und schnaufende Kugel. »Was meinen Sie?«

»Genauso«, gab Tante Nickel unverzüglich zurück. »Genau das Gleiche.«

Agnes trank in einem Zuge die Seltersflasche aus und verließ den Laden. Gott, was waren das für seltsame alte Weiber. Sie musste ihre Wut zügeln, um mit ruhigen Händen ihr Zelt abzubauen und auf den Gepäckträger der MZ zu verfrachten. Sie schüttelte ihre Mähne, stieg aufs Motorrad und fuhr die knapp hundert Meter bis vors Gartentor des Ihmschen. Das Tor war verschlossen. Mit einem Fußtritt öffnete sie es. Auch die Eingangstür war verschlossen. Ja, klar, das sieht ihm ähnlich: abtauchen, totstellen. Sie hatte keine Lust mehr, nach ihm zu rufen. Wieder ein Fußtritt, doch der reichte nicht aus. Sie nahm die Arme vor die Brust, spannte die Muskeln ihres Oberkörpers an und warf sich gegen die Tür.

Der Ihmsche saß am Küchentisch, in Hemd, Turnhose und Sandalen, starrte auf die Flasche Schultheißbier, die vor ihm stand, und fragte sich, ob er sie öffnen sollte oder nicht. Natürlich konnte ihn diese Frage nicht von dem Stück Vergangenheit ablenken, das in sein Leben gestürzt war. Als er hörte, wie die Tür aus den Angeln krachte, war er nicht überrascht, nicht im Geringsten.

Und auch nicht, als Agnes durch die Räume rauschte und die Fenster aufriss. Totstellen, dachte er, bis der Orkan vorüber ist. Gleichzeitig war ihm bewusst, wie albern, ja kindisch dieser Gedanke war. Und vor allem: Was, wenn der Orkan einfach bliebe? Agnes setzte sich dem Ihmschen gegenüber. »Jetzt hast du ein offenes Haus. Kann kommen, wer will. So sieht's aus und nicht anders.«

Vielleicht hätte es schadenfroh geklungen, wenn es nicht die nüchterne Feststellung einer schwerwiegenden und unabänderlichen Tatsache war, erhaben über jede Form von Schadenfreude. Was bedeutet das, hätte der Ihmsche fast gefragt. Aber einem Gespräch über Bedeutung fühlte er sich, gerade jetzt, nicht gewachsen.

Sich nicht gewachsen fühlen... genau das ist es, dachte er. Erst die Bienen, dann Muttsch ins Krankenhaus, dann das Feuer, dann der Kater fort und Muttschs Tod... alles in diesem Sommer, alles ein bisschen viel, zu viel. Und nun Agnes... Vielleicht war es Muttsch, die ihm gegenübersaß, in Gestalt dieser Frau. Möglicherweise war Agnes immer schon Muttsch... Damals, als sie sich auf dem Bau kennenlernten... demnach wäre es Muttsch gewesen, der er den Bolschoi-Wurf präsentierte... Er hatte von Muttsch fortkommen wollen, indem er auf Montage ging, und war… bei Muttsch gelandet. Was für eine Falle! Sein Rücken begann zu schmerzen. Agnes nahm die Bierflasche, die der Ihmsche nach wie vor anstarrte, und stellte sie ein Stück zur Seite. Der Ihmsche hob seinen Blick, sah sie an. Sie lächelte. Aber das Lächeln galt nicht ihm, sondern ein paar Bienen, die ihre Haare umschwirrten und denen sie liebevoll nachschaute, als sie davonflogen.

»Alle hier«, sagte Agnes und hörte auf zu lächeln, »wissen von deiner Heiratsannonce. Nur du nicht. Komisch, was?«

Sie glaubte ihm nicht. Wie sollte man auch jemandem wie ihm glauben?

»Bin ich die Erste«, fragte sie, »die sich gemeldet hat? Oder die Einzige?«

»Du bist… die Erste. Und die Einzige… die bist du auch.«

Oh Gott, wie hörte sich das an? Wie eine romantische Liebeserklärung. Er errötete, schwitzte am ganzen Körper, und plötzlich entstand ein Bild vor seinem inneren Auge: Aus einem unscheinbaren Feldmausloch quoll Erdöl, wuchs sich zu einer Welle aus, die größer und größer wurde, über das Haus hinwegrollte und die Bienen und ihn und Agnes unter sich begrub. Was für ein Bild! Trotz seines Unbehagens war der Ihmsche ein wenig stolz auf seine Fantasie.

*

Nachdem Agnes den Konsum verlassen hatte, konnte es sich Tante Nickel nicht verkneifen, eine Spitze in Richtung Elfriede Schrebnitz zu schicken: »Das war ja ein perfekter Lobgesang. Da kann sich der Egon-Wutzner-Sohn aber freuen.«

»Du hast doch zugestimmt«, konterte Elfriede Schrebnitz etwas hilflos.

»Ja, was sollte ich denn tun? Dir widersprechen? Das hätte uns ja *noch* verdächtiger gemacht.«

Elfriede Schrebnitz fehlten die Gegenargumente, deshalb hatte sie keine Lust auf Streit. »Reg dich nicht auf«, sagte sie nur, schloss die Eingangstür vom Laden ab und holte einen kleinen Stapel Briefe unter der Verkaufstheke hervor. »Neue Damen«, verkündete sie.

Die Briefe waren ihr gestern von der Postfrau Margarete Simmsig übergeben worden. Zwei Mal in der Woche fuhr die Postausträgerin mit ihrem Moped von Nauen aus eine Runde über Pessin, Beutenberge, Nennhausen und Roskow. Muttsch hatte ihr aufgetragen, dass in Zukunft alle Post für Lothar Ihm an Elfriede Schrebnitz höchstpersönlich abgegeben werden solle. Außer amtlichen Schreiben dann und wann hatte es nie Post für den Ihmschen gegeben; gerade deshalb sah Margarete Simmsig keinen Grund, das Ansinnen von Lucinde Ihm nicht zu befolgen. Und da die alte Frau wenige Tage später tot war, wurde die Bitte zu einem letzten Wunsch, den man auf jeden Fall respektieren musste. Inzwischen lagen drei Ladungen Briefe unter der Theke, und für jede hatte Frau Simmsig zwei Konservendosen mit Schmalzfleisch bekommen, seltene Ware, ohne dafür auch nur einen Pfennig bezahlen zu müssen.

Um Tante Nickel das Gefühl zu geben, gleichberechtigt dabei zu sein, öffnete Elfriede Schrebnitz erst jetzt die neuen Briefe.

Lieber Herr Ihm, lasen sie gemeinsam, *ich schreibe Ihnen hiermit auf Ihre Heiratsannonce, die mich sehr angesprochen hat. Ich möchte Sie gern kennenlernen. Ich bin fünfunddreißig Jahre alt, habe zwei Kinder und lebe in Pasewalk. Wir könnten uns in Berlin treffen. Das ist ja nicht weit von Ihnen. Mit freundlichen Grüßen, Jutta Weber.*

»Von wegen nicht weit«, sagte Elfriede Schrebnitz in einem

lästerlichen Singsang, den Tante Nickel nur allzu gut kannte. »Wir bestellen sie einfach hierher. Ist ja auch näher für sie als bis nach Berlin.«

Der nächste Brief: *Lieber Lothar Ihm, Ihr charmantes Heiratsbegehren hat mich – ja, ich möchte es gern so nennen – entzückt. Wie verantwortungsvoll Sie sind: Ihre liebe Mutter bis in den Tod gepflegt und Kind kein Hindernis. Eine liebe Frau – ja, die haben Sie verdient. Ich glaube, lieber Lothar Ihm, genau diese Frau könnte ich sein. Wir sollten uns bald, sehr bald treffen. Es ist schöner, sich direkt in die Augen zu schauen, um die Gefühle sprechen zu lassen. Ihre Gertraut Helbig.*

»Wenn die wüsste«, stellte Elfriede Schrebnitz fest. »Aber soll sie mal kommen. Dann kann sie ihm direkt in seine versoffenen Augen schauen.«

Der dritte Brief – und den las sie laut vor: *Lieber Lothar, entschuldigen Sie bitte diese vertrauliche Anrede, aber so sympathisch wie Sie schreiben, ist es mir einfach ein Bedürfnis. Auch ich bin dabei, ein neues Leben zu beginnen, nachdem mein Mann vor wenigen Wochen verstorben ist. Da ich mich noch im gebärfähigen Alter befinde und keine Kinder habe, wäre meinerseits auch ein gemeinsames Kind kein Hindernis …*

»Mann oh Mann, die geht ja ran«, stieß Elfriede Schrebnitz hervor und schwelgte, wie es Tante Nickel schien, in Vorfreude.

»Und die willst du wirklich alle einladen?«, fragte sie.

»Selbstverständlich. Jedenfalls die Anständigen unter ihnen. Das ist in Muttschs Sinne. Da bin ich mir sicher… Ich bestell sie in den Konsum, und hier prüfen wir, wer am besten zu Lothar passt. Und dann verkuppeln wir die Auserwählte mit ihm.«

Tante Nickel wusste, dass Elfriede Schrebnitz regelrecht aufblühen würde, sobald die ersten dreißig- bis fünfunddreißigjährigen Frauen auftauchten. Sie machte sich ja nichts aus Kerlen, wie sie in früheren Jahren gelegentlich betont hatte. Sie ist vom anderen Ufer, hieß es in der Siedlung hinter vorgehaltener Hand. Was würde der Anblick weiblicher Jugend und Schönheit mit ihr anstellen? Wie dem auch sei, sie saßen auf ewig mit Muttsch in einem Boot. Wer war eigentlich noch alles in diesem Schicksalsboot?

»Erinnerst du dich«, sagte Tante Nickel, »als Egon Wutzner zurückkam, vierundvierzig?«

»Natürlich. Wie sollte ich das vergessen?«

Tante Nickel dachte wieder an diesen Mann, in den sie verliebt gewesen war. Aber als er über sie herfallen wollte, war sie entsetzt gewesen.

»Stell dir vor«, sagte sie, und es war das erste Mal, dass sie das sagte, »stell dir mal vor, du hättest ihn nicht weggeschickt und Lothar wäre von dir.«

Elfriede Schrebnitz brauchte ein paar Momente, um die passende Antwort zu finden. »Deine Fantasie möchte ich haben. Und außerdem… überleg mal: Wenn er von mir wäre, wäre er nicht Lothar, sondern ein anderer Mensch.«

»Klar wäre er ein anderer Mensch… das wäre sicherlich gut für ihn. Also für den anderen Menschen. Der hätte längst eine Frau oder mehrere, der andere Mensch …«

»Was ist denn los mit dir«, fragte Elfriede Schrebnitz und schwankte zwischen Sorge und Belustigung.

»Weiß nicht… Vielleicht sterbe ich bald. Und will noch reden vorher …«

»So schnell stirbt sich's nicht«, gab Elfriede Schrebnitz zurück.

»Das muss ich ja wohl besser wissen«, entgegnete Tante Nickel.

War das Boot, dachte Tante Nickel, womöglich schon bei Muttsch im Jenseits? Dann sollte sie selbst auch dorthin. Lebensmüde genug fühlte sie sich. »Seit Muttsch tot ist«, sagte sie, »bin ich so traurig. Will sterben.«

»Wie willst du denn sterben, wenn du nicht sterben musst?«, fragte Elfriede Schrebnitz mit aufrichtiger Neugierde.

»Bei Nauen, Richtung Wustermark, da ist diese Brücke. Da lass ich mich hinfahren, mit einem Taxi. Und lass mich runterfallen, wenn der Zug kommt.«

»Wie willst du das machen? Du bist zu klein… und zu dick. Du kommst nicht übers Geländer.«

»Ich nehm mir meine Fußbank mit. Mit der Fußbank schaff ich's.«

Das schien Elfriede Schrebnitz einzuleuchten. Aber dass Edelgard Nickel schon so weit plante, betrübte sie. »Wir haben so viel zusammen erlebt«, sagte sie. »Da kannst du mich jetzt nicht allein lassen.«

Eine verflixte Lage, dachte Tante Nickel und fragte sich, ob es nicht für alle besser gewesen wäre, wenn Egon Wutzner bei ihr geblieben und nicht zu Muttsch gegangen wäre. Bestimmt wäre sein Leben anders verlaufen, dachte sie, wenn ich mich nicht von ihm losgerissen hätte. Er wäre nicht erschossen worden im Krieg, und gemeinsam hätten wir unser Kind großgezogen. Ein glückliches Kind, dem später als Mann die Frauenherzen nur so zugeflogen wären. Und Muttsch? Die kinderlose Muttsch hätte natürlich nicht Muttsch, sondern Tante Lucinde geheißen.

»Egon Wutzner«, sagte Elfriede Schrebnitz, um den Faden noch einmal aufzunehmen, »denkst du oft an ihn?«

»Gerade eben wieder«, sagte Tante Nickel und erinnerte sich, wie er abgewunken hatte und hinausgetorkelt war, zu

Lucinde, die ihm mit einer kleinen Kopfbewegung zu verstehen gegeben hatte, dass er bei ihr willkommen sei. Trotz der bedrohlichen Situation, in der sie sich gerade noch befunden hatte, war Tante Nickel eifersüchtig gewesen. Doch nach dem Tod von Egon Wutzner hatte sie vor allem Mitleid mit ihrer Nachbarin: Ein Kind ohne Mann großzuziehen, das war ziemlich beschwerlich. Zugleich registrierte sie bei sich eine heimliche Freude darüber, dass Lothar offenkundig so missraten war. Dafür hatte sie sich geschämt; schließlich war er der Sohn jenes Mannes, den sie geliebt hatte. Oder was war es gewesen, wenn es nicht Liebe gewesen war?

»Gerade eben wieder.« Elfriede Schrebnitz sprach die Worte so, wie Tante Nickel sie gesprochen hatte. Als würde sie dadurch etwas begreifen, das ihr bisher fremd gewesen war. Doch da sich solch ein Begreifen nicht einstellte, sagte sie nur: »Weißt du… ich bin froh, dass ich mir nichts, aber auch gar nichts aus Kerlen mache.«

Wie der Ihmsche eine Tirade über sich ergehen lassen muss und Agnes einen kleinen Rockmusikdiskurs erlebt

Unterdessen saßen die hinausgeworfenen Freunde in Krückes Erdgeschosswohnung, beide nebeneinander auf der Couch, und hörten *Child in Time* von Deep Purple.

»Meinen Urlaub, den hab ich mir jedenfalls anders vorgestellt«, sagte Blutblase, während Krücke darauf wartete, dass sich jemand wegen der lauten Musik beschwerte. Das geschah allerdings nur noch selten, da Krücke jede Beschwerde damit konterte, dass er als Krüppel es nicht wünsche und auch nicht dulde, diskriminiert zu werden. Und dass außerdem solcherart Diskriminierung unter Strafe stünde.

»Du meinst also«, entgegnete er, »wir sollten wieder zum Ihmschen.«

»Hab ich nicht gesagt, aber so könnte es gemeint sein.«

Krücke mochte auf diese kryptische Äußerung nicht eingehen; er fragte, was er sowieso längst hatte fragen wollen: »Hast *du* eigentlich die Annonce aufgegeben?«

»Nein. Du?«

»Genauso wenig wie du«, erwiderte Krücke, »sofern du die Wahrheit sagst.«

Die Unterstellung, vielleicht nicht die Wahrheit zu sagen, hätte Blutblase erzürnt, wenn er nicht sofort eine Gegenprovokation auf der Zunge gehabt hätte. »Hab nie eine Heiratsannonce aufgegeben«, erklärte er süffisant. »Im Gegensatz zu dir.«

Die Annonce, die Krücke sich einst ausgedacht hatte, war gewissermaßen der erste Schritt zum Verlust seines Beines gewesen. Es war ein Tabu-Thema. Je mehr es ihn beschäftigte, desto mehr war es eines. Vor elf Jahren, 1968, hatte er einer heiratswilligen Dame namens Luise von seinen Plattenwünschen erzählt und war danach von diesem bekloppten Auto überfahren worden. Was für eine Ironie des Schicksals, dass er sich fortan seine Plattenwünsche erfüllen konnte.

Um nicht ins Grübeln zu geraten, schlug er vor, zum Ihmschen zu fahren, jetzt sofort. »Wir müssen sehen, wie es ihm geht«, sagte er mit einer sorgenvollen Dringlichkeit, die den eigentlichen Grund, die Neugierde, nur schwerlich überdecken konnte.

Blutblase gab sich abwägend, obwohl er nichts lieber wollte als zurück nach Beutenberge: »Na ja, wir wollen ihn nicht alleine sitzen lassen. Wer weiß, was ihm noch zustößt …«

*

Agnes hatte inzwischen Muttschs Zimmer okkupiert. Sie klagte zwar über die Muffigkeit eines Altweiberlebens, die sich in jeder Ecke des Raumes eingenistet hatte, doch sie wollte ja dem Ihmschen nicht gerade auf der Pelle hocken. »Das erträgt er ja nicht, dass ihm jemand auf der Pelle hockt«, begann sie zu monologisieren, laut genug, dass ihr Gastgeber es in der Küche hören musste. »Nur seine Mutter … die durfte, ja sollte ihm auf der Pelle hocken. Wollte er das so? Ja, das wollte er so! LUCINDE« – sie schrie den Namen dermaßen laut, dass er in der ganzen Siedlung zu hören war – »Lucinde, die Frau seines Lebens. Die hat sich ganz bestimmt nicht die Butter vom Brot nehmen lassen … Wie soll er denn ohne sie weiterleben … der

Ärmste? Lucinde, Lucinde... wo ist denn eigentlich der Mann abgeblieben, der sie geschwängert hat, die arme Lucinde? Da muss es ja einen geben, rein biologisch gesehen. Oder war es etwa der Heilige Geist? Hat er die Flucht ergriffen... vor der lieben Lucinde, der Mann oder der Heilige Geist? Na los, raus mit der Sprache, liebes Söhnchen. Unterhalte deine nette Besucherin mal ein bisschen ...«

Der Ihmsche spürte, wie es in ihm brodelte. Um die Wut nicht überkochen zu lassen, versuchte er, ihre Tirade von der lustigen Seite zu nehmen. »Du scheinst ja richtig ergriffen zu sein von ihrem Namen«, rief er. Etwas über seinen Vater wollte er keinesfalls sagen. Sie hat damals nicht nach ihm gefragt, also kriegt sie auch heute keine Informationen. »Hörst dich ja an«, fuhr er fort, »als hättest du eine Rechnung mit ihr offen. Wusste gar nicht, dass ihr euch kennt... Lucinde und du ...« Ihm war klar, dass er, wenn es um Sarkasmus ging, nicht gerade der Einfallsreichste war. Aber wenigstens hatte er es versucht.

»Guck mal an«, gab Agnes zurück, »du bist ja in der Lage zu sprechen.«

Der Ihmsche überlegte, was darauf zu entgegnen wäre. Ihm fiel nichts Witziges oder zumindest Treffendes ein. Und Agnes war noch nicht am Ende. Sie musste auf das Surren in der Wand anspielen. Zwar waren die meisten Bienen in der Hitze ausgeflogen, doch die, die in ihren Waben geblieben waren, machten umso mehr Lärm.

»Was hat denn Lucinde zur Bienenmusik gesagt? Hast du sie damit ins Jenseits gejagt? Ist ja nicht jedermanns Sache, so eine schöne Musik ...«

Dass sie ihm zutraute, Muttsch quasi ermordet zu haben, entsetzte ihn weit weniger, als dass es ihm schmeichelte. »Wer weiß, wer weiß«, entgegnete er, betont undurchsichtig. Dann hörte er das unverkennbare Knattern des Trabants, schaute aus dem Fenster und sah das Auto vorm Gartentor halten und die Freunde aussteigen.

*

Die aus den Angeln gekrachte Eingangstür erschien Blutblase und Krücke als Zeichen des Unheils. Beide dachten daran umzukehren, doch keiner wollte dem anderen den Vorschlag machen und dadurch den Eindruck von Feigheit erwecken. Trotzdem verlangsamte Krücke seinen Humpelschritt, um Blutblase den Vortritt zu lassen. Als sie den Ihmschen am Küchentisch sitzen sahen, war es Krücke, der sofort fragte: »Wo ist sie?«

Der Ihmsche antwortete nicht. Er wirkte schicksalsergeben, fast lächelte er.

»Hier bin ich«, sagte Agnes und trat in die Küche. Sie rieb sich mit der Hand die Schulter, die sie sich am Türrahmen gestoßen hatte.

»Hab Schallplatten mitgebracht«, sagte Krücke, als ginge es darum, eine stimmungsvolle Party einzuläuten.

»Was für Schallplatten?«, fragte Agnes wie eine Hausherrin, der bisher etwas Wichtiges vorenthalten worden war.

»Rockmusik«, erwiderte Krücke; fast hätte er ein »Was denn sonst« hinzugefügt.

»Hast du auch Schlager?«

Kaum hatte sie diese Frage ausgesprochen, dachten der Ihmsche, Blutblase und Krücke gleichzeitig an Freddy Quinn, *Alo-Ahe*, das Lieblingslied von Muttsch. »Denk daran, wie schnell die Zeit vergeht. Niemand weiß, was in den Sternen steht.« Wenn sie das sagt, dachte der Ihmsche und hielt unwillkürlich die Luft an, fall ich ohnmächtig um.

»Was für welche denn«, erkundigte sich Blutblase. Es hörte sich an, als wäre er durchaus aufgeschlossen.

»Ach, alles Mögliche, ich nehm's da nicht so genau.«

Der Ihmsche atmete auf. Hätte sie Freddy Quinn gesagt, würde es nicht mit rechten Dingen zugehen. Da war er sich sicher.

Blutblase allerdings besaß die Unverschämtheit, sie direkt zu fragen: »Vielleicht Freddy Quinn?«

»Gott bewahre. Nicht so'n sentimentales Zeug. Was denkst du von mir!«

Dieses Nein war so vehement, dass der Ihmsche erneut misstrauisch wurde. Konnte doch ein unfreiwilliges Ja sein. Außerdem: War Schlager nicht sowieso mehr oder weniger sentimentales Zeug?

»Gut«, sagte Agnes. »Leg auf. Muss ja nicht immer die Bienenmusik sein.«

Bienenmusik! Guter Begriff, dachte Blutblase. Noch nie gehört. Die Frau, sagte er sich, scheint Humor zu haben. Und Krücke überlegte, welche Musik zu ihr passen, ihr womöglich sogar gefallen würde.

Das Album *Sweet Freedom* von Uriah Heep mit den Songs *Dreamer* und *Stealin'* konnte am ehesten als etwas Schlagerähnliches durchgehen. Krücke zog die Platte aus dem Beutel und reichte sie dem Ihmschen, der sie auflegen sollte. Dem Ihmschen war es peinlich, doch gegen das Ritual wollte er keinesfalls verstoßen. Vor allem: Die Freunde sollten nicht denken, ihm wäre bange vor der Riesenfrau. Er legte die Platte auf den Plattenteller, senkte die Nadel herab und sagte in seiner Art eines Conférenciers: »Und nun, liebe Freunde, senke ich die Nadel auf die Musik herab.«

Agnes gefiel dieser Auftritt. Noch galanter hatte sie den Ihmschen nur mit seinem Bolschoi-Wurf erlebt. Die Musik interessierte sie nicht. Zwar widerstrebte es ihr nicht, sie zu hören, aber sie löste keine Gefühle aus. Schon gar keine Aggressivität. Das war gut so. Geradezu beruhigend, wenn man als Inhaberin einer kurzen Zündschnur galt. Genau genommen mochte sie auch keine Schlager. Allenfalls bei den Volksliedern aus dem Mansfelder Land empfand sie Freude. *Dreamer*, der erste Song, war noch nicht zu Ende, als sie Krücke fragte, woher er denn die Scheibe habe.

»Aus dem Westen«, erwiderte er und klopfte auf sein Holzbein.

Agnes begriff den Zusammenhang nicht, und Blutblase erklärte auf ihren irritierten Blick hin, dass Krücke als Invalidenrentner nach Westberlin dürfe. »Tja«, fügte er, um einen guten Spruch bemüht, hinzu, »alles hat seine Vorteile.«

Agnes wandte sich an Krücke: »Gibt's da auch Lieder aus'm Mansfelder Land?«

»Sicher«, beeilte er sich zu antworten. »Im Westen gibt's eigentlich alles.«

Sein Pauschallob auf den Westen ärgerte sie. »Kennst du überhaupt eines?«

Wie bei einer verbotenen Tat ertappt, zog Krücke unwillkürlich den Kopf ein und schüttelte ihn. In dieser Pose sah er noch mehr wie ein Vogelmann aus.

»Karle wollte das Streiken hier nicht recht behagen«, zitierte Agnes. »Drum bestieg er mit den Vätern den Galawagen. Und Anna, die Seine, im Anstandsrock – schwang sich behänd' auf den Kutscherbock …«

In ihrer Kindheit waren es die alten Frauen gewesen, die die Mansfelder Lieder gesungen hatten. Die Frauen lebten schon lange nicht mehr, und obwohl Agnes eigentlich keine musikalische Ader hatte, diese Lieder liebte sie. Die sollten weiterleben.

»Deutsches Kulturgut«, sagte sie. »Gibt's so was auch in eurer Rockmusik?«

Mit dieser Bemerkung stach sie in ein Wespennest: Krücke war überzeugt, dass es echte Rockmusik nur in englischer Sprache gab, wohingegen für Blutblase zumindest eine Ausnahme existierte, und die reichte für ihn aus, um Krückes prinzipielle Haltung als widerlegt anzusehen. Der Ihmsche war auch in dieser Frage ein Gegner von Rechthaberei, und so hielt er sich schweigend zurück, während Blutblase die Gelegenheit ergriff, mit seinem Thema zu glänzen: »Deutsches Kulturgut und Rockmusik... da gibt's eine Band... leider verboten, seit vier Jahren... Renft heißt sie. Selbst gesehen... einen ihrer letzten Auftritte... in Köpenick, Berlin, 'ne Kneipe namens Rübezahl... Die kommen auf die Bühne, und ihr Sänger, Monster heißt der, brüllt: Wir sind Renft, wir spielen Deutschrock... Dann ging's los: *Als ich wie ein Vogel war*, *Zwischen Liebe und Zorn*, *Nach der Schlacht*... Handelt von einem Bein, das verlorenging, in der Schlacht... Wahnsinnslied! Deutschrock... konnte nicht lange gutgehen, wenn einer so was von der Bühne runterbrüllt ...«

Blutblase hatte sich in Wallung geredet; das Gesicht dunkelrot, an Nase und Wangen bereits wieder einige beinahe dunkelblaue Tupfer. Agnes starrte ihn an, ungläubig, fasziniert. Ihr war klar, dass Deutschrock für die Bonzen ein Feindbegriff war. Aber etwas anderes interessierte sie im Augenblick viel mehr: »*Wie* hieß der Sänger? Monster?«

»Ja, Monster.«

»Seltsamer Name. Wie sah er denn aus? Monströs? Oder wie?«

»Nein, er sah gut aus«, versicherte Blutblase.

»Warum heißt er dann Monster? Ist er riesengroß, ist er riesenkräftig?«

»Er ist riesenlaut«, sagte Blutblase, den es mit Stolz erfüllte, Agnes' Interesse gewonnen zu haben, wenngleich es sich wohl eher aufs Riesengroße und Riesenstarke bezog.

Dem Ihmschen war das nur recht. Am liebsten wäre er alleine gewesen. Um seine Ruhe zu haben. Nach all dem, was in letzter Zeit passiert war. Mal einen klaren Gedanken fassen oder sogar begreifen, wie das alles miteinander zusammenhängen konnte, wenn es denn zusammenhing: Bienen in der Hauswand, Feuer und Assi, Muttschs Tod, Agnes... Er erinnerte sich, wie Blutblase ihn vor vier Jahren gefragt hatte, ob er denn nicht mitkommen wolle, wenn er schon sonst nicht aus Beutenberge rauskomme, diesem verpissten Nest. Und Berlin, die Hauptstadt, sei sowieso mal eine Reise wert, vor allem, wenn da eine Wahnsinns-Band auftrete. Dem Ihmschen war bereits die Vorstellung unbehaglich, bei einem Auftritt von wem auch immer inmitten unzähliger Menschen zu stehen. Er war sich sicher, dass er Platzangst bekommen würde. Statt die Angst zuzugeben, regte er sich darüber auf, dass Blutblase seinen Heimatort als verpisstes Nest bezeichnet hatte. In wütendem Ton warf er dem Freund fiese Überheblichkeit vor, die Überheblichkeit eines Kleinstädters gegenüber einem Dorfbewohner; und das sei ja wohl das Letzte.

»*Monster*«, stellte Krücke fest, während Blutblase nach wie vor den eigenen Stolz genoss, »*Monster* ist ein Titel von Steppenwolf... 1969, vom gleichnamigen Album... Den hat der Sänger von Renft nachgesungen und deshalb den Namen bekommen.«

Diese Erklärung klang in Blutblases Ohren irgendwie besserwisserisch, obwohl sie stimmte. Doch bevor er etwas sagte, wandte sich Agnes an den Ihmschen: »Und du? Was ist mit dir?«

»Was soll mit mir sein?« Eine blöde Antwort. Der Ihmsche fürchtete aufs Neue Agnes' Furor und spürte, wie seine Hände zu zittern begannen. Er verbarg sie hinterm Rücken.

»Woher soll *ich* wissen, was mit dir ist«, fuhr Agnes ihn an. »Wie wär's denn, wenn du mir mal was zu trinken anbieten würdest.«

Wie zum Zeichen für ihre trockene Kehle begann sie zu husten und schüttelte, um die Hustenattacke in den Griff zu bekommen, so vehement ihre Mähne, dass ein paar Bienen, die um ihren Kopf herumgeflogen waren, die Flucht ergriffen. Der Ihmsche füllte ein Glas mit Leitungswasser, reichte es Agnes.

»Was denn«, fuhr ihn nun Krücke an, »willst du deinen Besuch vergiften?« An Agnes gewandt, erklärte er: »Da sind Substanzen drin, mit denen die Regierung das Volk ruhigstellen will. Geh ich jede Wette ein.«

»Deshalb trinken wir immer Bier«, fügte Blutblase hinzu.

Agnes nahm das Glas Leitungswasser, trank es in einem Zug aus. Der Ihmsche hoffte, dass sie etwas ruhiggestellt wäre, doch das Gegenteil war der Fall. »Das also… das ist dein Leben, ja?«

Diese zusammenfassende Frage hörte sich an, als wäre sein Leben der letzte Dreck. Eine Kette von Versagen. Etwas, das einen eigentlich nur sprachlos machen konnte. Und sprachlos war er selbst. Er hätte im Boden versinken mögen. Er schubste Krücke zur Seite, lief aus der Küche, aus dem Haus, den Talweg hinunter, am Konsum vorbei ins Weizenfeld.

Wie der Ihmsche hinterm Maisfeld zwischen den beiden Birken landet und Elfriede Schrebnitz die längste Rede ihres Lebens hält

Mit seinen wuchtigen Schritten, furchtlos vor Wut und Ratlosigkeit, lief er eine Schneise ins Feld, bis er nach knapp hundert Metern erschöpft innehielt. Seltsamerweise schmerzte sein Rücken nicht, kein bisschen. Er öffnete sein Hemd, schaute auf den dicken schweißnassen Bauch und die dünnen, von den Weizenähren zerkratzten Beine, die Wutzner-Beine, in den zu weiten Turnhosen.

Der Geruch des Weizens war ein Kindheitsgeruch, den er abends mit in den Schlaf genommen hatte, wenn er den ganzen Tag in der Umgebung der Siedlung umhergestreunt war, oft allein, manchmal mit den Schulfreunden Krono alias Edwin und Schmidti alias Schmidtke. Allein war der Ihmsche meist auf seinen Tierbeobachtungsgängen: Spinnen, Bienen, Grashüpfer, Wespen; Feldmäuse, Hasen, Rehe; Schlangen, Eidechsen... Die Eidechsen waren raffinierte Geschöpfe und ihm am liebsten. Wenn er sie an ihren Hinterteilen packte, warfen sie ihre Schwänze ab und flüchteten. Das war der sogenannte Schwanz-ab-Trick. Diesen Begriff kannte er von Tante Nickel, die ein paar Tage nach seinem zehnten Geburtstag am Gartenzaun gestanden und ohne Anlass von den Eidechsen erzählt hatte. »Die Reptilientierchen«, erklärte sie, »sind durch ein ganz schnelles Zusammenziehen ihrer Muskeln in der Lage, sich ihrer Schwänze zu entledigen.« Diese Raffinesse sei überlebensnotwendig, da Eidechsen besonders viele Feinde hätten: Greifvögel, Schlangen, Marder... Dass die abgeworfenen Schwänze sich noch einige Minuten lang bewegten, diene der Ablenkung der Feinde; die Eidechsen könnten dadurch in Ruhe flüchten... Der Ihmsche war begeistert gewesen von Tante Nickels zugewandter, fachkundiger Art, die er bei Muttsch nicht im Entferntesten jemals erlebt hatte. Allerdings fragte er sich, woher sie das wusste und woher sie wusste, wenn sie es denn wusste, dass er Eidechsen jagte. Hatte sie ihn verfolgt und beobachtet oder zufällig dabei entdeckt? Er traute sich nicht zu fragen, während Tante Nickel von einem Wermutstropfen sprach, der darin bestünde, dass der Schwanz der Eidechsen zwar nachwachse, aber nicht so groß und farbenfroh wie der ursprüngliche. Damit verliere das Tier in den Augen seiner Artgenossen außerordentlich an Attraktivität. Sie sagte es derart betrübt, dass der zehnjährige Lothar den Eindruck hatte, sie spräche über sich selbst. Vielleicht, dachte er, war sie einmal eine schlanke, großgewachsene Frau gewesen, bis sie jemand jagte, woraufhin sie klein und dick wurde.

Genug nach hinten gedacht, sagte sich der Ihmsche und stapfte weiter, doch eine andere Erinnerung war wieder da, eine ganz bestimmte, die er, so sehr er es auch wünschte, wohl nie loswerden würde. Es war nach dem Sturz vom Gerüst und seiner Beutenberge-Rückkehr: Tierbeobachtungsgang, ein Kilometer südlich der Siedlung. Auf einmal vibriert es unter seinen Füßen. Es! Erst einmal nach Hause, beschließt er, und nichts davon sagen, niemandem. Einige Tage später jedoch, im Suff, kann er sich nicht mehr zurückhalten und berichtet den beiden Freunden. »Es«, so fängt er an, »es vibrierte!« Er verlangt von den Freunden einen Schwur: »Keine Silbe, nie und nirgendwo.« Sie schwören und halten sich an den Schwur. Der

Ihmsche aber kann sich Muttsch gegenüber nicht beherrschen, denn aus irgendeinem geringfügigen Anlass vergleicht sie ihn wieder einmal mit seinem Vater: »Du bist genauso trottelig wie er, du bist genauso blöd wie er.« Sie kennt diesen Mann ja so gut wie gar nicht und hat es auch nie anders behauptet, gleichwohl ist er der Inbegriff von allem Negativen. Und der Ihmsche kann sich nicht mehr zurückhalten: »Egon Wutzner hat Erdöl gefunden, und deshalb ist er weder blöd noch trottelig... und ich bin's auch nicht, weil ich ebenfalls Erdöl gefunden hab!« Kein weiteres Wort, aber das ist auch nicht nötig. Lucinde geht zu Edelgard und mit ihr zu Elfriede. »Stellt euch vor, er behauptet, er hätte Erdöl gefunden. Ich glaub, jetzt ist es so weit, jetzt dreht er durch.« Die Frauen reden mit ihm, einzeln, zusammen. Er dürfe nicht davon träumen, ein Held zu werden... Mit seiner Abstammung sei nur eines sicher: das vorherbestimmte Scheitern... Schmach und Schande... oder Schlimmeres gar: Verurteilung wegen Hochstapelei, Gefängnis... Am besten alles vergessen, so schnell wie möglich.

Die Angst, die sie ihm einjagten, setzte sich in ihm fest. Sie hatte ihn beherrscht und tat es nach wie vor. Er stolperte, stürzte, stand auf, ging weiter... Längst hatte er die Orientierung verloren. Gut so. Wieder hielt er an. Was wäre, wenn es unter ihm vibrierte und er merkte es nicht? Er ging in die Hocke, neigte den Kopf zur Seite, horchte in die Erde hinein. Nichts. Er erhob sich, stampfte mit dem Fuß auf. Zwei Mal, drei Mal. Sprang, beidbeinig. Und löste kein Vibrieren aus. Egal, weiter. Und immer wieder stampfte und sprang er, und der Rücken schmerzte immer noch nicht.

Irgendwann – die Dämmerung hatte schon eingesetzt – war er am Kies-See angelangt, ohne ihn auch nur im Mindesten angesteuert zu haben. Wenn er in den letzten Jahren hier baden gewesen war, dann in der Dunkelheit und ein Stück entfernt von der öffentlichen Badestelle, wo in der Nacht Liebespaare und Jugendliche mit Kofferradios campierten. Niemand sollte ihn in Badehose sehen und sich über seine dicke Bauchkugel und die Stachelbeerbeine lustig machen. Beim Anblick des grünlich grauen Wassers jedoch konnte er kaum noch einen klaren Gedanken fassen, so sehr plagte ihn der Durst. Er machte einen Bogen um die Badestelle, aber die Menschen dort, ein paar Familien, ein paar junge Männer, hatten ihn bereits entdeckt. »Sollen wir dir helfen?«, hörte er und darauf ein Lachen, das zwischen Belustigung und Besorgnis schwankte. Er antwortete nicht und war froh, wenigstens keinen Beutenberger unter den Leuten gesehen zu haben. Dann kniete er sich vor dem muffig riechenden Wasser nieder, senkte seinen Kopf und trank. Wieder hörte er einen Ruf: Ob man ihm etwas Besseres zu trinken anbieten könne? Er reagierte nicht darauf. Stand auf, ging weiter.

Anstatt des Rückens schmerzten die Füße in den Sandalen. Aber selbst wenn der Schmerz noch stärker gewesen wäre, hätte er nicht verhindern können, dass ihn die Erinnerung an die Legende vom Kies-See, die ihn als Kind bis in manche Träume hinein verfolgt hatte, einholte. Im letzten Sommer vor dem Krieg war ein Wanderer in die geflutete Kiesgrube gesprungen, mit dem Kopf auf einer Lore gelandet und nicht wieder aufgetaucht. Aus seinem gespaltenen Schädel soll das Blut in Strömen geflossen sein und sich auf der Wasseroberfläche verbreitet haben. Die Leiche wurde nie gefunden. Welse, so hieß es, die auf dem Grund des Sees lebten, hatten den toten Wanderer bei sich behalten und Stück für Stück aufgefressen.

Wie rasch und brutal das Leben enden konnte! Was würde er vorher unbedingt tun oder klären müssen? Worauf kam es an? Es war bereits Nacht, als der Ihmsche, immer noch auf Feld- und Waldwegen unterwegs, plötzlich einen Sog spürte, einen Sog in eine Richtung, die er nicht gewählt hatte. Rasch wurde ihm klar, dass es ihn dorthin zog, wo es vor elf Jahren unter seinen Füßen vibriert hatte.

Die zwei Birken links und rechts der Stelle am Feldrain waren kleiner gewesen als der Ihmsche; jetzt waren sie mindestens fünfmal so groß wie er. Er legte sich bäuchlings zwischen die Birken. Erst mal ausruhen, und vielleicht regte sich was in der Erde. In nicht einmal zehn Sekunden war er vor Erschöpfung eingeschlafen.

*

Als er aufwachte, stand die Sonne schon knapp überm Maisfeld. Die Füße hatten sich erholt; gut so. Der Bauch aber schmerzte, und er überlegte, ob die Rückenschmerzen in den Bauch gewandert waren. Er legte sich auf den Rücken, schaute zum Himmel, den keine Wolke trübte, dann hörte er Frau Schrebnitz voller Entdeckerstolz: »Da ist er. Siehst du ihn?«

»Ich bin ja nicht blind«, entgegnete Tante Nickel.

Wie mit allerletzter Kraft ließ sie sich auf den Sandboden neben den Ihmschen plumpsen, während Elfriede Schrebnitz ihre Zähigkeit demonstrierte, indem sie stehen blieb und sagte: »Was machst du hier, ausgerechnet hier?«

Wusste sie, um was für eine Stelle es sich handelte? Er konnte sich nicht entsinnen, Muttsch eine Wegbeschreibung gegeben zu haben. »Ich ruh mich aus«, sagte er, ohne seinen Blick vom Himmel zu nehmen.

»In der Siedlung vermisst man dich«, sagte Elfriede Schrebnitz.

Er hatte keine Lust, darauf einzugehen. »Was macht *ihr* eigentlich ausgerechnet hier?«, fragte er.

»Wir haben dich gesucht«, erwiderte Elfriede Schrebnitz prompt. »Es hätte ja irgendwas mit dir passiert sein können.«

Irgendwas passiert immer mit einem, dachte der Ihmsche, aber bevor er das sagte, sprach Frau Schrebnitz mit einer Umständlichkeit, die nicht zu ihr passte: »Es ist, wie wir glauben, der richtige Zeitpunkt dafür... dass wir dir etwas erzählen. Muttschs Tod soll nämlich einen Sinn haben. Und vor allen Dingen wollen wir die Wahrheit nicht mehr länger mit uns herumschleppen. Also, Egon Wutzner ...«

Der Ihmsche nahm seinen Blick vom Himmel, schaute zu ihr. Sie sah aus, als wäre sie auf einer Mission, während Tante Nickel zu weinen begonnen hatte. »Entschuldigung«, murmelte sie vor sich hin, »Entschuldigung.«

»Egon Wutzner«, wiederholte Elfriede Schrebnitz, als wäre dem Ihmschen dieser Name völlig unbekannt. »1944, September. Kam zu mir ins Geschäft. Uniform, glasiger Blick, Schnapspulle in der Hand, Heimaturlaub. Und will mir an die Wäsche... Lass das, herrsche ich ihn an. Mach mir nichts aus Kerlen, grundsätzlich nicht! Muss ihn so geschockt haben, dass er aus'm Laden getorkelt ist.« Sie hielt inne, dann resümierte sie: »Wenn ich ihn rangelassen hätte, wäre ich deine Mutter.«

Der Ihmsche hatte sich inzwischen in den Schneidersitz begeben und die Arme vor der Brust verschränkt. Für Tante Nickel sah er aus wie Buddha. Vielleicht, dachte sie, weil Buddha als jemand galt, den nichts erschütterte. Und auch was er sagte, war womöglich eine Buddha-Weisheit: »Wenn du meine Mutter wärst, wäre ich nicht ich.«

»Ich bin ja auch nicht deine Mutter«, entgegnete Elfriede Schrebnitz in jener schnippischen Art, die damals Egon Wutzner wütend gemacht hatte. Der Ihmsche blieb seltsam gelassen, während Elfriede Schrebnitz mit einer Kopfbewegung auf Tante Nickel wies und sagte: »So, jetzt ist sie dran.«

Tante Nickel weinte unvermindert. »Kann nicht«, stammelte sie, »kann nicht.«

Elfriede Schrebnitz hatte damit gerechnet. »Gut, dann tu ich es: Egon Wutzner torkelt den Talweg hinauf. Sieht Edelgard. Die freut sich, zieht ihn in ihr Häuschen. Und der besoffene Hund? Packt ihren Kopf, küsst sie. Die Ärmste schreit, reißt sich von ihm los ...«

Der Ihmsche schaute zu Tante Nickel, die beipflichtend nickte und sich tapfer die Tränen aus den Augen wischte. Ihm war klar, dass die Erzählung auf Muttsch als dritte Station hinauslief, und er spürte so etwas wie eine zunehmende Beruhigung: Was war es für ein Zufall, auf wen man im Leben traf und wer einen fortjagte oder nicht. Und was war es für eine seltsame Fügung, dass er überhaupt existierte. Wie relativ doch alles war und deshalb tröstlich. Unendlich tröstlich.

»Darauf ist er zu Muttsch rüber, also Lucinde«, fuhr Elfriede Schrebnitz fort. »Nachdem sie ihm ein Zeichen gegeben hatte. Wie konnte sie nur! Aber gut, so war sie eben, damals... Gab ja nichts an Männern, waren alle im Krieg... Und er? Erzählte von der Front. Interessierte Muttsch aber nicht, und deshalb fragte sie plötzlich, wie man denn eigentlich so bescheuert sein könne, im Havelland nach Erdöl zu suchen. Da sieht er rot, schnappt sich ihre Segelohren, zieht ihr Gesicht zu sich heran, brüllt sie an: Ich mach dir... einen Sohn... fürs Vaterland ...«

Er war also das Ergebnis einer Vergewaltigung. Vor diesem

Hintergrund musste er sein Leben gar nicht mehr als dermaßen fehlgeschlagen ansehen.

»Mit achtunddreißig«, stellte Elfriede Schrebnitz fest, »war Muttsch ja auch nicht mehr die Jüngste. Da kann es schon mal vorkommen, dass man ein schwachsinniges Kind auf die Welt bringt. Und wer weiß, was der Vater an Absonderlichkeiten vererbt hat… Als du auf die Welt kamst, war der Krieg aus. Und den Rest weißt du selbst.«

Dieser Schlusssatz hatte eine lapidare Bösartigkeit, die den Ihmschen getroffen hätte, wenn er nicht in seiner Buddha-Haltung wie imprägniert gewesen wäre gegen alles, was die alte Schrebnitz meinte loswerden zu müssen. Tante Nickel kamen wieder die Tränen, und auf einmal glaubte der Ihmsche zu verstehen, warum es sie freute, Tante Nickel genannt zu werden. Es war ein kleiner Trost. Denn sie war es, die die Mutterschaft eigentlich verdient gehabt hätte, Egon Wutzner hätte nur etwas sensibler vorgehen müssen. Der Ihmsche wäre dann nicht der Ihmsche, sondern ein allseits angesehener Mann mit irgendeinem Vornamen und dem Nachnamen Nickel. Oder einfach: der Nickelsche.

Am liebsten hätte er ihr gesagt, dass er sich von Herzen wünsche, sie einmal im Leben, ein einziges Mal lächeln zu sehen. Aber das sagte er nicht, denn es hätte sie vermutlich noch trauriger gemacht. Stattdessen startete er eine Finte, die ihn selbst verblüffte. »Danke«, sagte er, »dass ihr beide die Heiratsannonce für mich aufgesetzt habt.«

»Das haben wir nicht«, erwiderte Elfriede Schrebnitz kategorisch. Tante Nickel aber konnte die Wahrheit nicht für sich behalten: »Das war deine eigene Mutter. Als sie im Krankenhaus lag. Sie hat es eben immer gut mit dir gemeint, die arme Muttsch …«

So stolz Elfriede Schrebnitz darauf war, dem Ihmschen reinen Wein eingeschenkt zu haben, so wütend war sie nun auf die Verräterin Edelgard Nickel. Immerhin hatte Muttsch ihnen das Versprechen abgenommen, dicht zu halten.

Mit flinken Schritten ging Elfriede Schrebnitz voraus, sodass ihre kleine dicke Kumpanin mehr und mehr den Anschluss verlor, sich vor lauter Verdruss zwei Mal verlief und erst eine Stunde nach ihr in Beutenberge eintraf.

Wie Agnes Frank Zappa and the Mothers of Invention hören will und Krücke ein Beispiel von Übertragung erläutert

Dort war das Haus des Ihmschen inzwischen zum offenen Haus geworden. Es hatte damit begonnen, dass die schwangere Magda ihm ins Weizenfeld folgen wollte. Frau Grünlich hatte sie am Arm gepackt und angeschrien, dass sie sich mit nichts lächerlicher mache als mit einer Verfolgung. »Lächerlich bin ich sowieso«, hatte Magda entgegnet, aber Sieglinde Grünlich packte noch fester zu und meinte: »Das stimmt. Komm mit.«

Sie gingen, samt den beiden Schäferhunden, zum Gartentor des Ihmschen, wo sich der kleine Panzer und die Kabichs bereits postiert hatten, und beäugten die aus den Angeln gerissene Eingangstür. Agnes trat aus dem Haus. Ihre Stimme war besonders tief und kräftig, als sie rief: »Kommt rein. Das wollt ihr doch, oder?«

»Ja«, rief Frau Grünlich zurück, während sich Magda nicht so sicher war. Was sollte sie in dem Haus, wenn der Ihmsche auf Feldern oder sonst wo unterwegs war? Aber vielleicht, dachte sie, war die Anwesenheit in seinem Haus der erste Schritt in sein Herz, sofern es nicht schon vollkommen verschlossen für sie war. Leider hatte es diese Schwarzleder-Riesin ganz offensichtlich ebenfalls auf ihn abgesehen. Gab es noch den Hauch einer Chance? Sie folgte Sieglinde Grünlich, den Kabichs und dem kleinen Panzer ins Haus, während Hasso und Reiner im Garten blieben und sich vor den umherschwirrenden Bienen wegduckten.

Als Magda Hölzl einige Bienen an den Wänden im Flur und auf dem Küchenfußboden krabbeln sah, hatte sie eine Idee, auf die wohl noch niemand anderes gekommen war: Von den vielen leeren Bierflaschen, die unterm Fensterbord standen, nahm sie drei, füllte sie mit Leitungswasser und fragte Krücke und Blutblase nach einer Tüte Zucker. Verblüfft wie Krücke war, gab er dem nicht minder verblüfften Freund einen leichten Schubs, sodass der an den Küchenschrank ging, die Zuckertüte herausholte und sie Magda reichte. Magda streute jeweils eine kleine Handvoll Zucker in die Flaschen, stellte sie aufs Fensterbord und schaute lobheischend in die Runde.

»Meinst du, die sind so bescheuert und fliegen da rein«, sagte Agnes, als Magdas Blick bei ihr angekommen war. Magda entgegnete nichts, aber ihr Gesichtsausdruck sagte: Das werden wir ja sehen. Die Bienen jedoch flogen eine nach der anderen durch die offene Eingangstür nach draußen. Nur ein paar kletterten die Flaschenhälse hinauf, um ins Zuckerwasser hinunterzuschauen, ohne aber einen einzigen Schritt ins Verhängnis hinein zu tun. Magda ging mit ausgestrecktem Zeigefinger auf eines der Tierchen zu, doch bevor sie es in die Flasche stoßen konnte, wurde sie von Agnes am Hals gepackt. »Das lass mal schön sein, kapiert?«

Magda wimmerte noch vor Schmerz, als Agnes bereits auf dem Weg ins Zimmer des Ihmschen war. Dort setzte sie sich auf sein Sofa. Blutblase folgte ihr, dann Krücke und die anderen. Agnes fragte, ob denn nicht ein bisschen Musik aufgelegt werden könne.

»Welche darf's denn sein?«, fragte Krücke.

Das Altbackene dieser Formulierung war ihm peinlich, und er bedauerte wieder einmal, nicht die Verve zu haben und auch nicht die Lässigkeit, die die Rockmusik für ihn verkörperte. Er wagte es nicht mal, sich neben Agnes zu setzen. Da sie nicht antwortete, kramte er in seinem Stoffbeutel und zählte die Bands auf, von denen er Platten dabeihatte: »Led Zeppelin, Uriah Heep, Deep Purple, Frank Zappa and The Mothers of Invention …«

»Die«, sagte Agnes.

Krücke betrachtete diese Wahl als Kompliment, zog das Album *Roxy & Elsewhere* aus dem Beutel und legte die Platte auf, freilich ohne den rituellen Conférencier-Spruch, der einzig und allein dem Ihmschen vorbehalten war. Nur in Gedanken sprach er vor sich hin: Und nun, liebe Freunde, senke ich die Nadel auf die Musik herab, während er die Nadel auf den ersten Titel setzte, *Penguin in Bondage*.

Er erinnerte sich, wie der Verkäufer in einem Schöneberger Plattenladen ihm ungefragt erörtert hatte, dass der Song von recht besonderen Sexualpraktiken handelte. Krücke hörte nur heraus, dass eine Frau mit einem gefesselten Pinguin verglichen wurde. Aber mit seinen beschränkten Englischkenntnissen war er sich natürlich nicht sicher. Als der Verkäufer ihm über den Rücken strich, bekam er einen leichten Schweißausbruch und schwärmte von der langhaarigen Frau im Bikini, die auf dem rötlich-schwarzen Cover abgebildet war. Der Verkäufer hörte geduldig zu, dann fragte er: »Von welchem Ufer bist du?« Krücke tat so, als würde er nicht wissen, was gemeint war, und antwortete: »Vom sozialistischen. DDR.« – »Das sehe ich«, entgegnete der Verkäufer, deutete auf Krückes Präsent-20-Jackett und bot ihm einen Joint an. »Oh ja, warum nicht«, antwortete er mit einer schüchternen Dankbarkeit, die seiner Auffassung nach hundertprozentig zum Bild vom Präsent-20-Menschen passte. Es war der erste Joint in seinem

Leben, und nach einigen Zügen fragte er sich, warum der Stoff, außer dass er Kopfschmerzen verursachte, überhaupt nicht wirkte. Dem Plattenhändler jedoch spielte er vor, dass er genauso bekifft wäre wie er; augenscheinlich mit Erfolg, denn aus Freude über die kleine gemeinsame Reise, wie sein Wohltäter es nannte, bekam er die Frank-Zappa-Platte geschenkt. *Pygmy Twylyte* war der nächste Titel und handelte, wie Krücke erklärte, von einem busreisenden Drogenabhängigen auf Entzug, und der darauffolgende, *Dummy Up*, von einer alten ungewaschenen, in kleine Stücke zerschnittenen Socke, die als Droge geraucht wird …

Agnes gefiel die Musik, wie sie durch ein leichtes, mehrere Sekunden anhaltendes Kopfnicken zu verstehen gab, während Krücke sich wieder einmal der Frage hingab, wie es wäre, wenn er im Westen eine Frau kennenlernen würde, die sich in ihn verliebte, und er bei ihr bliebe. Er hielt das für unwahrscheinlich, aber unwahrscheinlich hieß ja nicht unmöglich. Die Vorstellung allerdings, dauerhaft ohne die Freunde zu sein, behagte ihm nicht. Bereits der Gedanke daran löste ein Gefühl von Einsamkeit aus. Und wenn die Frau zu ihm in den Osten ziehen würde? Schön und gut, aber wer sollte so etwas tun? Und Luise … wegen der er unters Auto geraten war? Wenn er sie treffen würde? Oh Mann, dachte Krücke, da sieht man mal wieder, wohin solche Überlegungen führen. Er lenkte sich ab, indem er zum kleinen Panzer schaute, der sich ein Bier nahm und wie ein Walzertänzer ohne Partnerin denkbar unpassend zu tanzen begann.

»Lass das«, sagte Agnes. »Das sieht lächerlich aus. Setz dich zu mir.«

Rudolf Panzer folgte der Aufforderung wie einem Befehl und setzte sich neben sie aufs Sofa. An Höhe schien er nicht einmal die Hälfte von ihr zu sein. Was die Breite betraf, konnte er mithalten.

»Wie alt bist du?«, fragte Agnes.

»Achtundsechzig«, erwiderte er, braver als gewollt, und Agnes fragte: »Wie war's im Krieg?«

»Wie soll's da gewesen sein«, antwortete er überrascht. Nicht mal seiner verstorbenen Ehefrau hatte er jemals vom Krieg erzählt. Selbst wenn er es gewollt hätte, ihm wäre nichts eingefallen. Er hätte lange nachdenken müssen, und das wollte er nicht. Das hatte er nie getan. Vor allem nicht über den Krieg. »Ist ewig her«, sagte er und war froh, dass Agnes das Thema ruhen ließ, indem sie sich Blutblase zuwandte und nach einem Bier fragte.

Dass sie ihn und niemand anderen fragte, wertete Blutblase als Belohnung für seine fortwährenden Blicke. Er holte ein Schultheißbier und ein Glas dazu; sie nahm nur die Bierflasche und bat den kleinen Panzer, ein höflicher Mensch zu sein und seinen Platz frei zu machen.

Rudolf Panzer erfüllte die Bitte mit einem unverkennbaren Aufatmen. Blutblase setzte sich und hätte nicht sagen können, ob er damit einen Erfolg errungen oder sich in noch unbekannte Schwierigkeiten gebracht hatte, ganz zu schweigen von der Möglichkeit, in eine Falle geraten zu sein.

»Weißt du eigentlich«, sagte Agnes zu ihm, »dass die Bienen deine Nähe suchen und sich dann doch nicht an dich herantrauen? Das muss an deinem Haarspray liegen.«

Sie weiß mehr, als sie eigentlich wissen kann, dachte Blutblase. Er lächelte, als freute er sich über ein Kompliment, aber ein Gespräch über seine Haare wollte er keineswegs führen.

Krücke beargwöhnte das Interesse, das Blutblase zuteilwurde. Nicht dass sie auch noch bemerkte, dass seine Haarsträhne mit Duosan Rapid festgeklebt war. Und das ausgesprochen originell fand. Das aber schien nicht der Fall zu sein, denn Agnes fragte nun Krücke: »Sind die Platten alle aus'm Westen? Oder ist das ein Geheimnis?«

War sein Argwohn der Grund dafür, dass sie sich ihm zuwandte? Wenigstens konnte er bei diesem Thema versuchen, auf seine Weise zu glänzen. »Alle aus'm Westen. Und nein, ein Geheimnis ist es nicht.«

»Musik vom Klassenfeind«, sagte Agnes. »Ist das nicht gefährlich?«

Was sollte Krücke darauf antworten? Er hätte ja seine besondere Position nicht auskosten können, wenn er vorsichtiger wäre und auf das Mitbringen von Platten verzichtete. Bislang war er nie gefilzt worden. Kein Grenzposten wollte sich offenbar an einem Krüppel vergreifen.

»Die Musik ist antikapitalistisch«, erklärte er. »Rebellion. Gegen das westliche System.«

»Sie ist aber auch bei uns Rebellion«, konterte Agnes. »Und insofern gegen das sozialistische System.«

Damit hatte sie fraglos recht. Allerdings konnte Krücke ihre Feststellung auch als Lob für seinen Mut verstehen.

»Ja«, sagte er, »sonst wären die Platten ja nicht verboten bei uns.«

Dafür erntete er einen anerkennenden Blick von Agnes, der wiederum Blutblase missfiel. Magda schöpfte Hoffnung: Wenn die Riesin sich für Krücke interessierte, wäre der Weg zum Ihmschen frei.

»Woher hast du eigentlich dein steifes Bein?«, fragte Agnes weiter.

Natürlich war Krücke klar, dass keine Frage naheliegender war als diese. »Es ist nicht steif«, antwortete er und fügte hinzu, dass es ein Holzbein sei, weil ihm sein eigenes bei einem Verkehrsunfall zu Matsch gefahren wurde.

Im Westen erzählte er manchmal, dass er als DDR-Regimegegner wegen des Auftauchens der Polizei aus einer illegalen Versammlung flüchten musste und deshalb unter ein Auto geraten war. Ein paarmal log er sogar, dass man sein Bein hätte retten können, aber um ihn zu bestrafen, hatte man es nicht getan. Von mitleidvollen Zuhörern bekam er abgetragene Jeans, Kaffee, Schnaps, Bücher oder eben, weil es sein größter Wunsch war, Schallplatten geschenkt.

Blutblase hatte nicht wenig Lust, Agnes zu erzählen, wie es tatsächlich zu dem Verkehrsunfall gekommen war, aber den Freund auf diese Weise vorzuführen, ging ihm dann doch zu weit. Stattdessen fragte er Krücke in einer gönnerhaften Art, die zwangsläufig übertrieben klang, ob er sich vielleicht setzen wolle. Er machte eine Andeutung aufzustehen, aber Krücke winkte ab. »Wenn ich mich setzen will«, sagte er, »setze ich mich. Wenn nicht, dann nicht.«

Er drehte die Frank-Zappa-Platte um, und weiter ging es mit *Village of the Sun*. Inzwischen waren auch die Tormanns und die Schäfers ins Haus gekommen. »So viel war ewig nicht mehr los in Beutenberge«, sagte Max Schäfer; es war eine Feststellung im Namen aller Siedlungsbewohner. Agnes lächelte den beiden Paaren zu, und so wie sie lächelte, gnädig und gütig, hatten alle den Eindruck, die Riesenfrau säße nicht nur einfach auf dem Sofa, sondern thronte dort wie eine Königin. Und so wie eine Königin ein Zepter in der Hand hält, hielt sie eine Flasche Wurzelpeter. Von Zeit zu Zeit nahm sie einen Schluck und seufzte jedes Mal wonnevoll.

Sie thronte unverändert, den Oberkörper kerzengerade, die Flasche nur noch viertelgefüllt, aber ohne das geringste Zeichen von Betrunkensein, als Stunden später Elfriede Schrebnitz das Zimmer betrat und nur zwei Worte über die Lippen brachte: »Sodom… Gomorrha …«

Niemand antwortete, ja, niemand wollte sie offenbar gehört haben, obwohl sie laut genug gesprochen hatte. Wie zum Trotz ließ sie ihren Blick schweifen, um sich alles genau zu merken: Blutblase, der in sich zusammengesunken schlief und schnarchte, den Kopf an Agnes' Oberarm gelehnt, ein paar leere umgekippte Bierflaschen vor seinen Füßen. Krücke, der zu *Born to Be Wild* von Steppenwolf um eine Ansammlung von Wurzelpeter-Flaschen, allesamt bis auf den letzten Tropfen ausgetrunken, herumtanzte, viel zu langsam für den Titel, in rhythmisch perfekter Zeitlupe und gewohnt minimalistisch. Ab und zu hatte er einen verstohlenen Blick für Agnes, die nicht auf ihn achtete, sondern amüsiert-versonnen zu den vier anderen Männern schaute, Peter Tormann, Max Schäfer, Klaus Kabich, Rudolf Panzer, die auf dem Fußboden in einem Halbkreis beieinandersaßen und sich darüber austauschten, dass der heiße Sommer womöglich nie ein Ende nähme und die Eidechsen irgendwann so groß wären wie Dinosaurier und die Bienen wie Hubschrauber in gelbschwarzen Pelzmänteln. Dabei ließen sie eine Flasche Blauer Würger kreisen, die, genauso wie der Wurzelpeter, aus dem Geheimschränkchen des Ihmschen stammte. Den Schlüssel zu diesem Versteck hatte Krücke unterm losen Dielenbrett hervorgeholt, und nachdem er alle Flaschen herausgeräumt hatte, musste er ihn bei Agnes abliefern. Ohne Begründung hatte sie gesagt: »Du solltest ihn bitte bei mir abgeben.«

Die schwangere Magda fragte, seit wann er sich denn so etwas Wichtiges wie einen Schnapsschlüssel einfach abnehmen lasse und dann noch von einer Frau.

Ehe er antworten konnte, fuhr Agnes sie an: »Du hast die Bienen ermorden wollen mit deinem Zuckerwasser. Du hast überhaupt keine Stimme im Parlament, du dumme Trine.«

Magda sagte kein Wort mehr und verließ das Kampffeld, bevor sie zu kämpfen begonnen hatte. Sieglinde Grünlich, deren Schäferhunde gerade ins Haus gekommen waren, was Agnes deutlich missfiel, rief ihre Hunde und folgte ihr. Und schließlich hatten auch die Frauen Kabich, Tormann und Schäfer gespürt, dass sie alles andere als willkommene Gäste waren, und gingen ebenfalls. Natürlich hofften sie, dass ihre Männer ihnen folgen würden, doch das war nicht der Fall. Zu groß die Anziehungskraft dieser seltsamen Person und die Neugierde, wie es mit ihr und dem Ihmschen, so er denn wieder auftauchte, weitergehen würde.

Elfriede Schrebnitz hatte den Eindruck, dass selbst wenn sie etwas Wichtiges fragen würde, niemand es für nötig hielte, auf sie zu reagieren. Und war es nicht ein spöttisches Grinsen, das leicht, aber unverkennbar um Agnes' Mund spielte? Diese heiratswillige Dame, sagte sich Elfriede Schrebnitz, wollte offenkundig nur von Kerlen umgeben sein. Zum Ihmschen aber passte sie nicht. Von der Körpergröße her nicht, das war ja klar... Und auch sonst... grundsätzlich... Wenn sie passen würde, wäre er ganz bestimmt nicht einen Kilometer entfernt, sondern in seinem eigenen Haus. Zum Glück, sagte sich Elfriede Schrebnitz, hatte sie ja noch einige andere Anwärterinnen in petto. Sie müsste denen nur schreiben, und schon würden sie aufmarschieren... Mit einem Gefühl wohltuender Überlegenheit ging sie in ihre Wohnung hinterm Konsum, las in den Briefen der Heiratswilligen und freute sich darauf, all diejenigen zu trösten, die vom Ihmschen enttäuscht oder sogar entsetzt sein würden. Sicherlich wären das so gut wie alle; es gäbe also viel zu tun.

*

Als der Abend anbrach, erhob sich der Ihmsche aus seiner Buddha-Position am Rande des Maisfeldes, wo es vor elf Jahren unter seinen Füßen vibriert hatte. Er reckte und streckte sich, schüttelte die Wutzner-Beine aus, klatschte sich mit beiden Händen auf den dicken Bauch und ging leichtfüßig zurück in Richtung Beutenberge. Die Überlegung, nicht der Ihmsche, sondern der Nickelsche zu sein, beflügelte ihn: Das Leben bot doch eigentlich eine ganze Palette von Möglichkeiten. Der Nickelsche! Der war auf jeden Fall nicht jemand, der in seinem Haus geschehen ließ, was immer dort geschah. Der Nickelsche schaute sich an, wie die Dinge liefen, und ja, auch das, vor allem das: Er griff ein, wo es angebracht oder gar nötig war.

Als der Ihmsche alias der Nickelsche sein offenes Haus betrat, hätte er jedoch nicht sagen können, wie und inwiefern er eingreifen sollte: Blutblase, Krücke und der kleine Panzer schliefen, allem Anschein nach reichlich betrunken, in seinem Zimmer auf dem Fußboden, während Agnes die um die Schlafenden herumliegenden leeren Flaschen in Kisten und Kartons räumte. Sie war so sehr aufs Aufräumen konzentriert, dass sie den Ihmschen, der in der Tür zu seinem Zimmer stand, nicht bemerkte. Er genoss es, ihre kraftvollen Bewegungen zu sehen und ihr Schnaufen zu hören, mit dem sie jede eingesammelte Flasche als Erfolg quittierte. Auf einmal stellte er sich vor, wie sie sich umdrehte, auf ihn zukäme, ihn an den Schultern packte und zu Boden schleuderte. Die Schlafenden würden aufwachen und sich nicht entscheiden können, ob sie ihrer Neugierde folgen oder sicherheitshalber flüchten sollten. Er aber, der Ihmsche, inzwischen der Nickelsche, würde in aller Ruhe aufstehen und die Dinge auf eine gänzlich neue Art in die eigenen Hände nehmen. Nur wie? Dazu fiel ihm nichts ein.

»Hallo«, hörte er sich sagen. Zu seinem Verdruss war ein leichtes Zittern in seiner Stimme. »Was machst du da«, setzte er schroff hinzu. »Bist du meine Putzfrau, oder was?«

Jetzt erst drehte sich Agnes um. Sie lächelte. Es war genau jenes Lächeln, das Elfriede Schrebnitz als leicht spöttisch empfunden hatte. »Ich bringe dein verschissenes Haus auf Vordermann. *Das* mach ich.«

»Auf Vordermann«, wiederholte der Ihmsche hilflos, und Agnes setzte auf Deeskalation: »Na gut, verschissen lass ich weg. Trotzdem, fass mal mit an.«

Darauf hatte er nichts mehr zu entgegnen. Der Nickelsche, dachte er, ist eben auch keine Wunderperson, die über allzu mächtige Schatten springen kann. »Was soll ich denn anfassen?«, sagte er mit einem Rest rebellischer Attitüde, worauf Agnes ihm einen Pappkarton mit Leergut vor die Füße stellte. »Raus damit, na los.«

Er befolgte die Anordnung und schleppte auch die anderen Kisten und Kartons nach draußen in den Garten. »Deinem Rücken geht's ja offenbar bestens«, sagte Agnes, und da der Ihmsche nicht zustimmen wollte, antwortete er nichts.

Stattdessen verblüffte er sie, indem er sich einen Eimer nahm, ihn mit warmem Wasser füllte, Wischwachs dazu gab und den Küchenboden zu wischen begann. Muttsch, als sie noch bei Kräften gewesen war, hatte fast täglich die Küche gewischt, den Flur, ihr Zimmer; nur das des Ihmschen nicht, das war sein eigenes kleines Reich, dort hatte sie mit ihrem Putzfimmel nichts zu suchen gehabt.

Der Ihmsche hätte die ganze Nacht geputzt, das ganze Haus, bis in den letzten Winkel – »Auf die Ecken kommt es an, auf die Ecken«, hatte Muttsch oft genug gesagt –, doch Blutblase wachte zitternd auf, rüttelte an Rudolf Panzer und an Krücke, bis auch sie wach waren, und verkündete, dass er soeben und das erste Mal in seinem Leben vom Krieg geträumt habe; er kapiere das zwar nicht, denn er war ja überhaupt nicht im Krieg gewesen, aber er habe geträumt, dass er zusammen mit Adolf Hitler höchstpersönlich in den kaukasischen Gebieten der Sowjetunion nach Erdöl suchte, während um sie herum unablässig aus Kanonen und Gewehren geschossen wurde.

»Woher weißt du, dass es der Kaukasus war?«, fragte Rudolf Panzer und wollte am liebsten weiterschlafen, aber Blutblase rüttelte nochmals an ihm und sagte, dass er das eben wisse, sonst hätte er es ja nicht geträumt. Und wenn er, der kleine Panzer, es besser wisse, dann solle er endlich erzählen. Mit seinem Namen *müsse* er doch Erinnerungen haben.

Der kleine Panzer, der es nicht zum ersten Mal bedauerte, diesen Namen zu tragen, wollte niemandem erläutern, dass er all die Erinnerungen in einer Nische seiner Seele weggesperrt hatte. Er schloss demonstrativ die Augen; am liebsten wäre er wieder eingeschlafen, aber daran war nicht mehr zu denken.

»Ich glaube«, sagte Krücke, »es handelt sich um eine Übertragung.« Er machte eine spannungsfördernde Pause, ehe er weiterdozierte: »Eigentlich müsste es ja Rudolf sein, der vom Krieg träumt, doch da er das nicht tut, übernimmt Edwin diese Aufgabe. Und vom Erdöl träumt Edwin, weil Lothar, der eigentlich davon träumen müsste, nicht davon träumt ...«

»Woher weißt du, was ich träumen müsste«, herrschte der Ihmsche ihn an. »Und überhaupt, was redest du für einen Schwachsinn?«

Das mit dem Schwachsinn sagte er wegen Agnes; sie sollte nicht erfahren, dass er irgendetwas mit Erdöl zu tun hatte. Das fehlte gerade noch. Krücke aber ließ sich nicht beirren: »Krieg und Erdöl stehen natürlich in enger Verbindung, in dialektischer, präzise gesagt …«

»Angeberei«, warf Blutblase ein, brachte mit zwei geübten Handgriffen seine vom Schlafen derangierte Frisur in Ordnung und legte sich zum Weiterschlafen wieder auf den Fußboden. Zu Krückes Verdruss schien Agnes überhaupt nicht zugehört zu haben. Gedankenversunken verließ sie das Haus, setzte sich im Garten des Ihmschen auf die Wiese und strich mit den Händen sanft übers Gras.

Wie Elfriede Schrebnitz einen Aufmarsch hervorruft und Agnes eine Aktion wie nach Plan startet, um sie mit einem anaphylaktischen Schock abzuschließen

Am folgenden Nachmittag atmete der Ihmsche alias der Nickelsche ein paarmal kräftig durch, bevor er die leeren Bierflaschen zum Konsum fuhr. Elfriede Schrebnitz war verpflichtet, die fünf Schubkarren Leergut anzunehmen. »Und der Rücken?«, fragte sie. »Hast du vergessen, dass der eigentlich im Eimer ist?«

Im Eimer... Er stellte sich dieses Bild vor: sein Rücken, ohne den Rest des Körpers, in einem Eimer. Er musste lachen. Ein offensives, entspanntes Lachen, das Elfriede Schrebnitz verblüffte und ihr ein wenig Angst einjagte.

»Dann kannst du ja arbeiten gehen«, sagte sie umso gehässiger. »Ich meine... nicht nur mal 'n paar Stündchen hier im Konsum oder so.«

Gelegentlich, zunehmend selten, hatte er im Konsum geholfen, um nicht als Asozialer denunziert zu werden und Schwierigkeiten mit dem Gesetz zu bekommen. »Ja«, antwortete er, »das werde ich in aller Ruhe überlegen und beschließen.« Es war ohne Zweifel der Nickelsche, der das mit gelassener Souveränität sagte.

Frau Schrebnitz bemühte sich, spöttisch zu grinsen. Es wollte ihr nicht gelingen. Egal. Sie hatte einen Trumpf in der Hand, und es war weiß Gott nicht mehr lange hin, bis sie ihn ausspielen würde.

Kaum hatte der Ihmsche den Konsum verlassen, schloss sie den Laden ab und holte die Briefe der heiratswilligen Frauen unter der Verkaufstheke hervor. Die Briefe bildeten zwei Stapel: Der erste, größere, waren die der Nichteingeladenen; ihre Texte wiesen Rechtschreibfehler auf oder eine unordentliche Handschrift; der zweite hingegen bestand aus sechzehn Briefen, die frei von diesen Makeln waren. Muttsch wollte eine anständige Frau für ihren Sohn, da war sich Elfriede Schrebnitz sicher, und dem würde sie mit aller Sorgfalt nachkommen.

Dass Tante Nickel nicht da war, wunderte sie, aber mehr noch war sie verärgert. Immerhin waren sie seit einer halben Stunde verabredet. Gut, dachte sie, wer nicht will, der soll auch nicht. Vorgestern hatten sie gemeinsam der Postfrau Margarete Simmsig einen Telegrammtext übergeben und die Adressen der sechzehn anständigen Kandidatinnen. *Betrifft: Ihren Brief zum Zwecke Heirat. Übermorgen. Beutenberge. Im Konsum. 18 Uhr.* Elfriede Schrebnitz ging in ihre Wohnung, zog ihr zitronengelbes Kleid an, das sie als junge Frau, wenn sie nach Nauen fuhr, manchmal getragen hatte. Sie freute sich, dass es, weil sie noch dünner war als damals, halbwegs passte, ging zurück in den Konsum, setzte sich auf einen Schemel neben der Verkaufstheke und wartete.

*

Im Hause Ihm indes herrschte eine fast kontemplative Ruhe, wie es Krücke einschätzte. Agnes hatte für alle vorgeschlagen, ausnahmsweise ein Weilchen trocken zu bleiben. Um nicht als Säufer abgestempelt zu werden, hatte der Ihmsche, genauso wie die anderen, zugestimmt. Zum Ausgleich des Flüssigkeitsverlustes hatte er sich ein großes Glas mit Leitungswasser gefüllt, und zum ersten Mal sagte er sich: Wenn dem Wasser tatsächlich Substanzen beigemischt sind, die die Menschen ruhigstellen, ist das womöglich nicht so schlecht. Er legte sich rücklings auf sein Sofa, trank in kleinen Schlucken und beobachtete die Bienen, die sich an der Decke bewegten. Schließlich fragte er sich, nach welcher Logik, sofern es sie gab, sie ihre Wege zurücklegten. Da er auf keine Antwort kam, legte er das Album *Aftermath* von den Stones auf. Ließen sich die Tierchen von der Musik beeinflussen? Er setzte die Nadel auf Titel Nummer vier, *Under My Thumb*, den berühmten Daumen-Song, eines seiner Lieblingslieder, und die Bienen, so schien es ihm, liefen schneller und schneller, als wollten sie vor der Musik davonlaufen.

Währenddessen inspizierte Agnes die Rückwand des Hauses und pochte mit dem Knöchel ihres Zeigefingers an die eine und andere Stelle. Blutblase, Krücke und der kleine Panzer waren ihr nach draußen gefolgt und beobachteten, wie Agnes im Rhythmus der Musik pochte und mit geschlossenen Augen die Melodie summte. Vielleicht, dachte Krücke, stellt sie sich vor, wie der immer kleiner werdende Ihmsche unter ihrem immer größer werdenden Daumen sich mit verzweifelter Lust in einem Tanz wiegt. Auch in Blutblases Vorstellung war der Ihmsche beträchtlich geschrumpft. Und nicht nur das. Mit nach oben gestreckten Armen sprang er in die Höhe, bekam Agnes' Daumen zu fassen, zog sich an ihm hoch und sprintete so schnell, dass er mit bloßem Auge kaum mehr zu sehen war, den Daumen und Handrücken, den Unter- und Oberarm, die Schulter und den Hals hinauf, um im Haardschungel innezuhalten und ein paarmal tief einzuatmen, bevor er sich aus dem blonden Wust herauskatapultierte und bienengleich davonsummte.

Blutblase war selbst beeindruckt von seiner Fantasie, die er sich kaum zugetraut hätte, und hörte ebenso wenig wie der Ihmsche oder Agnes oder Krücke oder der kleine Panzer die Anfahrt der Trabants und Wartburgs, die keine hundert Meter vor dem Konsum hielten.

Den Aufmarsch der Heiratsdamen nannte es Elfriede Schrebnitz. Von den sechzehn Benachrichtigten kamen zwölf; alle pünktlich, zwischen achtzehn Uhr bis achtzehn Uhr zehn. Neun mit dem Auto; darunter eine, die sich von ihrem Vater fahren ließ, der wie ein Chauffeur hinterm Lenkrad sitzen blieb und wartete. Drei mit dem Bus und von der Bushaltestelle zu Fuß vier Kilometer über staubige Feldwege. Kein Wunder, dass eine von den dreien, als ihr Elfriede Schrebnitz die Konsumtür öffnete, sogleich ein Glas Selterswasser erbat.

»Sie gehen ja ran«, sagte Elfriede Schrebnitz mit bewegungslosem Gesicht. Die Frau passte nicht zum Ihmschen, das ahnte sie schon. Zu klug sah sie aus mit ihrer Brille, von der Elfriede aus dem Fernsehen wusste, dass bestimmte junge Leute sie John-Lennon-Brille nannten. Abgesehen davon: zu dürr, picklig an den Armen und im Gesicht. Eigentlich merkwürdig, dachte sie, dass sie das Dürre abstoßend fand. Dürr war sie selbst und wollte auch nicht dicker sein. Seltsam.

Wie die anderen Frauen, die schon da waren oder noch kamen, musste die Brillenfrau ihren Namen und ihren Wohnort auf einen DIN-A-4-Zettel schreiben, der eigens dafür auf der Theke bereitlag: Susanne Gillwich, Premnitz... Als alle zwölf Namen und Wohnorte auf dem Zettel verzeichnet waren, faltete die Konsumchefin ihn zusammen und ließ ihn in der Seitentasche ihres Kleides verschwinden. »So«, sagte sie, und ihr Blick ging von einer Frau zur nächsten – alle Anfang, Mitte dreißig, alle befremdet, zumindest irritiert, gleichwohl vorfreudig gespannt –, bis Jutta Weber sagte: »Was heißt hier so?«

Jutta Weber, die sich eigentlich in Berlin hatte treffen wollen: fünfunddreißig Jahre alt, zwei Kinder, geradewegs mit einem Trabant 601, den sie sich von ihrem Bruder ausgeliehen hatte, aus Pasewalk gekommen. Elfriede Schrebnitz starrte sie an, wieder mit bewegungslosem Gesicht, das Kälte und Macht ausstrahlen sollte, wie es sich für die Herrin in solch einer Situation gehörte. So hatte sie es sich ausgemalt, seitdem die Annonce in der Welt war: Sie steht vor den heiratswilligen Frauen und befragt sie knapp und sachlich zu ihren Vorstellungen von einem Mann, mit dem sie ihr weiteres Leben verbringen wollen. Vielleicht macht sie Notizen hinter den Namen auf dem Zettel, vielleicht kann sie sich aber auch die wesentlichen Informationen merken. Jedenfalls wählt sie schließlich drei Frauen aus, von denen sie den Eindruck hat, sie würden es mit einer Lusche wie dem Ihmschen halbwegs aushalten. Dann die zweite Stufe: In seinem Haus präsentieren sich die drei Kandidatinnen, indem sie ihre Wünsche und Anforderungen erörtern; der Ihmsche, nachdem er den Schock dieser unerwarteten Konfrontation überwunden hat, tut das Gleiche, wobei Elfriede – davon geht sie aus – ihm die eine und andere Hilfestellung leisten muss. Letztlich ist alles ganz einfach: Die neue Frau soll und muss so sein wie Muttsch. Daran ist der Ihmsche gewöhnt; mit einer wie Muttsch weiß er, woran er ist.

»Wir sind nicht wegen Ihnen gekommen«, sagte Jutta Weber, und die anderen Frauen pflichteten ihr bei. Eine Schwarzhaarige mit großer Nase fragte scharfzüngig: »Wann kommt denn nun der Prinz? Wo ist er denn?«

Es handelte sich um Gertraut Helbig. Ausgerechnet die, dachte Elfriede Schrebnitz und erinnerte sich genau an die

Worte aus ihrem Brief: ...*Eine liebe Frau – ja, die haben Sie verdient... Genau diese Frau könnte ich sein... Es ist schöner, sich direkt in die Augen zu schauen, um die Gefühle sprechen zu lassen.*

»Sind Sie etwa eine Prinzessin?«, hielt Elfriede Schrebnitz dagegen. Die Frauen lachten, aber nicht über Gertraut Helbig. Und Gertraut Helbig lachte am längsten, dröhnend und voller Spott.

Elfriede Schrebnitz spürte, wie ihr schwindlig wurde. Sie stützte sich mit der Hand auf der Theke ab. Alles, was sie an Macht empfunden hatte, entglitt ihr. Lachte man darüber, dass sie sich die Rolle der Kupplerin anmaßte? Oder hatte man sie gar als Lesbe erkannt, die sich vor ein paar jungen Frauen aufspielte? Könnte sie doch nur einmal mit einem dieser jungen Dinger tun, was sie sich wünschte zu tun... Sie errötete, und sie hätte sich nicht gewundert, wenn man sie mit Worten belegt hätte, die man gemeinhin für Frauen parat hatte, die sich nichts aus Kerlen machten: Homo-Weib, kesser Vater, vom andern Ufer... Aber nichts dergleichen wurde gesagt. Stattdessen ging die picklige Frau aus Premnitz hinter die Theke und kam mit zwei Armen voll Seltersflaschen zurück. Die Heiratsanwärterinnen klatschten, Gertraut Helbig johlte sogar. Sie tranken und wollten, wie es Elfriede schien, sich nicht einmal mehr die Mühe machen, über sie zu lachen.

Schließlich sagte Jutta Weber: »So, jetzt gehen wir da hin, Talweg 4«, und ohne darüber auch nur eine Sekunde zu diskutieren, zogen die zwölf Frauen los.

*

Die LP war zu Ende; der Ihmsche hätte eine neue aufgelegt, wenn er nicht trotz der Bienenbeobachtung auf seinem Sofa eingeschlafen wäre. Blutblase und Krücke waren inzwischen wieder einmal in Streit geraten: Sollte man *Aftermath* einfach und direkt mit *Nachwirkungen* übersetzen, wie Blutblase es tat, sehr zum Erstaunen von Krücke, der ihm so viel Englischkenntnis nicht zugetraut hatte, oder aber dem Sinn nach mit *Scherbenhaufen*, wie Krücke behauptete. Dem kleinen Panzer war das vollkommen egal; er schaute verstohlen zu Agnes, die sich auf die Wiese gelegt hatte, genüsslich räkelte und dabei ihre üppigen schweißnassen Haarbüschel unter den Achseln darbot. Er merkte, dass es für ihn nicht zu spät war, eine Frau zu begehren, und genoss diese Vermutung.

»Hallo, Herr Ihm«... »Wo sind Sie?«... »Herr Ihm, wo stecken Sie denn?« ... »Hallo, Lothar Ihm ...« Die Rufe der Frauen wurden lauter. »Talweg, Nummer 4, hier ist es«, rief Jutta Weber aus, und die kleine dralle Gabi Schmidt aus Neustrelitz, die in ihrem Brief betont hatte, dass sie noch im gebärfähigen Alter sei, erblickte die demolierte Eingangstür. »Oh, wir sind anscheinend nicht die Ersten«, stellte sie fest.

Wie recht sie hatte, wurde ihr klar, als Agnes um die Hausecke bog. Agnes, in hautenger Lederhose, weißem T-Shirt und mit wild summenden Bienen in der Haartracht. »Guten Tag, meine Damen, herzlich willkommen. Und schön, Sie kennenzulernen. Aber der Drops ist leider gelutscht, wenn Sie verstehen, was ich meine.«

Nicht alle Frauen kannten diesen Spruch, doch alle konnten sich denken, was mit ihm gemeint war. »Ja, aber... wo ist Lothar Ihm?«, fragte Jutta Weber.

»Ja, wo ist ein Mensch, wenn er gerade irgendwo ist?« Agnes' Gegenfrage hörte sich genauso kryptisch an, wie sie gemeint war. Sie empfand ein gewisses Vergnügen beim Anblick der verunsicherten Frauen.

Gertraut Helbig wagte die Flucht nach vorn. »Lothar Ihm! Wo bist du?« Es hörte sich an, als wäre er eine Geisel, die endlich den Mut haben sollte, einen Mucks von sich zu geben. Da nichts geschah, ging sie hinters Haus. Agnes und die anderen Frauen folgten ihr.

Blutblase, Krücke und der kleine Panzer waren aufgestanden. »Wer von euch ist Lothar Ihm?«, fragte Gabi Schmidt und meinte in ihrer Aufregung auch den kleinen Panzer, dem schwerlich zuzutrauen war, erst fünfunddreißig Jahre alt zu sein. Während Blutblase sich fast mit einem *Ich bin's* gemeldet hätte und über den frechen Gedanken staunte, erwiderte Krücke, dass niemand, absolut niemand Lothar Ihm sei.

Diese Antwort irritierte die Frauen aufs Neue. Jutta Weber ließ ihren Blick über den Teil des Daches schweifen, der vom Brand zerstört worden war. »So wie das Haus aussieht«, stellte sie fest, »scheint hier keiner zu wohnen.«

»Wo wohnt er stattdessen?«... »Gibt's ihn überhaupt?« ... »Will uns hier jemand verarschen?«... Die Kette der Fragen endete mit einem Ausruf von Gertraut Helbig: »Scheiße, verdammt, die haben uns hierhergelockt, um sich über uns kaputtzulachen.«

Wer sollen *die* sein, fragten sich Blutblase, Krücke, der kleine Panzer und auch Agnes. Außerdem: Niemand lachte, nicht eine Spur. »Reden Sie nicht so einen Unfug«, entgegnete Agnes. »Machen Sie sich vom Acker. Hier gibt's, wie ich bereits sagte, nichts mehr zu holen.«

»Das entscheiden wir selbst«, rief ausgerechnet die dürre, picklige Susanne Gillwich, und Agnes dachte: Was für eine Angriffslust... typisch Weibergruppe. Zusammen will man stark sein.

Sie fragte sich, ob die Gruppendynamik schon eine Hierarchie hervorgebracht hatte und wie die aussehen könnte, doch bevor sie zu einer Antwort gelangt war, schrien Gertraut Helbig und Jutta Weber gleichzeitig auf, fassten sich an ihre Hälse und versuchten, ihre schmerzverzerrten Gesichter unter Kontrolle zu bringen.

Sowohl Krücke als auch Blutblase hatten deutlich gesehen, wie sich zwei Bienen aus Agnes' Kopfhaaren gelöst und schnurstracks ihre Ziele angesteuert hatten. Eine Aktion wie nach Absprache, wie nach Plan. Beeindruckend, beängstigend.

»Bienenstiche«, konstatierte Agnes in aller Ruhe. »Und falls Sie das nicht wissen sollten« – sie sprach nicht nur zu den beiden betroffenen, sondern zu allen Frauen – »im Gegensatz zu Ihnen überleben die Tiere diesen Stich nicht. Eine Ungerechtigkeit der Natur, aber so ist es eben. Der Bienenstachel ist mit Widerhaken ausgestattet, die nach dem Stich in der Haut steckenbleiben. Wenn die Biene ihren Stachel herausziehen will, reißt der ganze Stachelapparat ab, und die Biene stirbt daran.«

Ursula Benrath, Kinderkrankenschwester aus Magdeburg, inspizierte die beiden Einstichstellen, konnte aber nichts entdecken, was auf einen sogenannten Stachelapparat oder wenigstens einen Widerhaken hingedeutet hätte.

»Manchmal allerdings«, erklärte Agnes, »ist es so, dass die Bienen nichts verlieren und am Leben bleiben. In dem Fall starten sie ihren nächsten Angriff. Auf dieselben Objekte.«

Die beiden Gestochenen brauchten keine drei Sekunden, um zu beschließen, diesen dubiosen Ort sofort zu verlassen. Ihnen folgten wortlos, jedoch nicht minder verängstigt sechs weitere Anwärterinnen. Blieben noch vier, aus Unentschiedenheit, Neugierde... Eine von ihnen, Gabi Schmidt, wollte nicht lockerlassen: »Wer von euch ist denn nun Lothar Ihm?«

Agnes mochte keinesfalls verraten, dass er im Haus war; es ging ihr nur noch darum, auch den letzten Teil der Konkurrenz loszuwerden: »Er liegt im Krankenhaus … könnte sein, dass er nicht überlebt. Ist gestern von mehreren Bienen gestochen worden. Die Stiche haben einen anaphylaktischen Schock ausgelöst. Dadurch kam es zu einem Blutdruckabfall und dementsprechend zu einer verminderten Durchblutung lebenswichtiger Organe. Es war knapp, sehr knapp …«

Die verbliebenen Frauen wussten nicht, ob sie das glauben sollten, aber die Riesenfrau kam ihnen immer unheimlicher vor. Am Ende, dachte Gabi Schmidt, ist Lothar Ihm der besagte Drops, der in diesem Sinne gelutscht worden war. Um einen halbwegs lässigen Abgang bemüht, sagte sie, dass sich der Ärmste, wenn er wieder gesund und dann noch in der Lage sei, ja einfach mal melden könne …

»Nein«, rief Agnes den vier Frauen hinterher, und es hätte nicht unmissverständlicher klingen können, »das wird er nicht tun.«

Wie der Ihmsche mit einem Vorschlaghammer brilliert, Agnes eine Königin küsst und Tante Nickel zu Lebensmut findet

Als der Ihmsche aufwachte, war die Abenddämmerung angebrochen. Irgendetwas hatte er gehört. Waren es Stimmen, die er nicht kannte? Und vor allem: Wie hatte er nur einschlafen können? War er nicht mehr Herr seines Willens, oder war das Leitungswasser schuld? Der Nickelsche, dachte er und rollte sich vom Sofa, sollte vielleicht ein Bienenkenner werden. Möglicherweise gab es Bücher, in denen etwas über das Verhältnis der Tierchen zu Musik oder sogar Rockmusik stand. Waren die Drohnen musikalischer als die Arbeiterinnen, und wie sah es mit der Königin aus? Konnte sie sich am besten bewegen? Oder eher nur mit Mühe? Schließlich war sie die schwerste Biene ihres Volkes. Er sollte, sagte er sich, einfach mal nach Nauen fahren und die Bibliothek besuchen.

Seltsamerweise war keine Biene mehr da, nicht unterm Sofa, nicht unterm Kleiderschrank, in keiner Ecke des Zimmers. Den Ihmschen zog es in die Küche. Dort in der Speisekammer standen noch ein paar Flaschen Schultheiß-Bier. Warum sollte er noch länger auf sein geliebtes Getränk verzichten, wenn das Leitungswasser verseucht war? Er öffnete eine Flasche und trank sie mit feierlicher Gier in einem Zug aus. Darauf nahm er sich die nächste und ging mit ihr hinters Haus.

»Wie konntest du nur das Ereignis des Sommers verpassen?«, rief ihm Blutblase zu. Er hatte sich diese Frage zurechtgelegt, obgleich ihm natürlich klar war, dass sie eine Herabwürdigung von Muttschs Tod darstellte, der unzweifelhaft das Ereignis Nummer eins war. Selbst der Bienenvertreibungsversuch und Agnes' Besuch kamen da erst an zweiter und dritter Stelle.

»Hast du Angst gehabt rauszukommen?«, hakte Krücke nach.

»Hab geschlafen. Was für ein Ereignis?«

»Den Aufmarsch der Heiratsdamen«, sagte Blutblase.

»Nein«, entfuhr es dem Ihmschen.

»Agnes hat sie vertrieben«, verriet der kleine Panzer. Er war stolz auf sie, und er fragte sich, ob das ein Zeichen von Verliebtheit war.

Der Ihmsche mochte sich lieber nicht vorstellen, wie eine Konfrontation mit den Heiratsdamen verlaufen wäre. Um nicht als Feigling dazustehen, sagte er: »Warum habt ihr mich nicht geweckt?«

»Du hast nur deshalb geschlafen«, meldete sich Agnes zu Wort, »weil du vorausgeahnt hast, was auf dich zukommt. Dem wolltest du aus dem Weg gehen. Konfliktscheu, wie du bist.« Das hatte wieder gesessen. »Statt offensiv dein Leben zu leben, greifst du zur Flasche und säufst den lieben langen Tag.«

»Ich saufe nicht den lieben langen Tag«, hielt er dagegen, aber ihm war klar, dass es ein wirkungsloser Versuch war, ihr Einhalt zu gebieten. Wie hatte sie gestern noch gesagt? *Das also... das ist also dein Leben, ja?* Nein, diesmal rannte er nicht weg. »Ich saufe so viel, wie ich will«, erwiderte er, und obwohl ihm der Trotz in seiner Stimme lächerlich vorkam, redete er weiter: »Hab ich nämlich immer schon, und so bleibt es auch.«

»Ja, so bleibt es auch.« Agnes nickte mit einem Ausdruck von Resignation; umso vehementer fuhr sie fort: »Du lässt deine Haustür eintreten, du lässt mich das Zimmer deiner Mutter besetzen, und vor allem tust du nicht das Mindeste gegen die Unmengen von Bienen, die du eigentlich vertreiben willst... Oder: töten! Ist das nicht so?«

»Ich habe ...«

»Ach, du hast«, unterbrach ihn Agnes. »Du hast überhaupt nichts. Alle in dieser Kacksiedlung zerreißen sich die Mäuler über deine lächerliche Feuer-Aktion.«

Das war der nächste Schlag. Obendrein sah und hörte er plötzlich die schwangere Magda, die sich erdreistet hatte, aufs Grundstück und hinters Haus zu kommen, Frau Grünlich und deren Schäferhunde im Schlepptau. »Die Bienen sind ja immer noch da«, rief sie. »Und werden immer mehr... Wenn meine Zuckerwasserflaschen noch stehen würden, wäre keine Biene mehr da. Keine!«

Tatsächlich schwirrten in der Hitze des Abends so viele Bienen vor, neben, hinterm und überm Ihmschen wie nie zuvor. Er fühlte sich bloßgestellt, lächerlich gemacht. Er trank die Bierflasche leer, warf sie der schwangeren Magda vor die Füße, und während er in den Schuppen ging, hörte er Magdas spöttischen Ruf: »Das kannst du... mit Flaschen werfen« und Agnes' Kommentar: »Wenigstens etwas... ist doch mal ein Anfang.«

Mit einem Vorschlaghammer kam er zurück. Den Hammer vor der Brust ging er zum Loch in der Wand; nach wie vor war es keinen Millimeter größer geworden. Er hieb auf das Loch ein; *er* war es nun, der es vergrößerte. Wieso nur hatte er es bislang nicht getan? Einen Brocken nach dem andern vom dreckig grauen Kratzputz schlug er aus der Wand, und als er eine Fläche von über einem Quadratmeter freigeschlagen hatte, prügelte er mit dem Hammer auf die honigtriefenden Waben ein, die unter dem Putz zum Vorschein gekommen waren.

Scharen von Bienen flüchteten aus den zerborstenen Waben, während der Ihmsche sich wunderte, dass keine, keine einzige ihn angriff oder zumindest umschwirrte. So kraftstrotzend er sich fühlte, röhrte er wie Joe Cocker, als der in Woodstock *With a Little Help from My Friends* gesungen hatte, und sein Röhren war lauter, viel lauter als das immer eindringlicher werdende Summen der Bienen.

»Kannst um dich schlagen, so viel du willst«, rief Agnes. »Bringt dir nichts. Musst die Königin finden, die Königin des Volkes. Sonst kommen alle wieder, alle.«

Kaum hatte sie es gesagt, kamen die ersten Bienen tatsächlich zurück, wohlgeordnet in Gruppen und Grüppchen. Sie schnupperten an den Wabenruinen, krabbelten umher, auf der Suche nach ihrer Königin, von der sie Anweisungen erhofften oder Befehle gar, wie im Krieg.

Der Ihmsche schlug weiter. Woher kommt nur die Kraft, fragte er sich. Als müsste sie ausreichen, um die ganze Welt einzuschlagen. Aber gut, erstmal die Wand, die Rückwand dieses Hauses, in dem er lange, viel zu lange mit Muttsch zusammengelebt hatte. Mehr und mehr Bienenwaben kamen zum Vorschein, und Agnes rief: »Die Königin… vergiss nicht, die Königin zu suchen!«

»Lass mich in Ruh«, antwortete der Ihmsche zwischen zwei Schlägen, und dann ließ er sich hinreißen, etwas hinzuzufügen, das ihm, schon als er es sagte, peinlich war: »Du bist nicht meine Mutter …«

»Nein, das bin ich nicht«, entgegnete Agnes mit einer

Ernsthaftigkeit, die nicht hätte größer sein können. »Du wirst sehen, was ich bin. Wart nur ab.«

In diesem Moment schlug der Ihmsche derart heftig gegen die Wand, dass ein Stück aus ihr herausbrach und er durch ein Loch von über dreißig Zentimetern Durchmesser in sein Zimmer schauen konnte. »Großartig«, lobte Agnes, und einige der Siedlungsbewohner – bis auf Elfriede Schrebnitz und Tante Nickel waren alle inzwischen da – stimmten in den Jubel ein: »Großartig«, so Klaus Kabich; »wundervoll«, Max Schäfer; »unglaublich, nicht zu fassen«, Annelene Tormann... Blutblase, Krücke und auch der Ihmsche starrten nur wie gebannt auf das Loch. Auf einmal sah der Ihmsche vor seinen Füßen eine Biene liegen, und diese Biene war größer als alle anderen. Besonders der Hinterleib war auffällig lang und breit. Das muss, dachte er, die Königin sein. Ohnmächtig oder tot, vollkommen ungeschützt, die Ärmste. Wo war ihr Volk, nun, da sie es brauchte? Gab es nicht die unbedingte Bienenpflicht, die Königin zu retten?

Agnes kam herangeeilt, nahm das Tier zwischen Daumen und Zeigefinger der rechten Hand, legte es auf den Handteller der linken und führte die bewegungslose Königin dicht an ihren Mund heran, sodass der Ihmsche für einen Moment dachte, sie würde die Herrscherin verspeisen: eine spezielle Art von Liebesakt oder Beerdigung oder beides in einem. Der Gedanke entsetzte ihn, und er konnte sich nicht erklären, wie er in seinen Kopf gekommen war.

Mit ihren Lippen berührte Agnes die Königin, fünf lange Sekunden, wie der Ihmsche trotz oder gerade wegen seiner Verblüffung zählte. Dann zuckte der Leib der Königin, sie spreizte ihre Flügel und flog los, schnurstracks über das lädierte Haus hinweg, in einer Geschwindigkeit, die der Ihmsche diesem riesigen Bienenexemplar nicht zugetraut hätte. Und gleich darauf des Wunders zweiter Teil: Aus den noch nicht zerstörten Waben, aus Agnes' wallender Mähne und aus allen Ecken des Gartens kamen unzählige Untergebene herbei, formierten sich zu einem kolossalen dunklen Schwarm, der die knapp überm Horizont stehende Sonne verdeckte und den Abend zur Nacht machte, bis der Schwarm loszog, mit einem dröhnenden Surren, seiner Königin folgend über das Haus des Ihmschen, das inzwischen sowohl von vorn als auch von hinten ein offenes Haus war.

»So«, sagte Agnes, »jetzt kannst du dir Steine besorgen und Mörtel, und dann mauerst du die Wand wieder zu. Und wenn du damit fertig bist, legst du deine Putzkelle nicht etwa weg, sondern verputzt die Wand. Wie der Weltmeister, der du warst und heute noch bist. Mit deinem Bolschoi-Wurf, den kein Mensch auf dieser Erde so gut beherrscht wie du. Davon sind wir alle hier überzeugt, oder?«

Der Ihmsche schaute sich verängstigt um. Zwar hatte er gelegentlich vom Bolschoi-Wurf erzählt, aber von einer Meisterschaft war nie die Rede gewesen. Trotzdem war niemand unter den Zuschauern, der nicht mimisch zustimmte oder sogar ein »Ja« murmelte. Blutblase und Krücke sagten, um sich als Freunde herauszuheben: »Selbstverständlich« und »Klarer Fall«. Dabei wussten sie, dass der Ihmsche überhaupt keine Putzkelle mehr besaß. Als würde das auch die schwangere Magda wissen und als hätte die Vorschlaghammeraktion sie nicht im Mindesten beeindruckt, rief sie: »Das glaub ich nicht, dass er das noch kann.« Und Frau Grünlich packte die Gelegenheit beim Schopf und legte ihrerseits nach: »Was er kann, ist Frauen beleidigen. Mich hat er Fotze genannt.«

Agnes hob die Hand und sagte: »Was wollt ihr? Meint ihr,

dass wir jetzt eine Party feiern? Das *war* die Party. Jetzt ist Feierabend. Zurück in eure Waben und immer schön fleißig. Eure Königin legt sich jetzt hin und fliegt in ihre Träume.«

Auch dies ein Wunder: Ohne die geringste Widerrede verließen die Siedlungsbewohner den Garten und gingen nach Hause. Agnes legte sich auf die Hollywoodschaukel, schloss die Augen und wartete darauf loszufliegen. Der Ihmsche holte aus der Speisekammer drei Bier: für sich und seine beiden Freunde, die, wie sie bekundeten, infolge all der Unglaublichkeiten einen äußerst trockenen Hals hatten.

Bevor sie, am Küchentisch sitzend, den ersten Schluck nahmen, stand Elfriede Schrebnitz in der Tür. Sie trug nach wie vor ihr zitronengelbes Kleid und verzog keine Miene, als sie seltsam feierlich sagte: »Tante Nickel will sterben. Diesmal aber wirklich.« Sie schaute den Ihmschen an, und als der nicht begreifen wollte, wozu er aufgefordert war, sagte sie: »Los, komm mit.«

*

Tante Nickel lag in ihrem Bett, trotz der Hitze zugedeckt bis zum Hals, die Augen im Bernhardinergesicht weit geöffnet. Vielleicht sind sie so weit geöffnet, dachte der Ihmsche, weil sie bald für alle Ewigkeit geschlossen sein werden. Er spürte einen Kloß im Hals und hatte Angst, losheulen zu müssen.

»Hab ja immer alles falsch gemacht«, sagte sie, »jetzt muss ich dafür die Rechnung bezahlen.«

Der Ihmsche wollte widersprechen, aber es erschien ihm respektlos. Elfriede Schrebnitz stieß ihn mit dem Ellenbogen in die Seite. »Lass sie ausreden.«

»Immer alles falsch«, wiederholte Tante Nickel. »Warum

zum Beispiel habe ich dir geraten, die Bienen auszuräuchern? Mit Teer, meine Güte! Als ob die armen Tierchen irgendjemandem etwas getan hätten. Wir Menschen brauchen sie doch. Wenn's so weitergeht, wird's bald keine Bienen mehr geben. Und dann auch keine Menschen… Ach, Muttsch… Wenn ich bei ihr sein werde, ist sie wenigstens nicht mehr allein.«

Das war das Stichwort für Elfriede Schrebnitz. »Wenn du bei ihr bist, bin ich allein.«

»Du bist sowieso allein«, entgegnete Tante Nickel.

Darauf hatte Elfriede Schrebnitz keine Antwort parat. Und deshalb stieß sie den Ihmschen erneut in die Seite. »Erklär ihr bitte, dass eigentlich sie deine Mutter sein müsste.«

»Eigentlich«, sagte er, und ihm war klar, dass es jetzt einzig und allein darauf ankam, Tante Nickel am Leben zu halten, »eigentlich müsstest du meine Mutter sein. Weil du in meinen Vater verliebt warst. Hätte er dir ein Kind gemacht, wäre er bestimmt nicht im Krieg gefallen.«

Tante Nickel hob ihren Kopf ein klein wenig vom Kissen, starrte den Ihmschen an und sagte: »Da hast du recht. Mein Gott, du hast ja recht.«

Es schien mindestens ungewohnt für sie, dass er recht hatte. Sie ließ ihren Kopf wieder aufs Kissen sinken, und auf einmal trauten sowohl der Ihmsche als auch Elfriede Schrebnitz ihren Augen nicht: Tante Nickel lächelte. Durch das Lächeln wirkte ihr Bernhardinergesicht noch zerknitterter als sonst, aber ihre Augen strahlten. »Mein Junge«, sagte sie, »dein Vater, Egon… Nach dem Krieg, da hätte er wieder Erdöl gefunden. Und dieses Mal wäre es nicht verschwunden… und unserer Siedlung wäre es gut gegangen… Und du… vielleicht hast du ja wirklich was gefunden… und ziehst wieder los …« Der Ihmsche traute seinen Ohren nicht. »Ach was«, sie hielt inne und schaute wieder sorgenvoll, »es ist nicht nett gegenüber Muttsch, dass du mein Sohn bist.«

Der Ihmsche musste überlegen. Doch diesmal hatte Elfriede Schrebnitz eine Antwort: »Muttsch war auch nicht immer nett zu uns. Außerdem haben wir genug damit zu tun, zu den Lebenden nett zu sein.«

Die Konsumchefin und nett – das war eine gewöhnungsbedürftige Verbindung. Tante Nickel nickte zustimmend, und ihr Nicken ließ keinen Zweifel daran, dass sie weiterleben wollte.

Unterdessen trat Agnes ins Zimmer. Sie gähnte, gähnte noch einmal und schüttelte sich, um richtig wach zu werden. »Mann oh Mann, hab ich ein Zeug geträumt.« Sie wandte sich an Tante Nickel. »Hab geträumt, du würdest sterben wollen. Ist das so, oder habe ich falsch geträumt?«

»Wie kann man denn falsch träumen«, erwiderte der Ihmsche in der beherzten Rolle des Nickelschen.

Das leuchtete nicht nur Agnes ein, sondern vor allem auch seiner neuen Mutter. Sie setzte sich im Bett auf und atmete tief ein und aus. »Lothar, mein Junge«, sagte sie, »kannst du mir bitte die Vita Cola aus dem Kühlschrank bringen?«

Im Moment war für den Ihmschen nichts feierlicher, als genau das zu tun.

Wie Krücke von seinem Verhängnis erzählt und auf dem Friedhof die Verbindung von Kiffen und Schierker Feuerstein geprüft wird

Tante Nickels erste Bewährungsprobe als Mutter war der Geburtstag des Ihmschen. Er hatte gehofft, dass nach den unglaublichen Ereignissen der letzten Wochen niemand daran denken würde. Aber nein: Am frühen Morgen – es war noch keine sieben Uhr – steckte Blutblase seinen Kopf durch das Loch in der Wand und stellte unter Beweis, dass er den Joe-Cocker-Schrei aus *With a Little Help from My Friends* ebenfalls beherrschte. Der Ihmsche schrak auf. Er hätte sich fürs Weiterschlafen entschieden, wenn seine Gäste nicht bereits auf ihn gewartet hätten.

Zehn Minuten später saß er gewaschen und gekämmt, mit dunkelgrauer Popeline-Hose und seinem einzigen weißen Hemd am Küchentisch. Tante Nickel goss ihm Tchibo-Kaffee ein, den Krücke vor ein paar Monaten mitgebracht hatte, um Muttsch gewogen zu stimmen. Tante Nickel bestand darauf, die anderen zu bedienen: Sie hatte einen Sandkuchen gebacken und in fünfunddreißig Scheiben geschnitten. »Fünfunddreißig, was für ein schönes Alter«, sagte sie in die Runde.

Agnes, deren Brüste im hellrosa Unterhemd einen respektablen Schatten über den Tisch legten, schlürfte ihren Kaffee und fragte, an Krücke und Blutblase gewandt: »Warum habt ihr eigentlich keine Frau?«

Der Ihmsche war erleichtert, dass sie nicht ihn ins Visier

nahm, und hoffte, dass es auch so blieb. Und Blutblase war schon der Gedanke an eine Antwort unangenehm. Sollte er von seinem einzigen Urlaub und seiner energischen Reisepartnerin erzählen, die am liebsten sein ganzes Leben in ihre Hände genommen hätte und als Kostprobe verlangt hatte, dass er sich nicht mehr mit seinen beiden versoffenen Kumpels traf? Außer ihr hatte er nur ein paar zufällige Sexbekanntschaften gehabt, nach Rockkonzerten oder Diskobesuchen, kaum erinnerungswürdig. Krücke dagegen fragte sich, ob er von seinem Verhängnis erzählen sollte. Warum eigentlich nicht, und wenn, warum nicht jetzt? Dass Tante Nickel und vor allem die gehässige Konsumchefin dabei waren, sollte ihn nicht kümmern. Und Agnes? Was an Unglaublichem war von ihr noch zu erwarten?

Blutblase sah dem Freund an, dass er mit sich rang, und überlegte, ob er nicht selbst aktiv werden sollte. Bei mir ist die Richtige noch nicht gekommen, könnte er sagen und dabei unmissverständlich zu Agnes schauen, doch bevor er auch nur ein Wort herausbekam, begann Krücke: »Eines Tages, 1968«, redete er drauf los und hoffte, bloß nicht den Faden zu verlieren, »als so viel passierte, in der ganzen Welt, politisch und so weiter… da fragte ich mich: Was passiert eigentlich in deinem eigenen kleinen Leben? Nichts! Außer täglich die Arbeit im Tiefbau und abends um die Häuser ziehen… Und so sah ich auch aus, 'n wandelndes Bierfass …« Er schaute vor sich auf den Tisch und fühlte sich wie bei einer Beichte. »Wollte raus aus dem Schlamassel, setzte 'ne Heiratsannonce in die Zeitung, hundert Prozent ehrlich: *Wandelndes Bierfass, das bald überläuft, möchte in den rettenden Hafen einer liebevollen Beziehung…* Eine Zuschrift bekam ich, eine einzige… Luise hieß sie, war genauso alt wie ich, dreiundzwanzig… lebte in Hennigsdorf, bedankte sich für meine Offenheit... schrieb, dass sie ebenfalls ein absolut ehrlicher und offener Mensch sei, der sich nichts sehnlicher wünsche als eine eheliche Zweisamkeit, in der es ja nicht nur um Gutes und Schönes geht, sondern auch um Opfer und das absolute Bereitsein für den anderen. So schrieb sie es, genau so... Ich wartete im Café auf sie, am Bahnhof von Hennigsdorf. Und wie sie das Café betrat, zog sie das rechte Bein nach, und als sie sich an meinen Tisch setzte, streckte sie das Bein weit von sich, als würde sie es sich besonders bequem machen wollen. Und mir... wurde klar, dass es sich nicht um ein Bein, sondern um eine Prothese handelte.« Er versuchte, seiner Verblüffung von damals mimisch Ausdruck zu verleihen: Nickte vor sich hin, atmete schwer aus. »In ihrem Brief hatte sie kein Wort dazu geschrieben, nicht eine Silbe. Wie konnte sie von sich behaupten, absolut offen und ehrlich zu sein, und so etwas verschweigen?« Auch mit dieser Frage schaute er niemanden an, obwohl er sich am liebsten direkt an Agnes gewandt hätte. Ihr war eine Erklärung zuzutrauen; ihr war ja mittlerweile alles Mögliche zuzutrauen. »Und dann fragte mich Luise, was ich mir, wenn ich einen Wunsch frei hätte, wünschen würde. Gesundheit, wollte ich antworten, doch das, dachte ich, könnte sie als fiese Anspielung auf ihre Prothese verstehen. Deshalb sagte ich: 'n paar Platten, die würde ich mir wünschen: Beatles, Kinks, Stones... Gibt's ja leider nur im Westen, aber wäre mein größter Wunsch... Und sie? Wirkte auf einmal seltsam abwesend, irritiert. Sagte, sie müsse mal, stand auf und hinkte zur Toilette. Und ich? Spürte Blicke auf mich gerichtet, hunderte Blicke, obwohl überhaupt nicht so viele Leute in dem Café waren. Neugierige, spöttische Blicke... Stand auf... rannte auf die Straße, auf den Fahrdamm. Hörte das Quietschen von

Bremsen und dann nichts mehr. Paar Tage später kam mich Luise im Krankenhaus besuchen. Erzählte, dass mich 'n LKW auf die andere Seite des Fahrdamms geschleudert hatte, wo ein PKW, Trabant, genauer gesagt, über mein Bein fuhr. Luise hatte sich auf der Toilette geschminkt, dabei aus'm Fenster geguckt und alles gesehen... Am nächsten Tag kam sie wieder ins Krankenhaus, brachte Kaffee und Kuchen mit... sagte, dass sie zum Glück ihre behindertengerechte Wohnung habe, in der sowieso viel Platz sei. Und ich? Keine Antwort, kein Wort. Als sie fort war, flehte ich den Oberarzt an, mich zu verlegen, weit weg, und keine Info an irgendwen. So kam es, und Luise war ich los ...«

Krücke wirkte so erschöpft, dass der Ihmsche ihm am liebsten eine Flasche Bier geholt hätte. Aber das verkniff er sich.

»Du vermisst sie«, stellte Agnes fest. »Das habe ich eindeutig herausgehört.«

Wie ertappt hob Krücke seinen Blick und schaute sie an.

»Schreib ihr einen Brief«, sagte Agnes. »Oder fahr gleich nach Hennigsdorf. Such sie. Gesteh ihr deine Liebe.«

»Es ist elf Jahre her«, wandte Krücke ein. »Eine Ewigkeit.«

Agnes fragte sich, ab wann etwas eine Ewigkeit ist. Oder ob es sich bei der Ewigkeit sowieso nur um etwas Gefühltes handelt. Blutblase war unterdessen ein Stück an sie herangerückt. Ihr Schweiß roch in einer leicht modrigen Art nach einer Mischung aus Pfeffer und Vanille, und das bemerkt zu haben, betörte ihn noch mehr. Er sah seine Chance gekommen, etwas zu tun, das er längst hatte tun wollen: Agnes berühren. Wenn sie es nicht als erotisches Zeichen verstand, konnte es wenigstens als freundliche Beruhigungsgeste gelten. Wie zufällig streifte seine Hand ihren Arm; sie registrierte es mit lächelndem

Wohlwollen und bewegte den Arm ein paar Zentimeter in Richtung Blutblase.

Der Ihmsche sah es und fragte sich, wie es sich anfühlen müsste, wenn er eifersüchtig wäre. Warum, dachte er, sollte er es seinem Freund nicht gönnen, mit ihr etwas... er suchte nach einem passenden Wort, aber ihm fiel keines ein. Etwas anzufangen, dachte er, um den Gedanken zu Ende zu bringen. Und auch Krücke gönnte er es. Damit er über diese seltsame Frau namens Luise hinwegkäme. Zugleich machte es ihn traurig: War er liebesunfähig? Hatte er keine Gefühle oder zumindest Interessen in dieser Hinsicht?

»Nun erzähl *du* mal«, mischte sich Tante Nickel ins Geschehen und stieß den Ihmschen an.

»Hab nichts zu erzählen«, hörte er sich sagen.

»Doch, hast du«, entgegnete Tante Nickel und war in ihrem Elan nicht wiederzuerkennen. »In dem Jahr nämlich, in dem dein Freund sein Bein loswurde, nur ein paar Wochen später, da hast du Erdöl gesucht. Du hast als guter Sohn die Tradition fortgesetzt.«

Und wieder glaubte der Ihmsche, nicht recht gehört zu haben. Noch vor Kurzem hatte sie ihm Erdölwahn vorgeworfen. Dann hatte sie es für möglich gehalten, dass er Erdöl gefunden hatte, und jetzt setzte er die Familientradition fort. Was war los? War das der Mutterrolle geschuldet?

Agnes hatte sich an ihrem Kaffee verschluckt, hustete in ihrer lauten Art und schien davon völlig in Anspruch genommen.

»Es hätte nur Unglück gebracht«, warf Elfriede Schrebnitz ein, und der Ihmsche hätte ihr am liebsten den Mund zugehalten. »So wie es dem Vater und dem Großvater nur Unglück gebracht hat.«

Eine Angst namens Erdöl, dachte der Ihmsche. Sie lag immer noch auf seinem Gemüt und verhinderte, dass er irgendetwas sagte. Agnes räusperte sich und lächelte ihn an, freundlich, fast gleichmütig. Was bedeutete das? Wusste sie etwas? Warum sagte oder fragte sie nichts? Dann lächelte sie Blutblase an, in der gleichen Art. Er erwiderte ihr Lächeln, doch ergriffen, wie er war, geriet es ihm zu einem aufgesetzten Grinsen. Agnes stand auf, verließ das Haus und setzte sich im Garten des Ihmschen wieder auf die Wiese, um mit ihren Händen übers Gras zu streichen.

*

Blutblase war stolz, noch einen Trumpf in der Hand zu haben, um Agnes' erotische Gunst zu gewinnen. Die Nauener Rocknacht! Alljährlich fand sie statt; ein Fest der Cover-Bands, die die Titel jener Bands nachspielten, die ganz gewiss nie in die DDR kommen würden. Agnes war begeistert und fuhr dem Trabant voraus. Sie parkten am Friedhof und gingen zum Rathausplatz, der schon während des Soundchecks der ersten Band übervoll war. Es roch nach Schweiß und verschiedenen Alkoholsorten, besonders nach Bier und billigem Wermut. Allerhand Leute torkelten hin und her, fielen um, standen auf, tranken weiter. Die drei Freunde mit Agnes als Fels in ihrer Mitte bildeten eine Bastion. Und für den Ihmschen kaum zu glauben: Er spürte keinerlei Platzangst.

Die erste Band hieß Freischütz, Blutblase erklärte Agnes, dass sie Uriah Heep nachspielten, und tatsächlich spielten sie eine dreiviertel Stunde lang ausschließlich Uriah Heep; kein Titel ohne Gitarrensolo. Danach kam Soft, die sich auf Jethro Tull spezialisiert hatten und mit *Aqualung* einen ersten Höhepunkt markierten. Als dritte Band des Abends trat Feuersbrunst auf die Bühne. Feuersbrunst war eine neue Gruppe; selbst Blutblase hatte nie von ihr gehört. Zunächst ließ Feuersbrunst ein paar Stones-Titel hören, dann *All Right Now* von Free und *Prince Kajuku* von UFO. Dann trat der Sänger mit seinem Mikro an den Bühnenrand; Anfang zwanzig war er, wie die anderen Bandmitglieder, lange blonde Haare, barfuß, Jeans und freier Oberkörper, sehnig-kräftig, flacher Bauch, kurzum: eine Statur, die der Ihmsche, Blutblase und Krücke, aber auch Agnes ausgiebig bestaunten.

»Es gibt eine Band«, sagte er ohne Umschweife, »die wurde vor vier Jahren verboten. Wir halten ihr Andenken in Ehren und spielen sie. Wir spielen Renft! Wir spielen Deutschrock!«

Der Ihmsche hörte den Jubel um sich herum und musste sich das Ohr zuhalten, als Blutblase »Deutschrock« hineinbrüllte, »genau das hat Monster in Köpenick auch gerufen, genau das!« Agnes, die alle überragte, lächelte in spannungsvoller Erwartung, und Krücke, der von deutscher Rockmusik bekanntermaßen nicht viel hielt, war dennoch ergriffen und jubelte nicht weniger laut als die anderen. *Als ich wie ein Vogel war* ertönte, zehn Minuten ging das Lied inklusive zweier ungewöhnlich langer Gitarrensoli; die Stimme des Sängers, wenngleich nicht derart kraftvoll, ähnelte der Stimme des Renft-Sängers, der Monster hieß, weil er *Monster* von Steppenwolf so eindrucksvoll gesungen hatte. Danach und ohne weitere Ansagen *Wandersmann* und *Mama du meine Mama*, *Nach der Schlacht* mit dem dazugehörigen Schlagzeugsolo, *Zwischen Liebe und Zorn*, *Apfeltraum* und schließlich die *Ballade vom kleinen Otto*. Dieser Song war der i-Punkt für das Verbot von Renft gewesen, und dass das so war, wunderte wohl niemanden auf dem Rathausplatz. *Manchmal sagte Otto, Leben ist wie Lotto, doch die*

Kreuze macht ein Funktionär, hieß es in der ersten Strophe, und in den nächsten erzählte das Lied von misslungener Republikflucht und Selbstmord.

Die Polizei hatte sich bislang dezent, so dezent es eben geht, wenn man Uniformträger ist, am Rande des Platzes postiert. Nun setzte sich die Truppe in Bewegung, Richtung Bühne; der Sound erstarb, als der Hauptstrom ausgeschaltet wurde. Fünf Polizisten betraten die Bühne, beorderten die Musiker hinunter. Aus dem Publikum wurde gebuht und geschrien; niemand blieb stumm, abgesehen von Agnes, dem Turm in der Menge. Agnes stand reglos und lächelte voller Genuss, während der Ihmsche einem großen Dicken, der trotz der Hitze Jeansjacke und Parka trug und in tiefstem Sächsisch »Ihr Faschisten, ihr Faschisten!« rief, die Wermutflasche aus der Hand nahm, einen kräftigen Schluck trank und brüllte: »Lasst Renft in Ruhe, ihr Schweine… ihr Drecksäcke!«

Vor allem wollte er mit diesem Ausruf Blutblase imponieren, der ebenso wie Krücke nur »Buh!« rief, sich aber, wie der Ihmsche fand, vor Agnes allzu gern aufspielte, gerade so, als wäre er der Chef ihrer Vierer-Clique. Wie um diesen Eindruck zu bestätigen, nahm Blutblase ihm die Flasche aus der Hand, doch bevor er trinken konnte, schnappte Agnes sie sich. Natürlich kam von Blutblase kein Widerspruch, und auch der dicke Sachse wagte es nicht, von dieser riesigen und wenig kompromissbereit erscheinenden Frau seine Flasche zurückzufordern.

Der Chef der Polizeieinheit trat ans Mikrofon und erklärte die Veranstaltung für beendet; von jedem, der den Platz nicht verlasse, würden die Personaldaten aufgenommen, und wer dann nicht gehe, werde unverzüglich festgenommen. Die Ansage wirkte. Immerhin – so dachte zumindest der Ihmsche –

ist man dabei gewesen und konnte später von diesem Erlebnis zehren. »Na gut, Abmarsch«, sagte Agnes ohne jeglichen Groll, und ihre drei Männer folgten ihr.

*

Sie wären in den Trabant gestiegen und Agnes auf ihre MZ und zurück nach Beutenberge gefahren, wenn Krücke nicht am Friedhofseingang etwas gerochen hätte, das ihn sofort innehalten ließ. »Das darf ja nicht wahr sein, was bilden die sich eigentlich ein?«

Keine zwanzig Meter hinterm vergitterten Einfahrtstor saßen sechs Männer zwischen zwei Gräbern. Alle sechs trugen Vokuhila und rauchten. »Die haben deine Frisur«, stellte Blutblase fest, der diese Tatsache für den Empörungsgrund hielt und sich zugleich darüber wunderte: »Was hast du dagegen?«

Krücke reagierte nicht darauf. Stattdessen rief er den Vokuhila-Trägern zu: »Was qualmt ihr da? Woher habt ihr das Zeug?« Die Raucher reagierten nicht; umso heftiger fuhr Krücke fort: »Ich weiß, was das ist. Gibt's nur im Westen. Ist verboten dort und bei uns sowieso.«

Vielleicht hielten die Raucher Krücke für einen Polizisten in Zivil und den Vokuhila für seine Tarnung. Jedenfalls standen sie auf und verschwanden hinter einer Reihe von Büschen und Bäumen. Krücke fühlte sich persönlich angegriffen: »Scheiße, die schnapp' ich mir.« Allerdings hatte er keine Idee, wie er über das verschlossene Gittertor klettern sollte.

Er bat Agnes, Räuberleiter zu machen. »Was regst du dich so auf?«, sagte Agnes. »Weil du Invalide bist und in den Westen fahren darfst? Bildest du dir ein, dass du, weil du in den Westen fährst, der Einzige bist, der Haschisch rauchen darf?« Damit schien sie einen ordentlichen Treffer gelandet zu haben. Aber das reichte ihr nicht. »Anstatt dass du mal was mitbringst. Oder mitgebracht *hättest*... Für heute.« Krücke war sprachlos, und Agnes reichte ihm die Wermutflasche: »Hier, sauf!«

Er trank, und während er trank, hörte er einen Ausruf, der einer spöttischen Attacke gleichkam: »He... ihr asozialen Vögel. Was steht ihr da rum wie bestellt und nicht abgeholt?«

Krücke hatte die Flasche noch nicht abgesetzt, als Agnes sich aufs Gittertor hievte, auf den Hauptweg des Friedhofs sprang und schnurstracks auf die Gruppe – fünf Männer und drei Frauen, alle Mitte zwanzig und mit abgewetzten Jeans und Sandalen – zulief. Es ist wie in einem Western, dachte der Ihmsche, als der Größte und Stärkste aus der Gruppe stehen blieb, während die anderen ein paar Meter zurückwichen. Nur dass es im Western kaum eine Frau gewesen sein dürfte, die im Befehlston sagte: »Schlag zu!«

Ihr Gegner, über einen Kopf kleiner als sie, wollte den Befehl nicht verstehen. Was Agnes nicht daran hinderte, ihm mit der flachen Hand ins Gesicht zu schlagen. »So«, sagte sie, während der Gruppenstärkste taumelte und sich kaum auf den Beinen halten konnte, »das hast du von deinen asozialen Vögeln.«

Die Provokateure verzogen sich ohne ein Wort. Auf Krückes Bitte hin machte der Ihmsche für ihn eine Räuberleiter, sodass er, erstaunlich behände für einen Holzbeinträger und die Wermutflasche in der Hand, übers Gittertor steigen konnte. Ihm folgte Blutblase, mit vor Anstrengung tiefrotblauem Gesicht. Nur der Ihmsche musste nun ohne Räuberleiter auskommen. Er dachte nicht lange nach, sondern hievte sich, so wie er es bei Agnes gesehen hatte, auf das Tor. Im Gegensatz zu ihr jedoch verlor er den Halt, plumpste auf den Boden, sprang aber sofort wieder auf.

»Kommt mit, folgt mir«, rief Agnes, und die Freunde folgten, den Hauptweg entlang bis zur Kapelle, von dort in einen der Nebenwege hinein, vorbei an verschiedenen Gruppen und Grüppchen, die vor einer halben Stunde noch Feuersbrunst gehört hatten und jetzt auf oder neben Gräbern saßen und die in Rucksäcken mitgebrachten Flaschen leer tranken. Was für ein Bild wir wohl abgeben, dachte der Ihmsche und seltsamerweise nicht ohne Stolz: drei verlotterte Kerle und ihre schwarzlederne Anführerin.

Er ließ sich von Krücke die Wermutflasche geben, trank die restlichen Zweifingerbreit und tauschte die leere Flasche gegen die halbvolle null-siebener Flasche *Schierker Feuerstein* eines ziellos Umhertorkelnden, der sich wenige Momente später als Polizist entpuppte: »Hab Einsatzbefehl... Was soll ich machen? Bin Renft-Fan ...« Der Polizist, von dessen Uniform nur die Hose übrig geblieben war, freute sich über die leere Wermutflasche und torkelte weiter.

Am Ende des Nebenweges saßen die Kiffer mit ihren Vokuhilas; der süßliche Haschischgeruch verriet sie schon in einer Entfernung von über zwanzig Metern. Die Polizei, dachte der Ihmsche, blieb bestimmt nur deshalb untätig, weil es Kiffen nicht gab in der DDR; es konnte nicht geben, was es nicht geben durfte.

»Woher... habe ich gefragt... habt ihr das Zeug?«, sagte Krücke, als würde er seine Tirade ohne Pause fortsetzen. »Wer von euch ist Invalide? Oder sogar Westler?«

Niemand antwortete; alle starrten mit friedlich vernebelten Blicken zu Krücke. Blutblase spürte einen Schwall Blut in seinem Kopf; er musste endlich wieder etwas tun, um Agnes' Interesse auf sich zu lenken. »Warum tragt ihr alle Vokuhila?«, brüllte er. »Wie kommt ihr dazu?«

So martialisch hatten ihn weder der Ihmsche noch Krücke jemals erlebt; nicht mal er selbst kannte solch ein Auftreten von sich. Aber es hatte sich gelohnt: Agnes schaute mit Anerkennung zu ihm.

»Vokuhila ist nicht verboten«, entgegnete einer der Kiffer und wies auf Krücke, »oder trägst *du* was Verbotenes?« Ein anderer rief: »Sie können uns trotzdem festnehmen, ist uns egal.« Doch ein dritter hatte den besseren Vorschlag: »Ihr könnt auch 'ne Tüte haben.«

So kam es, dass sie sich zu der Sechsergruppe setzten und der Ihmsche das erste Mal in seinem Leben kiffte. Und auch Agnes und Blutblase. Und Krücke zum zweiten Mal. Denn nach der Erfahrung in jenem Schöneberger Plattenladen hatte er bestenfalls mal in irgendwelchen Kreuzberger Kneipen im Marihuana-Dunst gesessen.

Blutblases Augen wurden glasig; seine Hemmschwelle sank herab, und er lehnte seinen Kopf schweigend an Agnes' Schulter. Bei Agnes und dem Ihmschen entfaltete das Kraut keine Wirkung, während Krücke nach dem ersten und recht tiefen Zug das Gefühl ereilte, kotzen zu müssen. Natürlich erwähnte er das nicht, sondern ließ den Dampf sicherheitshalber nicht weiter als bis in seine Mundhöhle.

Die Gruppe der Vokuhilas kam von der Ostseeküste und verriet, dass sie gelegentlich von Seemännern aus Dänemark versorgt werde. Worauf Krücke das Geheimnis seiner Person, wie er es bezeichnete, zum Besten gab: »Ich Invalide… und rüber, Westberlin …«

Er klopfte mit der Faust auf sein Holzbein, und der Vokuhila-Träger, der die Joints angeboten hatte, fragte: »Wo hast du dir das Ding eingehandelt?«

»Im Krieg«, sagte Krücke in höchst vertraulichem Ton.

Die Ostseeküstenbewohner schienen angestrengt nachzurechnen. »Das kann nicht sein«, sagte schließlich einer von ihnen, der noch nichts gesagt hatte. »Du siehst zwar alt aus, aber so alt nun auch wieder nicht.«

»Nicht im Weltkrieg«, erwiderte Krücke mit leicht genervtem Augenverdrehen. »Koreakrieg… neunzehnfünfzig bis dreiundfünfzig.«

DDR-Soldaten in Korea – davon hatte keiner der Kiffer jemals gehört. Krücke hatte es so glaubwürdig behauptet, dass er ein alles in allem zustimmendes Staunen erntete: Die große, weite Welt im kleinen Nauen; unwahrscheinlich, aber eben doch möglich.

»Seinerzeit, also Jahre vorm Mauerbau«, fuhr Krücke fort, und der Übermut packte ihn endgültig, »reiste ich nach Amerika und beschloss, in die Fremdenlegion zu gehen, um mich nach Korea schicken zu lassen. Dort, im Dschungel, fetzte mir eine Granate das Bein ab… Dumm gelaufen. Kann man nichts machen.«

Das Staunen wurde nun ein eher ungläubiges. Gerade deshalb bedachte Agnes den mutigen Lügner mit einem Lobeslächeln. Blutblase war an ihrer Schulter eingeschlafen, und der Ihmsche dachte: Fehlt nur noch, dass ich anfange zu hüpfen und zu springen, um den anderen als Erdölsucher zu imponieren.

»Wisst ihr eigentlich«, sagte Krücke, »dass Kiffen plus Schierker Feuerstein wie LSD wirkt?«

Er reichte die Flasche in die Kiffer-Runde, doch niemand nahm sie. Krücke trank demonstrativ einen großen Schluck, atmete danach genüsslich aus.

»Und wie ist das, LSD?«, fragte der, der die Joints angeboten hatte.

»Wie Kiffen und Schierker Feuerstein«, sagte Krücke und lachte so laut, dass es Blutblase aus dem Schlaf riss.

»Wir haben Wurzelpeter dabei, geht das auch?«, fragte ein anderer aus der Runde, und nun war es der Ihmsche, der prompt und entschieden antwortete: »Nein, Wurzelpeter geht nicht. Das ist verboten.«

»Na gut«, sagte der Wurzelpeter-Anbieter, griff sich den Schierker Feuerstein und trank einen Schluck.

»Und?«, fragte Krücke.

»Gar nichts«, war die schulterzuckende Antwort.

Der Ihmsche schnappte sich die Flasche und trank. Er bemühte sich, eine außerordentlich genussvolle Wirkung vorzutäuschen, doch in seinem Kopf, dicht hinter der Stirn, stellte sich nur ein immer stärker werdendes Pochen ein. Um es zu vertreiben, nahm er einen weiteren Schluck und den nächsten Zug aus der Tüte. Er behielt den Rauch in der Lunge, zehn Sekunden lang, wie er im Stillen zählte. Das Pochen indes verwandelte sich in ein noch viel unangenehmeres Stechen. Er erinnerte sich, wie er mit zwölf Jahren in einer Schulpause, als er sich unter ältere Schüler gemischt hatte, etwas von Grasrauchen aufgeschnappt hatte. Ein paar Tage später nahm er Gras von der Wiese im Garten, stopfte es in ein Papierröllchen, zündete das Röllchen an, und während er das erste und einzige Mal daran zog, verbrannte er sich den Mund. »Du Idiot, gegen dich war dein Vater 'n Waisenknabe«, hatte Muttsch ihn beschimpft.

Jetzt sah er, einen Steinwurf entfernt, die Urnenstelle von Muttsch. Die Blumen von der Beisetzung waren längst verdorrt, und so war es auch nicht verwunderlich, dass sich ausgerechnet auf diesem kleinen Grab jemand zum Pinkeln hinstellte. Dieser Jemand war nicht irgendwer, sondern der

Sänger von Feuersbrunst. Der Ihmsche erhob sich, trat von hinten an ihn heran, ließ ihn höflicherweise zu Ende pinkeln und sagte: »Was soll das?«

Der Sänger drehte sich langsam um und schaute ihn nur an, in einer Mischung aus Missbehagen und Neugierde. Der Ihmsche empfand den Blick als arrogant. Er packte den Sänger am Hals und stieß ihn von sich. Der junge Mann mit dem flachen Bauch stürzte über Muttschs Grabstein und kam rücklings auf dem Nachbargrab zum Liegen. Der Ihmsche staunte über seine Courage; fast befremdete sie ihn, aber ein gewisser Stolz war doch stärker. »Ich dachte«, sagte er mit einer Spur Entschuldigung, »du wärst verhaftet worden.«

Agnes hatte sich unterdessen neben den Ihmschen gestellt. »Gut so«, lobte sie ihn. »Man lässt nicht das Grab seiner Ahnen besudeln… Und nun zu dir.«

Sie reichte dem Sänger die Hand, zog ihn hoch und hinter sich her in ein Gebüsch, wo sie in der Dunkelheit nicht mehr zu sehen und auch nicht zu hören waren. Blutblase, Krücke, die Vokuhilas und der Ihmsche starrten auf das Strauchwerk. Vor den Augen des Ihmschen schien es sich zu einer Kugel zu formen, die wuchs und wuchs und sich vom Boden abzuheben versuchte. Was fand in der Kugel statt? Egal, der Ihmsche wäre gerne Teil oder Opfer oder Mitstreiter oder was auch immer dieses Unterfangens gewesen. Blutblase hingegen dachte daran, dass es doch ein paar Frauen geben musste, von denen er zumindest eine, eine einzige hätte lieben können, möglicherweise bis zum heutigen Tag. Warum war ihm das nicht gelungen? Falsche Frage, dachte er. Warum hatte er es nie versucht? Seine Augen füllten sich mit Tränen. Und Krücke? Dachte an niemand anderen als Luise. Kompensation, Sublimierung… Diese Begriffe schwirrten in seinem Kopf herum, aber sie trösteten ihn nicht. Und weil das so war, spürte er eine Schwermut, gegen die er im Moment mit keinem Schnaps der Welt ankommen würde. Und auch mit keiner Musik.

Ein kurzes spitzes Stöhnen drang aus dem Gebüsch. Agnes! Sekunden später kam der Sänger hinterm Gebüsch hervor. Nur in Unterhose, die Jeans um den Hals gewickelt, taumelte er wie somnambul davon. Agnes folgte, kerzengerade, erhobenen Hauptes. Sie ging zu ihren drei Männern und sagte mit einer Leichtigkeit, die sich für den Ihmschen vollkommen fremd anhörte: »Nun geht's heim. Auf, auf!«

Sie eilte voran, Blutblase bemühte sich, Anschluss zu halten. Im Leerlauf gab er mehrmals Gas, als würde er in einem Rennwagen sitzend voller Ungeduld auf den Startschuss warten, um dann, sobald Krücke auf dem Beifahrer- und der Ihmsche auf dem Rücksitz saßen, wie auf der Flucht loszubrausen. Agnes war mit ihrer MZ schon uneinholbar vorausgefahren.

Wie Agnes sich Energie zuführt und den Ihmschen wissen lässt, wie sie sich das Leben der Drohnen wünscht

Der Ihmsche hatte gehofft, sich als Retter von Tante Nickel stolz oder sogar glücklich zu fühlen. Leider war das Gegenteil der Fall: Von Tag zu Tag wurde er verdrossener und bewegte sich kaum mehr aus seinem Zimmer heraus. Blutblase hingegen suchte häufiger Agnes' Nähe: in der Küche, wo sie sich Muttschs ausgiebige Vorräte anschaute und dann und wann etwas davon auf den Tisch stellte. Oder wenn sie zu Frau Schrebnitz in den Konsum ging, um Kartoffeln oder Selterswasser zu kaufen. Oder aber wenn sie den aufgeschlagenen Teil der Hauswand inspizierte, auf der Suche nach einer Biene, die möglicherweise geblieben oder zurückgekehrt war. Jedes Mal kostete sie vom Honig in den zertrümmerten Waben; sie steckte einfach ihre Zunge in den süßen Saft und schleckte ihn laut schmatzend. Einmal imitierte Blutblase dieses Genussgebaren. Agnes schaute ihn befremdet an, sodass er peinlich berührt innehielt. »Du solltest dir übrigens«, sagte sie, »dieses übelriechende Spray aus deinen Haaren entfernen.«

Die Bienen hatten es nicht gemocht, und sie mochte es auch nicht. Warum nur, fragte er sich, war er darauf nicht selbst gekommen? Keine fünf Minuten später stand er in der Toilette, hielt den seifenüberschäumten Kopf übers Waschbecken, wusch sich mit kaltem Wasser das Spray aus den Haaren und bürstete sich bei der Gelegenheit auch das Duosan Rapid vom Kopf. Die Strähne war nun frei, sie hing an der linken Seite des

Kopfes herunter und würde bei halbwegs starkem Wind wie eine Fahne wehen.

Es war, wie Krücke es formulierte, die Fahne der Entschlossenheit. Würde sich Agnes, die den Sänger einer Rockband haben konnte, auf so einen wie Blutblase einlassen? Krücke ging in sich und beschloss, seine eigene Methode des Werbens anzuwenden. Denn das, was diesem Sänger auf dem Friedhof widerfahren war, erregte inzwischen mehr seine Neugierde als seine Furcht.

Sobald Blutblase nicht mehr zu sehen war, setzte er sich zu Agnes und redete. Über sich. Über das, was andere nicht erzählen konnten: seine Westbesuche. Zum Beispiel: »Wie komme ich zu meinen Schallplatten? Erstens«, gab er sich selbst die Antwort, »die Mitleidsnummer: Nicht nur Krüppel, sondern auch Ostler. Der Ostler – in den Augen des Westlers ein Behinderter. Das ist die Arroganz des besser gestellten Klassenfeindes. Und ich also – Doppelkrüppel. Zweitens, die Fan-Nummer: Ob Musik, Fußball, schöne Klamotten, was auch immer... jeder im Westen ist von irgendwas Fan. Das ist die westliche Kultur, ihre Identität, genauer gesagt. Und jeder Fan unterstützt ab und zu einen anderen Fan, wenn der es nötig hat. Und die armen Ostler haben's besonders nötig. Deshalb trag ich im Westen keine Jeansjacke, sondern ein hässliches Präsent-20-Jackett. Drittens, Kirchen und Wohlfahrtsorganisationen: Die unterstützen den Ostler prinzipiell gern. Das Helfen ist ja der Grund, weshalb sie überhaupt existieren. Außerdem sind sie auch freigiebig, weil sie nicht zugeben wollen, wie schlecht ihr System ist, also... der Kapitalismus. Moralisch schlecht... Das ist die psychologische Dialektik ...«

Agnes war eine gute Zuhörerin, ohne dass Krücke auch nur im Ansatz erkennen konnte, was sie sich bei seiner Erzählung dachte. Nur einmal sagte sie: »Schön, wie offen und ehrlich du bist.« Das erinnerte ihn an Luise, und er stellte sich vor, er würde zu Luise sprechen. »Ab und zu«, sagte er schließlich, um ein Paradebeispiel an Offenheit abzugeben, »war ich sogar im Puff. In Spandau, nicht weit hinter der Mauer. Das Geld hatte ich, wie üblich, zusammengebettelt. Diesmal am Eingang eines Kaufhauses. Guter Ort fürs Betteln. Und im Puff Behindertenrabatt. Zu Beginn der Nummer legt die Dame meiner Wahl *Je t'aime* auf... Als ich exakt mit Ende des Liedes fertig bin, staunt sie und schenkt mir die Single... Hab sie dann auf einer Tauschbörse gegen *War Pigs* von Black Sabbath getauscht.«

Sollten doch die Freunde, sagte sich der Ihmsche, um die Monsterriesin buhlen. Dann sprang er zu einem anderen Gedanken: Warum, da Agnes alle Bienen vertrieben hatte, kam Assi nicht endlich nach Hause? Und was bedeutete es nun eigentlich, dass er der Nickelsche war? Sollte er tatsächlich auf Erdölsuche gehen? Sollte er die Freunde mitnehmen, die versprochen hatten, ihn niemals hängen zu lassen?

»Hör mal«, sagte Krücke, »soll ich dir 'n Bier bringen und 'n Kompott dazu?«

Der Ihmsche schüttelte den Kopf.

»Sieht nach Depression aus«, meinte Krücke.

»Ruhe«, fuhr Blutblase ihn an. Sein Groll auf den werbenden Freund war unverkennbar.

»Ja, lass ihn in Ruhe«, bekräftigte Agnes, was Blutblases Herz sogleich höher schlagen ließ.

»Warum?«, fragte Krücke. »Er ist mein Freund, ich muss mich um ihn kümmern.«

»Kümmere dich um mich«, entgegnete Agnes. Und dann sagte sie in ihrem üblichen Befehlston: »Komm mit. Ich zeig dir, wie man sich um mich kümmert.«

Ohne weitere Nachfrage folgte Krücke der Königin in Muttschs Zimmer. Dort spürte er, wie Speichel in seinem Mund zusammenfloss und ihm schwindelig wurde. Somnambuler Zustand, dachte er; irgendwann hatte er mal etwas darüber gelesen. Man verliert seinen Willen; tut Dinge, die man niemals tun würde. »Quatsch bloß nicht wieder so viel«, sagte Agnes. »Ich sag ja gar nichts«, hörte sich Krücke antworten. »Halt den Mund!« Es war das Letzte, was er hörte. Das Letzte, was er sah, war ihre vibrierende Lockenpracht, mit der sie seinen Kopf umhüllte, sodass auch der Kopf anfing zu vibrieren. Er konnte sich nicht erinnern, dass jemals irgendetwas an ihm dieserart gezuckt und gezittert hätte. Adalbert Wutzner, Egon Wutzner, Lothar Ihm… War er jetzt mit ihnen im Bunde? Im Erdölbund? Das war das Letzte, was er dachte, bevor er das Bewusstsein verlor.

Blutblase, der ein Aufstöhnen von Agnes hörte, das ihm heftig in die Glieder fuhr, ging ins Wohnzimmer, legte die LP *Physical Graffiti* von Led Zeppelin auf, ließ die Nadel auf *Kashmir* herab und drehte die Musik lauter und lauter. Er wollte nichts mehr hören aus Muttschs Zimmer, vor allem aber wollte er Agnes provozieren. Er würde nicht kampflos aufgeben.

Auch den Ihmschen hielt es nicht mehr auf seinem Sofa. Der Widerhall des Stöhnens trieb ihn in den Schuppen, wo er den Vorschlaghammer in die Hand nahm, um sein Zerstörungswerk fortzusetzen: Im Rhythmus der Musik schlug er gegen die Rückwand des Hauses, mit einer Kraft, die ihm maßlos erschien, und ohne das Tempo auch nur für eine Sekunde zu verringern.

Blutblase, wie im Wettstreit mit den Hammerschlägen, drehte den Lautstärkeknopf bis zum Anschlag, doch da trat

Agnes, unverändert in ihrer Lederkluft, von hinten an ihn heran und nahm die Nadel von der Platte. »Woher weißt du«, sagte sie, »dass ich nach Vanille rieche?«

»Woher... weißt du, dass... dass... ich das weiß?«, stotterte er.

»Das ist nicht die Antwort auf meine Frage«, sagte Agnes.

Was sollte er denn antworten, fragte sich Blutblase. Er roch es einfach. Nicht mehr und nicht weniger. »Und Pfeffer«, fuhr Agnes fort. »Pfeffer.« Es hörte sich an, als spräche sie dieses Wort zum ersten Mal in ihrem Leben. »Weißt du, dass ich so rieche, seit du es riechst?«

Nun war er vollends verwirrt. Sie legte ihre Arme um ihn, drückte ihn an sich, und er, im festen Griff von Angst und Begierde, spürte, wie sie erzitterte. Um ihr seine Zuneigung zu demonstrieren und liebevolle Gemeinsamkeit zu stiften, bemühte er sich, ebenfalls zu zittern und sich ihrem Rhythmus anzupassen. Bevor ihm diese Synchronisierung auch nur ein wenig gelungen war, hörte er ihr Stöhnen, das spitzer war und lauter als bei Krücke, so laut, dass er den Eindruck hatte, sein Trommelfell würde beben. Er spürte eine Art Schüttelfrost, das seinen ganzen Körper erfasste, bis ihm die Sinne schwanden.

Fast vier Minuten lang und mit nicht abnehmender Kraft hielt Agnes den Ohnmächtigen. Dann legte sie ihn behutsam auf das Sofa des Ihmschen. Der schlug inzwischen derart brachial, dass der Honig meterweit aus den verlassenen Waben spritzte. Nach nicht einmal einer halben Stunde hatte er die Außenwand seines Zimmers zertrümmert. Er sah Blutblase, der reglos schlief. Er wollte zu ihm gehen, an ihm rütteln und mit dem Hammer drohen – Was vergreifst du dich an der Musik und obendrein an diesem Weib, das nur wegen mir hierhergekommen ist –, auf einmal aber stand Agnes hinter ihm und sagte voller Anerkennung: »Du kannst immer noch gut zuschlagen, sehr gut sogar.«

»Lass mich«, entgegnete er, ohne sich zu ihr umzudrehen.

»Nein«, sagte sie. »Jetzt sollst *du* mir zu Diensten sein.«

Er spürte ihren Atem in seinem Nacken und ihre Hände auf seinem Rücken. Ihm wurde schwindlig, und er befürchtete, das Gleichgewicht zu verlieren. Sie legte ihre Arme um seine Brust und zog ihn zu sich heran. Das Vibrieren ihres Körpers hatte er regelrecht erwartet, aber dass es bei ihm Gelassenheit auslöste, setzte ihn in Erstaunen. Alles, was geschieht, dachte er, hat zu geschehen. Mit diesem Gedanken gab er der Betäubung nach und schlief ein.

Ihr Stöhnen behielt Agnes diesmal für sich; sie schluckte es hinunter und ließ sich davon ausfüllen. Bis in die Fingerspitzen füllte es sie aus, bis in die Spitzen ihrer Lockenprachthaare.

*

Als der Ihmsche, Stunden später und auf der Hollywoodschaukel liegend, wieder zu sich kam, glaubte er, in Agnes' Umklammerung so intensiv geträumt zu haben wie nie zuvor in seinem Leben. Doch was er geträumt hatte, konnte er nicht sagen. So sehr er sich auch bemühte, er hatte keine Erinnerung. Hatte sie seine Träume gestohlen? Sollte er sie fragen? Wo war sie überhaupt? Immerhin fühlte er sich erleichtert, befriedigt. Sollte er Blutblase fragen, ob es ihm genauso ergangen war? Oder besser noch Krücke, der vielleicht in irgendeinem Buch über dieses Phänomen gelesen hatte?

»Lothar, mein Junge«, hörte er Tante Nickel rufen. Sie goss ihre Tulpen und war nicht mehr das runde Elend, sondern der runde Frohsinn. »Zeig mir den Bolschewiki-Wurf«, rief sie und grinste, und mit einem Mal spürte der Ihmsche wieder dieses Ziehen im Rücken, das selbst durch die heftigsten Hammerschläge nicht wiedergekommen war.

Lasst mich alle in Ruhe, dachte er, verließ seinen Garten, ging den Talweg hinunter, und als ihm der kleine Panzer entgegenkam und fragte, wo er denn hinwolle, antwortete er: »Zum Kies-See. Baden.«

Nachdem er das gesagt hatte, fasste er den Beschluss, tatsächlich zum Kies-See zu gehen. Wie wäre es, dachte er, wenn er kopfüber ins Wasser spränge und auf einer der Loren landete. Blut würde sich im Wasser verbreiten, Hirnmasse ans Ufer geschwemmt werden. Entsetzen, ja Fassungslosigkeit, Grausen... dann Mitleid... Wie, wer? Der arme Lothar Ihm, dessen Mutter vor Kurzem gestorben ist? Und zugleich die Frage, die ausnahmslos alle beschäftigen würde: Unfall oder Selbstmord? Man wird es nie klären können – so die Aussage des Trauerredners vor den versammelten Beutenbergern und vielen Nauenern, die ihn aus der Schule kannten oder aus der Maurerlehre, bevor er auf Montage ging. Natürlich würde jeder, allen voran Krücke und Blutblase, ein schlechtes Gewissen haben: Warum haben wir sein Leid nicht erkannt? Haben wir uns damit schuldig gemacht an ihm? An der ganzen Welt im Grunde genommen? Und auch Agnes, ja, Agnes! Was habe ich ihm angetan? Warum konnte ich ihn nicht in Ruhe lassen? Dem Ihmschen war klar, dass diese Vorstellung ziemlich kindisch war. Aber sie tat ihm gut. Und das war die Hauptsache.

*

Der kleine Panzer konnte sich recht genau an das erinnern, was er in der vergangenen Nacht geträumt hatte: Er lief eine dunkle Straße entlang, kein Mensch außer ihm; aus dem Hintergrund Artillerieschüsse, näherkommend, mit seltsamen Geräuschen: trockenes Knallen und pfeifendes Gesumme… bis sie ihn knapp verfehlten, immer knapper… Da plötzlich stand Agnes vor ihm, splitternackt, Riesenbauch, Riesenbrüste und so groß, dass es dem kleinen Panzer gelang, zwischen ihren Beinen hindurchzurennen, ohne dass er den Kopf einziehen musste. Weiter lief er, schneller und schneller, aber die Artillerie blieb ihm auf den Fersen. Da packte ihn Agnes mit ihrer Riesenpranke, presste ihn unter ihre Brüste, und er hörte keine Schüsse mehr. Er hörte nur noch ein Rauschen in den Ohren und erwachte.

Das war ein Zeichen, hatte er gedacht, wartete ein paar Stunden, in denen er all seinen Mut zusammensammelte, und begab sich auf den Weg zu Agnes. Er traf auf den Ihmschen, aber wo der hinwollte, Kies-See oder sonst wo, war ihm eigentlich egal. Schließlich hatte er etwas in die Waagschale zu werfen, das für Agnes eine gewisse Attraktivität haben dürfte. Und schon sah er sie: Die Lederkluft bis zum Hals geschlossen, spannte sie ihren Rucksack auf den Gepäckträger ihrer MZ.

»Ich kann mich wieder erinnern«, rief der kleine Panzer ihr zu.

»Woran?«

»An alles.«

Jetzt erst hob Agnes ihren Blick vom Gepäckträger. »Was ist alles?«

»Krieg«, sagte der kleine Panzer, blieb aber respektvoll am Gartentor stehen. »Orjol… Wir hatten die Stadt besetzt… leider, am sechsten August, im Jahr 1943 holte die Rote Armee sie sich zurück. Diese Artilleriegeschosse… ein Geknalle und Gesummse… Dass ich das überlebt hab, ein reines Wunder …«

»Ein Gesummse?«

»Ja«, sagte der kleine Panzer, obwohl er sich nur an das Geräusch aus seinem Traum erinnern konnte.

»Schön, dass du mir davon erzählen willst«, sagte Agnes. »Aber es interessiert mich nicht. Tut mir leid.«

Der kleine Panzer starrte sie an, wie er noch nie eine Frau angestarrt hatte, schon gar nicht seine Ehefrau, die er kurz nach dem Krieg geheiratet hatte und die kurz vor dem Mauerbau gestorben war. Agnes sah in seinem Blick ein unverkennbares Begehren. »Ich kann nicht«, sagte sie. »Hab grad keine Kraft dafür. Später aber, später… Bitte öffne mir das Tor.«

»Später aber, später«, wiederholte Rudolf Panzer und öffnete das Tor. Agnes stieg auf ihre MZ, ließ den Motor an und hatte den Garten noch nicht verlassen, als der kleine Panzer schon den Eindruck gewann, sie würde nicht fahren, sondern abheben, um zu fliegen. Und als sie vom Talweg links in den Hauptweg einbog, hinaus aus Beutenberge, war er sich sicher, sie schwebte, wenn auch nur wenige Zentimeter, über dem Boden.

*

Als der Ihmsche den Kies-See erreicht hatte, zitterten seine Wutzner-Beine vor Erschöpfung und Aufregung. Der dicke Bauch im viel zu knappen Unterhemd hing über dem Gürtel der dreiviertellangen Popeline-Shorts, und die Segelohren glühten. Nein, er würde nicht kopfüber auf eine der Loren springen; er wusste ja nicht einmal, wo sie standen, sofern es sie tatsächlich gab. Er würde sich mit dieser Art Ableben, so eklig es für die Badegäste auch wäre, nur lächerlich machen. Stattdessen zog er seine Sandalen aus, schritt zielbewusst und zugleich gemächlich ins Wasser, hielt die Luft an und tauchte unter. Als Kind hatte er jedes Mal Angst gehabt unterzutauchen. Als würde der Wels oder sonst ein gefräßiges Tier einen Angriff auf ihn starten, sobald er vollständig unter Wasser wäre.

Er stellte sich vor, Muttsch hier unten wiederzusehen, Muttsch bemoost und voller Schlingpflanzen, eine uralte Nixe, die um ihn herumschwamm und grinsend winkte, um zu demonstrieren, wie gut es ihr ging. Dabei war sie, soweit der Ihmsche sich erinnern konnte, nie in den See gegangen. Wasser hat keine Balken, war ihr Leitspruch gewesen.

Auf einmal stand eine Lore vor ihm, eine Kipplore mit scharfkantigem Wagenkasten. Er kletterte auf den Kasten und stellte sich kerzengerade hin, sodass sein Kopf aus dem Wasser ragte und zum Blickfang der Badegäste wurde. Ob alles mit ihm in Ordnung sei, rief man ihm zu, ob man helfen solle. »Alles bestens«, rief der Ihmsche und spürte einen Anflug von Abenteuerlust. Dann schwamm er ans Ufer, schlüpfte in seine Sandalen und trat den Rückweg nach Beutenberge an.

Dort hatte sich die halbe Siedlung im Garten von Tante Nickel versammelt. Damit man sie besser sehen konnte, stand sie auf ihrem Gartentisch und redete davon, dass Beutenberge wieder eine Zukunft haben werde, man müsse nur dran glauben, man dürfe nie aufgeben. Dass ausgerechnet sie so sprach, verwirrte die Beutenberger, gab dem einen und anderen aber auch einen Elan, den er selbst nicht mehr für möglich gehalten hätte. »Und wenn der Ihmsche wieder da ist«, rief Magda in die Runde, »und Agnes bleibt, wo der Pfeffer wächst, dann wird er mir nicht mehr entkommen.«

Elfriede Schrebnitz war es, die sah, wie er in den Talweg einbog. Müde wirkte er, aber nicht verdrossen. Vor seinem Gartentor blieb er stehen. Als wäre er ein Fremder auf Wanderschaft, der etwas Dubioses zu sehen bekam und innehielt, weil er nur so begreifen konnte, um was es sich handelte: ein halbzerstörtes Haus, offen für jedermann, wie ohne Besitzer. Und Agnes' Motorrad war fort und damit, ganz sicher, auch sie.

Der kleine Panzer kam auf ihn zugeeilt, doch bevor er etwas sagen konnte, fragte der Ihmsche: »Wo ist Agnes?«

»Weggeflogen!«

Der Ihmsche sah ihn an, als hätte er mit genau dieser Antwort gerechnet. Er passierte sein Gartentor, holte aus dem Schuppen den Kochtopf mit dem Rest Teer, ging mit ihm vor der Brust zu den Siedlungsbewohnern und sagte im denkbar ruhigsten Ton, dass er jeden persönlich abfackeln werde, der nicht sofort, ja schleunigst nach Hause gehe. Wäre es nicht der Ihmsche gewesen, der das Dach in Brand gesetzt hatte, niemand wäre wohl auf den Gedanken gekommen, ihm zu glauben. So aber beeilte man sich, seiner Anweisung zu folgen, auch wenn Tante Nickel sich wünschte, dass der eine oder andere noch blieb. Magda Hölzl verkündete, dass sie nur gehe, weil sie morgen um die Zeit wieder hier sein werde.

Der Ihmsche saß da schon an seinem Küchentisch und öffnete einen Briefumschlag, auf dem stand: *Für Lothar, den Erdölkönig.*

Er zog einen vergilbten Zettel aus dem Umschlag; einen Ausschnitt aus einem Zeitungsartikel oder Fachbuch, gedruckt in Fraktur und mit der Überschrift: *Vom Lebenssinn der Drohne. Zirka zwanzigtausend Drohnen*, hieß es, *finden sich von Zeit zu Zeit, aus allen Himmelsrichtungen kommend, auf dem Drohnensammelplatz ein. Sie alle erfüllt nur das eine Ziel, die Königin zu besamen. Diese kommt und wählt unter den umherfliegenden Drohnen zwölf aus, die nacheinander den Begattungsakt vollziehen müssen. Dabei bleibt der Geschlechtsapparat der Drohne in der Königin stecken, sodass die Drohne, ohne diesen nicht mehr lebensfähig, von der Königin herunterfällt und stirbt. Die zirka neunzehntausendneunhundertachtundachtzig Drohnen, die nicht ausgewählt wurden, kehren zurück in ihre Behausungen und verhungern, weil sie von den Arbeiterinnen, die sie für die Besamung gefüttert haben, nicht mehr versorgt werden.*

Der Ihmsche steckte den Zettel wieder in den Umschlag und hätte nicht sagen können, ob ihm etwas klargeworden war. Aber er wusste, dass er etwas zu tun hatte.

Mitten in der Nacht erst wachten seine Freunde auf, setzten sich zu ihm und begannen, das Erlebnis mit Agnes zu beleuchten. *Somnambul… wie betäubt… ohnmächtig…* Auch wenn der Ihmsche das Gleiche erlebt hatte, wollte er es nicht gemeinsam erörtern. Ohne ihn hätten die beiden Agnes niemals kennengelernt. Deshalb war sie nur in seinem Leben, nirgendwo sonst. Er erhob sich von seinem Stuhl, fasste sich an den schmerzenden Rücken und verließ das, was von Muttschs Haus übrig geblieben war.

Die Freunde gingen davon aus, dass er wieder zum See gehen würde oder zu jener Stelle, wo er einst geglaubt hatte, auf Erdöl gestoßen zu sein. Im Morgengrauen, dachten sie, würde er wiederkommen, sich in sein Bett legen oder in das von Muttsch und in tiefen Schlaf fallen. Aber er kam nicht wieder. Nach einem Tag nicht, nach einem Monat nicht und auch nicht nach einem Jahr. Nie mehr.

Wie Elfriede Schrebnitz sich von Blutblase verabschiedet und Edwin und Krücke aus der Lustnot eine Tugend zu machen versuchen

Der Ihmsche hatte, so sehr Blutblase und Krücke auch danach suchten, keine Nachricht hinterlassen, und niemand in der Siedlung hatte eine Vorstellung, wo er sein konnte. Tante Nickel sagte nur: »Mein Sohn ist weg. Ist gut so. Gut so.«

Der Sommer ging zu Ende, mit Stürmen und Gewittern, und mit dem Sommer Blutblases Urlaub. Er stieg in seinen Trabant, ließ ihn von Krücke anschieben, und beide fuhren den Talweg hinunter in den Hauptweg, am Konsum vorbei, bis nach Nauen. Während der Fahrt, und ohne dass sie darüber ein Wort verloren, wurde ihnen klar, dass sie mindestens genauso viel an Agnes dachten wie an ihren langjährigen Freund. Lag es an dem Phänomen, dass sie keinerlei Lust mehr verspürten? Die Kraft der Betäubung schien diese Lust getilgt zu haben. Bezog sich der Verlust der Begierde, so die weitergehende Frage, nur auf Agnes oder auch auf andere Frauen? Oder sogar auf alle? Eine Frage von einschüchterndem Ausmaß, die beide am liebsten unverzüglich vergessen hätten.

Blutblase stieg von Montag bis Freitag auf seinen Gabelstapler, transportierte Paletten mit Fahrzeugreifen hin und her und versuchte, den vergangenen Sommer zu begreifen. Und wenn, sagte er sich, der Ihmsche gewusst hat, wohin Agnes gefahren ist? Er ist ihr gefolgt, hat sie gefunden, und dann? Solange er in dieser Sache nicht weiterkam, wollte Blutblase, das schwor er sich, seine Strähne wachsen und vom Kopf herunterhängen lassen. Er antwortete nicht, wenn Kollegen ihn fragten, ob er neuerdings eine Klebstoffallergie habe. Er lächelte nur und dachte: Wenn ihr wüsstet …

Jeden zweiten Sonntag fuhr er nach Beutenberge. Im September und Oktober wurde er noch von Krücke begleitet, dann aber meinte der Freund, es habe doch keinen Sinn mehr, seine Zeit in diesem Nest zu verplempern, und blieb fortan zu Hause. Tatsächlich empfand Blutblase die Besuche ebenso zermürbend wie Krücke: Der kurzzeitige Elan, der von Tante Nickel ausgegangen war, war erloschen, und als hätten ausgerechnet Blutblase und Krücke einen Fluch über die Siedlung gebracht, wollte niemand mehr mit ihnen reden. Eines Sonntagnachmittags im November jedoch, als Blutblase allein aus dem Trabant stieg und im Dauerregen den Talweg hinaufstapfte, um aufs Neue festzustellen, dass der Ihmsche nicht zurückgekommen war, hörte er die alte Schrebnitz hinter sich rufen: »Stehen bleiben. Sofort.«

Sie kam dicht an ihn heran, und ihr Atem roch nach Wurzelpeter, den sie aus dem Haus von Lucinde und Lothar geholt hatte. »Die letzte Flasche«, sagte sie. »Ansonsten ist nur der Plattenspieler geklaut worden. An die alten Möbel von Lucinde, die bestimmt noch was wert sind, hat sich keiner herangetraut. Ist auch besser so. Ich meine, bringt garantiert Unglück.«

Sie grinste und konnte nicht mehr verbergen, dass sie betrunken war. Sie nahm Blutblases Mondgesicht in ihre zitternden Hände und küsste ihn auf den Mund. »Ich will dich aber nicht«, sagte sie, sobald sie von ihm abgelassen hatte, während er sie verblüfft anstarrte. Sie zog an seiner Strähne, hielt sich regelrecht fest an ihr, weil sie für ein paar Momente Gefahr lief, das Gleichgewicht zu verlieren, und sagte: »Schneid dir bloß das Ding ab. Das sieht ja scheußlich aus.« Dann torkelte sie zurück zu ihrem Konsum.

Den Sonntag darauf traf er sie nicht mehr an. Sie sei fortgezogen, hieß es. Vor zwei Tagen, über Nacht... Mehr konnte oder wollte man ihm nicht sagen; nicht einmal, wie sie denn überhaupt aus diesem gottverlassenen Kaff weggekommen war. Am selben Abend schnitt sich Blutblase seine Strähne ab.

Die schwangere Magda übernahm den Konsum, und als Blutblase, der fortan nur noch Edwin genannt werden wollte, im windig-frostigen Februar 1980 noch einmal nach Beutenberge kam, war sie mit Klaus Kabich verheiratet und dürr wie ein Birkenstamm. Helga Kabich war wenige Tage nach Elfriede Schrebnitz' Verschwinden an Herzversagen gestorben, doch Klaus Kabich blieb nicht lange Witwer: Zwei Wochen nach dem Tod von Helga zog Magda ihn in ihr Bett, und nach einer weiteren Woche forderte sie die Heirat. Der Witwer gab seine Zustimmung, das Nauener Standesamt hatte einen zurückgegebenen Termin frei, und Magda begann, kontinuierlich abzunehmen.

Drei Jahre und drei Monate später, eines Abends im Mai 1983, kam Krücke außer Atem in *Schröders Wirtsstube*, setzte sich zu Edwin und erzählte, dass er gerade aus Westberlin komme, wo er am S-Bahnhof Savignyplatz niemand anderen als Elfriede Schrebnitz gesehen habe. Zunächst habe er es nicht für möglich gehalten: Braune Stiefel und ein übergroßer dunkelroter Mantel mit Schulterpolstern – konnte das die Kleidung der mittlerweile vierundachtzigjährigen heimlichen Dorflesbe sein? Und hellblond gefärbte, ondulierte Haare? Er habe ihr hinterhergerufen, »Frau Schrebnitz, Frau Schrebnitz«, aber sie reagierte nicht.

Der Tod blieb Beutenberge verbunden; in den Achtzigern starben: Gertrud Schäfer, Annelene und Peter Tormann, Klaus Kabich… Magda Kabich zog nach dem Tod ihres Mannes fort, und der Konsum wurde geschlossen. Darauf verschwand auch Sieglinde Grünlich. Ihre Schäferhunde nahm sie mit, während ihr Ehemann, der Fernfahrer Heinz Grünlich, der nur sehr selten zu Hause war, am 9. November 1989 vor offener Tür und leergeräumtem Haus stand – woraufhin er wieder in seinen LKW stieg und fortfuhr und nie wiederkam. Niemand indes zog in die Siedlung; die leerstehenden Häuser verfielen. Das Haus des Ihmschen war längst eine Ruine; am Gartentor hing unverändert das Klingelschild: LUCINDE & Lothar Ihm.

*

Die beiden Letzten in der Siedlung waren Tante Nickel und Rudolf Panzer. Tante Nickel, die ihr Bett nicht mehr verlassen und nur noch sterben wollte, wurde eines Tages von einem Krankenwagen abgeholt. Die pensionierte Margarete Simmsig, die aus alter Gewohnheit manchmal durch die Siedlung fuhr, hatte ihn gerufen. Kaum lag Tante Nickel im Krankenwagen, tat sie ihren letzten Atemzug und schlief friedlich ein. So zumindest lautete die Aussage des Krankenhauses. Eine Schar von Eidechsen, behauptete der kleine Panzer, war dem Krankenwagen gefolgt.

Rudolf Panzer wurde von einer Nichte aus Rathenow versorgt. Im Sommer 1992 allerdings verfiel er dem Irrsinn, wie die Nichte in der psychiatrischen Klinik in Potsdam berichtete. Er rede ständig davon, dass er vom Krieg reden wolle, aber er rede nicht vom Krieg; stattdessen spreche er von dem Wanderer, der mit dem Kopf auf einer Lore landete, worauf

Blut und Hirn sich im Kies-See verteilten. Der kleine Panzer wurde in die Klinik eingeliefert, und die Siedlung war nunmehr menschenleer. Ein Investor aus Bremen kaufte sie für eine D-Mark, ließ die Häuser abreißen und den Schutt abtransportieren, doch sein Plan, ein Hotel zu bauen und einen Golfplatz anzulegen, schlug fehl. Nur logisch, dass der Ort auf keiner Landkarte mehr auftauchte, die in der neuen Zeit hergestellt wurde.

Vom Ende Beutenberges erfuhren Edwin und Krücke aus der *Märkischen Allgemeinen*, die in *Schröders Wirtsstube* zum Lesen auslag. Sie bemühten sich, diese Neuigkeit wie etwas hinzunehmen, auf das sie schon lange gewartet hatten.

Es war die Zeit, als sie noch gemeinsam nach Westberlin fuhren. Krücke musste nicht mehr Bahn und Bus benutzen, sondern konnte sich auf den Beifahrersitz des Trabants setzen, den Edwin an Wustermark und Falkensee vorbei nach Spandau steuerte und von dort meist weiter nach Kreuzberg oder Charlottenburg. Ein Wunder, dass der Trabant 500, genannt Blutblase, mit über fünfundzwanzig Jahren noch immer lief. Er knatterte derart laut durch die Straßen und seine Abgase stanken so sehr, dass die beiden Freunde jedes Mal wütende Blicke oder gar empörte Rufe ernteten. Edwin freute sich über die belebende Kraft der Schadenfreude: Der Osten erobert den Westen, wenigstens mit Lärm und Gestank.

Krücke konnte sich dieser Freude leider nicht anschließen; zu schwer wog der Verlust seines Invaliden-Privilegs. Er war nur noch einer von vielen, und diese Vielen wurden von den vielen Kapitalistenmenschen, wie Krücke sie nannte, nicht gerade gern gesehen; da gab es für ihn keinen Zweifel. Schließlich mied er Westberlin, und um nicht doch in Versuchung zu kommen, das ehemalige Eldorado aufzusuchen, verließ er

Nauen irgendwann überhaupt nicht mehr. Edwin hingegen machte sich beim ehemaligen Klassenfeind auf die Suche nach der verlorengegangenen Lust. Er parkte seinen Trabant 500 in einer kostenfreien Zone und ging durch die Straßen, bis er beispielsweise ein Café entdeckte, von dem er den Eindruck hatte, dort ließe sich eine nette Frau kennenlernen. Auch wenn das bisweilen der Fall war, nie verspürte er den Drang, die Frau zu berühren, geschweige denn zu küssen oder noch mehr von ihr zu wollen. Er setzte sich auf Parkbänke, drückte sich in Fußgängerzonen und Kaufhäusern herum, besuchte sogar – was er sonst ganz bestimmt nicht getan hätte – Ausstellungen und Theateraufführungen, doch nirgendwo und durch keinen Blick oder Anblick konnte die Begierde in Schwung gebracht werden. Nach zwei Jahren zunehmender Verzagtheit tat er es Krücke nach und verharrte in seiner heimatlichen Kleinstadt.

Abend für Abend trafen sich die beiden in *Schröders Wirtsstube* und redeten über allerlei, nur nicht über die abhandengekommene, genauer gesagt: durch Agnes geraubte Lust. Agnes! Ein Name wie eine Parole. Wofür stand die Parole? Hatte sie einen tieferen Sinn?

Ein einziges Mal, eines Winterabends, ließen Edwin und Krücke das Thema voreinander anklingen. Lucy Schröder, die nach dem Tod ihres Vaters die Kneipe übernommen hatte, war frisch verliebt, redete, während sie Biere zapfte und an die Tische trug, unentwegt davon, sodass Krücke zu später Stunde sich zu Edwin hinüberbeugte und sagte: »Weißt du was … der fehlende Trieb hat wenigstens den Vorteil, dass man sublimiert …«

Den Begriff Sublimierung kannte Edwin, da er nach dem Mauerfall häufiger in Buchhandlungen gewesen war, um in

Büchern von Sigmund Freud zu lesen und Krücke Paroli bieten zu können. »Sublimierung«, erwiderte Edwin, »ist die Umwandlung der Libido in gesellschaftlich anerkannte Leistung. Ich wüsste nicht, dass das bei uns jemals der Fall gewesen wäre.«

Krücke schien auf dem falschen Fuß erwischt und sagte nichts mehr, während Edwin das erste Mal den Impuls verspürte, jüngeren Menschen, sogenannten Nachgeborenen, von den Erdöl-Wutzners zu erzählen, die ja wohl gesellschaftlich bedeutungsvoll waren. Das könnte, dachte er, eines Tages seine Art der Sublimierung sein.

Krücke trank fortan nur noch zu Hause. Er hatte ja seine Vergangenheit. Zu dieser Vergangenheit gehörte Lothar Ihm, an den er täglich dachte. Was mochte aus ihm geworden sein? War er überhaupt noch am Leben? Es galt, auf eine Geschichte zu kommen, die den Freund in Würde verabschiedete ... Eines Abends ersann Krücke folgenden Beginn einer Geschichte: Kaum dass der Ihmsche Beutenberge hinter sich gelassen hatte, wäre er am liebsten ins Maisfeld links oder ins Weizenfeld rechts abgebogen und hätte sich schlafen gelegt ...

Wie der Ihmsche durchs Havelland zieht, auf einem Blatt Papier seine Mission äußert und über die Bestimmung der Drohnen nachdenkt

… um neue Energie zu tanken. Aber es konnte doch nicht sein, dass er so schnell schlappmachte. Sollte er, so fragte er sich, noch einmal an den Feldrain gehen, zwischen den Birken, wo es vor elf Jahren unter seinen Füßen vibriert hatte? Nein, er musste weiter weg, viel weiter. Das war ihm längst klar.

Zunächst ging er nach Nauen. Mitten in der Nacht kletterte er über die Friedhofsmauer, nahm sich eine herumstehende Gießkanne und goss das Grab von Muttsch, auf dem nur noch Unkraut wuchs. Dann legte er sich neben das Grab und schlief zwei Stunden, bis die Sonne aufging. Er trank aus der Gießkanne, verbarg sich zwischen hochgewachsenen Büschen vorm Friedhofspersonal, und bevor die nächste Nacht begann, nahm er die Gießkanne und zog los, am Havelkanal und am Moorbruch entlang, am Krampnitz- und am Jungfernsee; in Bornstedt schlief er auf einer Parkbank und ging am nächsten Tag weiter durch Potsdam und Babelsberg.

Erschöpft von der unnachgiebigen Hitze des Spätsommers und dem ungewohnt ausdauernden Gehen füllte er auf den Friedhöfen, die auf dem Weg lagen, die Gießkanne mit Leitungswasser, trank so viel, dass der Hunger nicht überhandnahm, und hielt Ausschau nach herumstreunenden Katzen. Auf dem Nauener Friedhof hatte er keine einzige gesehen; als wären sie extra wegen ihm vertrieben worden. Wenn er nun eine sah, ging er dicht an sie heran, doch nie erkannte er seinen verloren gegangenen Kater. »Assi«, rief er einer vor ihm flüchtenden Katze hinterher, die besonders zerzaust war, »Aaassss-si!«

Er spürte ein Stechen im Rücken, heftig wie lang nicht mehr. Ihm war klar: Diese Plage würde ihn, ebenso wie das Erdöl, niemals loslassen. Einmal, fiel ihm ein, vor Jahren und allein in seinem Zimmer, hatte er eine Technik des Gehens geprobt, mit der es ihm gelungen war, den Schmerz, wenigstens für ein paar Stunden, mehr und mehr zu ignorieren. Jetzt versuchte er sich erneut in dieser Technik, und es war ihm egal, dass er damit noch mehr Blicke auf sich zog: Mit dem linken Bein einen großen Schritt nach vorn, Abwinkeln der Arme, viertel Drehung des Oberkörpers nach rechts, langsames Nachziehen des rechten Beines, viertel Oberkörperdrehung zurück und Anwinkeln der Arme. In der rechten Hand die Gießkanne, die alle zehn Meter abgesetzt werden musste. Drei Sekunden Verschnaufen und weiter …

Keine sechzig Meter war er auf diese Art unterwegs, als der Rückenschmerz tatsächlich nachließ. Stattdessen wurde ihm schwindlig. Er setzte sich auf die Bordsteinkante, atmete tief durch und schüttete sich den Rest Wasser aus der Gießkanne über den Kopf. Er fragte sich, wie es wäre, wenn das Schwindelgefühl für immer blieb und irgendwann Fantasmagorien hervorbrächte, deren Bedeutung er jedes Mal mit großer Freude erraten würde. Er stellte sich eine Erdölfontäne vor, die an der nächsten Straßenecke aus dem Boden schoss. Krücke würde bestimmt behaupten, dass dieses Bild die Sehnsucht nach einer mächtigen Erektion und einem unerhörten Samenerguss zum Ausdruck brachte. Und das war sicher nicht falsch. Vor allem aber stand das Bild für seinen Auftrag. Warum also nicht endlich ein Vibrieren unter den Füßen provozieren? Er stützte sich auf der Gießkanne ab, um aufstehen zu können, bemühte sich, während er vorsichtig eine Gehwegplatte betrat, das Schwindelgefühl zu beherrschen, und sprang beidbeinig zwanzig Zentimeter hoch. Als seine Füße wieder auf dem Boden waren, war es unter ihnen unverändert still und bewegungslos. Wie nach einer gymnastischen Übung schüttelte er die Wutzner-Beine aus und sprang erneut. Dreißig Zentimeter. Wieder nichts.

Abermals musste er sich setzen. Seine Arme begannen zu zittern, seine Beine. Es vibriert, dachte er. In mir, da vibriert es, halleluja! Wer schneidet mich auf, um den kostbaren Stoff herauszuholen? Er hätte gelacht, wenn er nicht zu erschöpft dafür gewesen wäre. Dann legte er sich hin, schlief ein …

*

Und erwachte in einem Krankenzimmer des Bezirkskrankenhauses Potsdam. Er hing am Tropf, hatte keine Stimme mehr und gab mit einer Geste zu verstehen, dass er ein Blatt Papier und einen Stift haben wollte. Man reichte ihm beides, und er schrieb:

Sehr geehrte Menschen, ich bin niemand, der es gewohnt ist, im Mittelpunkt zu stehen. Aber ich darf nicht mehr verhehlen, dass ich der Sohn von Egon Wutzner bin, dessen Schicksal darin bestand, Erdöl für Deutschland zu suchen, bis er im Jahre 1944 in Russland gefallen ist. Dass ich hier gelandet bin, in diesem Krankenhaus, kann darum kein Zufall sein. Im Gegenteil: Wenn ich auf dem Gelände umhergehen werde, ist die Wahrscheinlichkeit groß, dass es irgendwann unter meinen Füßen vibriert – was ein zuverlässiges Zeichen für einen Erdölfund ist. Bitte erschrecken Sie nicht, wenn Sie mich auf meinen Wegen springen sehen. Das Springen ist die beste Methode, das Vibrieren hervorzurufen.

In diesem Sinne wünsche ich uns allen eine gute, unserem Staat und dem Wohle unseres Volkes dienende Zusammenarbeit. Mit freundlichen und gerne auch sozialistischen Grüßen! PS: Ich wäre Ihnen auch sehr verbunden, wenn Sie mir Medikamente gegen meine häufig wiederkehrenden Rückenschmerzen verabreichen könnten.

Man gab ihm nicht nur Tabletten gegen die Schmerzen, sondern auch Beruhigungsmittel, die Leichtigkeit und Frohsinn auslösten. Und nach vier Tagen wurde er auf die geschlossene Station der psychiatrischen Klinik überwiesen, wo er Schuhe, Unterwäsche, Hosen, Hemden und sogar ein Jackett und einen Wintermantel ausgehändigt bekam, während der Brief in den Händen der Stationsärztin Dr. Schiller landete.

»Schön, dass Sie bei uns sind«, sagte sie, als der Ihmsche zum Aufnahmegespräch in ihr Büro kam. Es hörte sich an, als hätte sie lange und geduldig auf ihn gewartet, und er spürte Stolz in seiner Brust. »Tragen Sie auch den Namen Wutzner?«, fragte sie.

Den Frohsinn-Tabletten zum Trotz kam beim Ihmschen eine Spur Misstrauen auf: Was, wenn man ihn nur nach Beutenberge zurückbringen wollte? *Nein*, schrieb er, *ich heiße Adalbert Nickel*. Der Name gefiel ihm. Er hätte ihn am liebsten laut ausgesprochen, doch dazu war er nach wie vor nicht in der Lage.

»Ein schöner Name«, sagte die Ärztin. »Und selbstverständlich ist mir auch Ihr Großvater Adalbert Wutzner ein Begriff. Gut, dass Sie das Erbe Ihrer Vorfahren weiterführen wollen. Das ist voll und ganz im Sinne unserer sozialistischen Utopie.«

Der Ihmsche lächelte dankbar. Er überlegte, ob er ihr den Abschiedsbrief von Agnes zeigen sollte. Was ihn davon abhielt, war, dass Frau Dr. Schiller eine gewisse Ähnlichkeit mit Agnes hatte: Sie war bei weitem nicht so groß und so kräftig, trug aber eine üppige blonde Lockenpracht und eine schwarze Lederjacke unterm weißen Kittel. Das war ihm nicht geheuer. Immerhin hatte er ihre Erlaubnis, im Sinne der sozialistischen Utopie zu handeln.

*

Also ging er täglich auf dem Krankenhausgelände umher. Eine Stunde, zwei Stunden, vier Stunden… Er lauschte zwischen Büschen und Bäumen am Erdboden, hüpfte und sprang auf Rasenflächen und Gehwegen, und wenn ihn Mitpatienten auf sein seltsames Gebaren ansprachen, erklärte er, dass ihm diese Art der körperlichen Betätigung für seine Heilung verschrieben worden sei. Er durfte das einzige Einzelzimmer auf der Station bewohnen, pro Abend bekam er zwei Flaschen Bier, Wunschsorte Schultheiß, und wöchentlich eine null-siebener Flasche Wurzelpeter.

Wenn er nicht nach Erdöl fahndete, schrieb er sich im Namen von erfundenen Frauen Liebesbriefe: *Lieber Adalbert Nickel, es gibt nach meiner Auffassung nichts Erotischeres als Männer, die einem Ziel folgen. Und einem Ziel mit größtem sozialistischen Nutzen zu folgen, ist nicht zu übertreffen…* Oder: *Sehr geehrter Herr Adalbert Nickel, wie stolz kann unser sozialistisches Vaterland auf Sie sein. Natürlich würde ich Sie gern kennenlernen. Ich denke ja täglich und in vielen schlaflosen Nächten mit wärmsten Gefühlen an Sie, doch aus Respekt vor Ihrer Aufgabe und Ihrer knappbemessenen Zeit stelle ich meine persönlichen Bedürfnisse hintenan…* Er dachte sich Absender aus, adressierte die Briefe an sich, warf sie in den Briefkasten am Ausgang der Klinik, hielt sie zwei Tage später freudig in seinen Händen und las mit dem Bedauern, der Damenwelt nicht zur Verfügung zu stehen, vor allem aber mit der angenehmen Gewissheit, dadurch eine Freiheit und Unabhängigkeit zu gewinnen, von der er sonst nur hätte träumen können. Und Lust? Nach wie vor nicht im Geringsten. Gott sei Dank, dachte er und belohnte sich manchmal mit seiner persönlichen Hitparade: Mit wiedergewonnener Stimme, krächzend, heiser und rhythmisch unausgewogen sang er seine Lieblingssongs von den Stones – *Under My Thumb, Satisfaction* oder *Street Fighting Man* –, Led Zeppelin – *Kashmir, Whole Lotta Love* – oder *Smoke on the Water* von Deep Purple. Die anderen Patienten mussten die Titel erraten; wer den richtigen Namen nannte, bekam einen Punkt für seine imaginäre Tabelle. Auf die Frage, was eine imaginäre Tabelle sei, antwortete der Ihmsche, dass diese Tabelle nicht existiere, der Punkt aber trotzdem eingetragen werden dürfe.

So vergingen die Jahre, bis er eines Abends im Frühjahr 1989, nachdem er lange aus dem vergitterten Fenster seines Einzelzimmers geschaut hatte, einen Bienenschwarm sah, der eine Flugakrobatik vollführte, die ihn an die Künste der Rückwandbienen erinnerte. Er versuchte, jedes einzelne Tierchen anzuschauen, in der Hoffnung, Agnes oder möglicherweise Muttsch zu erkennen. Oder Assi. Ihre Gesichter, die sich in den Bienengesichtern wiederfanden. Welche war die größte unter den Bienen? Wenn Agnes dabei war, musste sie ja wohl die größte sein.

Als er Dr. Schiller, ohne seine Gesichter-Vorstellung zu erwähnen, von dem Bienenschwarm erzählte, roch er zum ersten Mal ihren Duft. War es Einbildung, oder roch er tatsächlich diese leicht modrige Version von Pfeffer und Vanille? War es ihr Körpergeruch, oder täuschte sie ihn mit einem Parfüm? Fortan nahm er diesen Geruch nicht mehr wahr. Ende jenes Jahres war es mit dem Sozialismus vorbei, und Frau Dr. Schiller wurde als sogenannte Altlast in den vorzeitigen Ruhestand versetzt. Sie sei eine indoktrinierende Person gewesen, hieß es aus dem Mund der neuen Klinikleitung. Eine Verstellerin, eine Täuscherin … Klar war sie das, dachte der Ihmsche, eine getarnte Agnes. Na und?

Die neue Leitung ließ ihn in ein Vier-Bett-Zimmer verlegen; eine Qual für ihn nach den Einzelzimmerjahren. So selten wie nötig hielt er sich dort auf; stattdessen ging er stundenlang übers Klinikgelände, dachte aber kaum noch ans Erdöl, sondern hoffte auf das Wiederauftauchen der Bienen. Er nahm sich den Text wieder vor, den Agnes ihm hinterlassen hatte: *Vom Lebenssinn der Drohne*. Mit jeder Zeile, die er las, schlug sein Herz heftiger, und er fragte sich, warum denn um Gottes Willen die Drohnen auf die Versorgung durch die Arbeiterinnen angewiesen sind und nicht wegfliegen, um endlich für sich selber zu sorgen.

Es war ein heißer Spätsommernachmittag 1992, sage und schreibe dreizehn Jahre, nachdem er in die Klinik eingewiesen worden war. Er kannte die Schlupflöcher in der Umzäunung des Geländes, doch gerade als er sich auf den Weg machen wollte, sah er einen Mann, der genauso hoch wie breit war und auch sonst so aussah wie der kleine Panzer. »Hab gewusst, dass du hier bist«, rief er dem Ihmschen zu. »Bin extra gekommen, um dir vom Krieg zu erzählen.« – »Ich bin es nicht!«, rief der Ihmsche zurück, »ich bin es nicht mehr«, und rannte davon.

Wie der Besitzer des Rollstuhls selbigen übernimmt und im Licht einer Straßenlaterne eine grinsende Drohne erblickt

Es ist zwei Uhr nachts, und Blutblase alias Edwin Kronokiewitschky fährt mit dem Rollstuhl dicht an die heruntergelassene Jalousie, hinter der Katzengeräusche zu hören sind: ein Miauen, das nach Angst klingt, und ein Schreien, wie es nur von Katzen kommen kann.

»Die Kater sind rollig und holen sich, was sie brauchen«, sagt Krücke.

»Die machen's richtig«, meint Edwin.

Krücke überlegt und kommt zu einem Ergebnis: »Vielleicht ist Assi dabei.«

»So alt werden Katzen nicht«, sagt Edwin.

»Weiß man's«, entgegnet Krücke, der bei sich zu Hause wieder mal das letzte Wort haben muss. »Ausnahmen bestätigen die Regel.«

Er glaubt selbst nicht daran und wechselt das Thema: »Kannst du dich an den Brief erinnern? Vielleicht hätten wir hinfahren sollen... und nachforschen... Kann sein, dass wir Lothar gefunden hätten.«

Edwin ist sofort im Bilde. »Er war doch nicht mehr da. Außerdem, es war der Brief eines Verrückten.«

Beide erinnern sich: Vor fast achtundzwanzig Jahren, Spätsommer 1992 und Edwin noch nicht der Heimatchronist. Sie kamen in *Schröders Wirtsstube*, und Lucy Schröder reichte ihnen den Brief von Rudolf Panzer aus der psychiatrischen Klinik in Potsdam. Auf dem Umschlag stand: *Zwei Freunde von Lothar Ihm, genannt der Ihmsche. Schröders Wirtsstube, Nauen.* Sie bestellten zwei Bier, setzten sich an einen freien Tisch und lasen:

Hallo Ihr zwei Freunde. Habe auf den Briefumschlag nicht Eure Spitznamen geschrieben. Könnte Euch ja peinlich sein, wenn andere sie lesen. Hab an Eure Kneipe geschrieben, weil Ihr mal erzählt habt, dort seid Ihr oft. Hab ich mir gemerkt. Gut, was? Bin der Letzte aus Beutenberge. Haben mich abgeholt. Sagen, ich bin irre. Haben mich in die Klapper nach Potsdam gebracht. Und da sehe ich: Lothar. Rufe ihn, aber er, ab die Post, weg ist er. Und nicht wiedergekommen. Aber kein Schwein kümmert sich drum. Und mir sagt man, ich hätte ihn nicht gesehen. Es war eine andere Person, und die soll ich vergessen. Stellt Euch das vor. Gut, ich bin im Irrenhaus. Aber damit hätte ich nicht gerechnet …

Edwin und Krücke schickten dem kleinen Panzer einen Brief mit nur einer Frage und einer Bitte: *Bist du dir sicher? Kannst du genauer beschreiben, wie die Begegnung mit Lothar verlaufen ist?* Sie bekamen keine Antwort. Und entschieden sich, nicht in die Klinik zu fahren.

»Vermutlich hatten wir Angst, sie behalten uns gleich da«, sagt Krücke, und Edwin will das nicht bestreiten. Sieben Monate später, nachdem sie diese Geschichte immer wieder in Unruhe versetzt hatte, schrieben sie an die Leitung der Klinik: *Gibt es bei Ihnen einen Herrn Rudolf Panzer?* Die Antwort kam nach wenigen Tagen: *Es gab ihn. Er ist leider vor drei Wochen verstorben.*

»Wir hätten hingehen sollen. Trotzdem.« Krücke hat sich all die Jahre dafür gescholten, dass er nicht gefahren ist. Ein Gespräch mit einem Arzt. Psychologie, Freud… Allein dafür hätte es sich gelohnt. Und womöglich ein Hinweis auf Lothar.

Ein Detail, eine Winzigkeit, die sie auf die Spur des Freundes gebracht hätte.

Krücke trinkt den letzten Schluck aus seinem Bierglas und füllt es mit Leitungswasser. »Klar sind da Substanzen drin«, sagt er auf Edwins verwunderten Blick, »aber könnte doch sein, die stellen nicht nur ruhig, sondern regen auch die Fantasie an.« Er trinkt von dem Wasser und sagt: »Was wäre, wenn Lothar, als er aus der Klinik raus war, wieder Erdöl gesucht hat? Und wir ihn gefunden hätten? Und gemeinsam gesucht? Ich glaube, wir hätten Erfolg gehabt... und das blöde Öl hätte sich nicht wieder verdünnisiert... Wir hätten die sozialistische Utopie erfüllt. Und das trotz Untergangs des Sozialismus. Oder gerade deshalb ...«

Edwin kann nur staunen. Soll er auch vom Leitungswasser trinken, um zu begreifen, was in den Freund gefahren ist?

»Steh bitte auf«, sagt Krücke, und Edwin kommt es vor, als hätte er längst auf diese Anweisung gewartet. Er stemmt den Oberkörper hoch, bis er mit den wackligen Beinen Halt auf dem Fußboden findet. Er tapst ein paar Meter vor und zur Seite. Das Blut, verdammt, soll endlich von oben nach unten fließen.

»Es ist immer noch *mein* Rollstuhl«, sagt Krücke, als hätte er ihn enorm vermisst und sich nur nicht getraut, das zuzugeben. »Bitte... geh nach Hause.«

Edwin ist zu verblüfft, um die Aufforderung nicht zu befolgen. Wird er es schaffen? Zumindest hat er ja Zeit. Und am Ende ist es sicherlich gesünder, zu Fuß zu gehen.

Krücke sitzt an der Jalousie und hört die Schritte des Freundes. Als sie verklungen sind, beginnt es zu regnen. Der Ärmste, denkt er. Aber das wird ihm nichts anhaben können. So weit ist es noch nicht. Er zieht die Jalousie ein Stück hoch und öffnet das Fenster. Das hat er lange nicht mehr getan, er könnte nicht sagen, wie lange: das Fenster öffnen, um das, was draußen ist, besser zu hören. Die Katzen haben sich verzogen; nur noch der Regen, der erste Frühlingsregen.

*

Sieben Tage später, Sonntagabend. Edwin hat seine ganz persönliche Woche des Sportes hinter sich: jeden Tag ein paar Kniebeugen, Beinkreisen im Sitzen, Hüftkreisen im Stehen; außerdem fünfhundert Meter zum Supermarkt und fünfhundert Meter zurück, jedes Mal mit einem Liter Milch und einem halben Vollkornbrot. Ganz gleich, in welche Richtung das Blut fließt, es ist doch eine Schande, im Rollstuhl zu sitzen, wenn man es im Grunde genommen nicht nötig hat.

Trotz des Trainings braucht er für den Weg zu *Schröders Wirtsstube* länger als geplant. Die Gäste sitzen bereits im Halbrund, wie Edwin durch das Fenster mit den grobmaschigen, vom Zigarettenqualm dunkelgelb gefärbten Gardinen sieht. Dreizehn sind es heute, er hat sie rasch gezählt.

»Endlich bist du da«, hört er von der gegenüberliegenden Straßenseite. Krücke kommt hinter einem Mauervorsprung hervorgerollt. Der sonst fusselige Haarkranz ist gekämmt, wie im gelblichwarmen Licht einer Laterne zu sehen ist, und auf der Hakennase sind die Pickel ausgedrückt, die Indizien seiner Greisen-Pubertät. Außerdem trägt er das alte Präsent-20-Jackett; seit dem Ende des Ostens hat er es nicht mehr getragen.

Edwin könnte nicht behaupten, dass er überrascht wäre. Er hat mit ihm gerechnet. Aber das sagt er nicht. Krücke rollt an ihm vorbei und nimmt mit einem fast artistisch anmutenden

Schwung die Stufe zum Eingang. Er fährt zwischen den Tischen hindurch und postiert sich am Tresen. Natürlich ist Lucy erstaunt, dass er sich nach Jahren wieder mal sehen lässt. »Bierchen?«, fragt sie umso selbstverständlicher.

Krücke nickt.

»Kompott dazu?«

»Ja, na klar.«

Edwin setzt sich vor das Halbrund der Gäste; der älteste von ihnen ist nicht älter als vierzig. Einige sind nicht zum ersten Mal hier. Kein Grund für den Heimatchronisten, seinen Vortragstext für heute zu ändern. Und warum er ohne Rollstuhl gekommen ist, geht auch niemanden etwas an. Er wartet, bis Krücke sein Bier hat und seinen Wurzelpeter und er das Gleiche. »Prost.«

»Prost«, erwidert Krücke. Beide nippen am Likör und spülen mit Bier nach. Und dann beginnt Edwin Kronokiewitschky. So, wie er immer beginnt: »Ein ganzes Stück hinter Nauen, tief in der Havelländischen Heide, wo es außer Sand und Sträuchern kaum etwas zu sehen gibt, befand sich einst, von 1920 bis später, die Siedlung Beutenberge.« Drei Atemzüge Pause, dann weiter: »Beutenberge, Sie werden es sich kaum vorstellen können, wenn überhaupt, aber dieser Ort war ein Ort von Bedeutung. Und das lag am Erdöl. Oder am Traum vom Erdöl. Das kann man sehen, wie man will ...«

Gut macht er das, findet Krücke und ist stolz auf den Freund. Solche Geschichten, die hört man nicht im Radio und sieht man nicht im Fernsehen. Die kann nur erzählen, wer Erfahrung hat, geheimes Wissen, ein langes Leben sowieso. Kein Wort lässt er sich entgehen. Zu was für einer Konzentration er noch fähig ist! Und obendrein die eigenen Gedanken, die er laufen lässt, wie sie kommen: Frank Zappa, der Atonale... das rötlichschwarze Cover mit der Frau im Bikini... die grinsende Biene... Und Agnes, die Riesin... Die Riesin auf der Fingerspitze... Könnte eine Textzeile von Zappa sein... Und der Ihmsche... auf die Größe eines Fingers geschrumpft... wie er Agnes' Schulter und Hals hinaufrennt, um im Haardschungel innezuhalten, bevor er sich aus dem blonden Wust herauskatapultiert und bienengleich davonsummt... Um als Drohne auf eine Schar bösartiger Arbeiterinnen zu stoßen, die ihn von den Honigwaben fernhalten... Das kann nicht der Sinn des Drohnenlebens sein, vom Glück ganz zu schweigen ...

Zu Edwins Worten und den Gedankenbildern gesellt sich in Krückes Kopf ein Summen, das in seinen Lieblingssong übergeht: *Baby I'm Gonna Leave You*... Nach fünfzehn Sekunden Gitarre setzt der Gesang von Robert Plant ein und nach fünfundfünfzig das Schlagzeug von John Bonham. »*Babe, I'm gonna leave you* ...« Er bemerkt, wie er leise mitsingt. Ohne dass ihm auch nur eine Kleinigkeit von Edwins Vortrag entgeht. »*Oh, baby, you know, I've really got to leave you* ...« Es ist, als würde er Lothar herbeisingen wollen.

Das ist natürlich eine irre Illusion, so viel ist klar. Doch dann schaut er aus dem Fenster zur Laterne auf der gegenüberliegenden Straßenseite: In deren Licht fliegt ein Bienenschwarm umher. Er sieht, was er eigentlich nicht sehen kann, aber was ist schon eigentlich? Die Anführerin ist größer als alle anderen, doppelt so groß, mindestens. Agnes! Dicht hinter ihr ein Pulk wohlgeformter Drohnenleiber, die keine Mühe haben, mit dem Tempo ihrer Königin mitzuhalten. Unter ihnen der flachbauchige Sänger, der auf Muttschs Grab gepinkelt hat. Dahinter weitere Männchen: Einzelgänger, ohne den Ehrgeiz, eine Gruppe zu bilden. Einer von ihnen: der schweigsame Traktorfahrer, Magdas Bruder Eberhard Hölzl. Schließlich, mit einigen Zentimetern Abstand, leicht oder mehr als leicht deformierte Exemplare: eine kräftige, zähe Gestalt, zerknittert von vorn bis hinten, der Brigadier Ignaz Walther, genannt Kalkfresse. Neben ihm ein kleiner Kasten, breit wie hoch, mit kurzen Flügeln, der kleine Panzer. Des Weiteren etwas noch Kleineres, Abgemagertes, Zerzaustes, Assi. Ja, der kastrierte Kater, der Feuerretter, da ist er wieder… Und dann, mit überdimensioniertem Bauch, ansonsten auffällig dünn: Lothar Ihm, der Ihmsche! Auf einmal zieht er seinen Bauch ein und verlässt mit einem Flugsprint die Reihe der Deformierten, rast an den Einzelgängern vorbei, um sich an den Pulk der Wohlgeformten zu heften. Die, im Nu alarmiert, erhöhen das Tempo; Agnes jedoch, die ihrerseits einen Gang höher schaltet, erreichen sie nicht. Der Ihmsche allerdings legt die Flügel an und schießt wie eine Rakete an allen Konkurrenten vorbei. Umkreist Agnes, seinen Bauch ausstülpend, einziehend, wieder ausstülpend, wieder einziehend… bis sie ihm folgt, ohne dass sie es schafft, zu ihm aufzuschließen.

Ist es ein Grinsen, obendrein ein freudiges, das Krücke im Gesicht des Ihmschen zu erkennen glaubt, falls ein Grinsen in Anbetracht der übergroßen Facettenaugen einer Drohne überhaupt möglich ist? Er sieht, wie der Leib des Ihmschen anfängt zu vibrieren. Die Wohlgeformten, die Einzelgänger, die Deformierten, alle, sogar Agnes, bilden einen Kreis um ihn, staunen, surren Beifall, bis sie selbst vibrieren… Das kann nicht wahr sein. Doch, ist es! An diesem Abend kann alles wahr sein, so unverdrossen Edwin seine Geschichte vom Erdöl erzählt.

Dank an:

Corinna Kroker, Katharina Wilts, Verena Knapp, Tom Kraushaar, Marion Heck, Karin Graf für Unterstützung, Anregung und vieles mehr!